难得有你
还在为我延续着一息祖先的脉络
恋恋不舍地倾听着那生命的敲击
咚，咚咚，延绵而漫长

难得有你

弋铧 著

山西出版传媒集团 北岳文艺出版社
BEIYUE LITERATURE & ART PUBLISHING HOUSE

·太原·

图书在版编目（CIP）数据

难得有你／弋铧著. — 太原：北岳文艺出版社，
2023. 6
ISBN 978-7-5378-6705-4

Ⅰ.①难… Ⅱ.①弋… Ⅲ.①中篇小说-小说集-中
国-当代 Ⅳ.①I247. 5

中国国家版本馆 CIP 数据核字（2023）第 063147 号

难得有你

弋铧／著

//

出品人
郭文礼

出版发行：山西出版传媒集团·北岳文艺出版社
地址：山西省太原市并州南路 57 号　邮编：030012
电话：0351-5628696（发行部）　　0351-5628688（总编室）
传真：0351-5628680
经销商：新华书店
印刷装订：成都兴怡包装装潢有限公司

责任编辑
张　昊

开本：880mm×1230mm　　1/32
字数：184 千字
印张：7. 625
版次：2023 年 6 月第 1 版
印次：2023 年 6 月成都第 1 次印刷
书号：ISBN 978-7-5378-6705-4
定价：46. 00 元

印装监制
郭　勇

作者简介

　　弋铧，本名朱益华。女，生于湖北武汉，祖籍浙江嘉兴，现居深圳，中国作协会员，已发表作品一百多万字，获首届鲁彦周文学奖，首届广东省"大沥杯"小说奖，第七届深圳青年文学奖，第一届、第二届全国青年产业工人文学大奖，第二届"飞天"十年文学奖，第五届"《广州文艺》都市小说双年"奖，第三届原创网络文学拉力赛铜奖等。出版有长篇小说《琥珀》《云彩下的天空》和中短篇小说集《千言万语》《铺喜床的女人》，作品散见于《当代》《中国作家》《花城》《天涯》等刊物，部分作品被《新华文摘》《小说选刊》《海外文摘》《中华文学选刊》《小说月报》《北京文学·中篇小说选刊》《长江文艺·好小说》《作家天地》等杂志选载。

弋铧印象记

赵剑云

　　每次和弋铧见面，总忘不了她率真的笑容。她爱穿素雅的职业套装，一丝不乱的发式，想来她工作的时候，一定是很严谨的。弋铧白天做外贸工作，每天要与数据、订单、客户资料打交道，夜里，她变成了小说家，在小说的世界里驰骋。

　　弋铧是天生的小说家。不和弋铧谈小说的时候，你会觉得她很亲切温和，丝毫不露锋芒，一旦聊起小说来，她立刻就提起了精神，眼睛里闪烁着光芒。我和弋铧每次见面，谈得最多的还是小说。作为编辑，我是非常喜欢读弋铧的小说的，她总是能把故事铺陈得十分绚烂。她是一位很会讲故事的小说家。

　　弋铧的小说以描写深圳的生活为主。她是较早到深圳的创业者之一，对于深圳几十年的变化，看在眼里，有感于心。她说她对自己笔下的人物饱含深情。她喜欢写那种有力量的女性——表面波澜不惊，内里却蕴藏着非凡的智慧与生存哲学，对自己人生有主导意识的"光芒万丈"的女性形象。

　　弋铧和同时代的许多作家相比，无疑是高产的。十多年来，弋铧的小说创作愈发成熟，她的文字也越来越有力量。并且，她在艺术上不断突破自己，以独特的创作体验传达着对生命和命运的思考，拥有属于她自己的审美风格，这对小说家来说是幸运的。

　　希望弋铧在创作的道路上越走越远。

目录

CONTENTS

百　香

1

　　小范在士多店里安排卸货，心情明显很沮丧。工人都看出来了，嘀咕老板娘这回没给他们顺点加多宝或金威。罗发子悄悄地把工人打发走，看着货车卷起一地的尘土，突突突地开跑了。

　　罗发子安慰小范："算了，你也别太难过，留得青山在，还怕没柴烧？"

　　小范只好冲罗发子笑道："也是。"

　　罗发子小声地问："阿妈托人给的方子，管用吗？"

　　小范眼神朦胧起来，汪着两池清澈的泪。

　　罗发子赶忙说："我怎么也得给你找着这药引子，听说真是管用的，老祖宗传下的偏方，还真得信，这可是有说法的，灵着呢。"

　　小范没吱声，她早先听说这方子，原来也曾想试过，可是价格太昂贵不说，还真不知到哪里去才能寻得来。如果这次试管婴儿成功的话，倒也不会记起这事儿，可偏偏还是失败！本来说是被植入子宫的两粒受精卵已经长成了，结果去例行检测，竟然没有胎音和胎心！小范好不容易排上队，这耗的时间、精力和那笔不小的花费，还有那打下死胎后无法形容的痛楚！唉……

这时外面又热闹起来，原来是胡太下了大越野车，在外面指挥一拨人停车。胡太说："车子不能往里走了，你们的车底盘太低，就放这路边吧。"路边是小范家士多店前四车位宽的空地。胡太指挥两辆小车小心地停在两边。小范出来，胡太和她招呼两句，说百香今天还要摆一桌酒宴，让拿箱冰镇的金威和一箱卡士酸奶过去。小范忙不迭地答应，还有点巴结地安排车位。胡太让小范和罗发子也过去顺道吃顿便饭，小范客气几句。那拨人上了胡太的大越野车，往村子里驶去。

一路都是水泥地，符合现在新农村户户通、路路通的标准。村里也和其他农村一样，有些门前坐着闲话的阿嫂阿婶，有些院外有几桌啪啦啪啦直响的麻将。有扇门前站着一位阿婆，不知是不是罗发子的母亲、小范的家婆，胡太记不太清了。阿婆带着满腹的疑问盯着慢慢驶进来的车。车向前再开，过几户人家，水泥道突然没有了，全是坑坑洼洼的泥路，大家在车里抓紧各自的把手，随着车身一摇一摆。

最后一条碎沙石铺就的小径很窄，只能容一辆车通过。看着笔直的一条路，似乎直通到远处的山里。快中午时分，远山的雾还缭绕着，没有散去。

胡太一路边慢慢地开，边做着介绍。左边用铁丝围起的，是老胡租的上百亩牧场和菜园。路侧是深深的壕沟，混浊的水却并不停滞，缓缓地流动着。壕沟边是细细的铁丝网，沿路围着密密的圈，通了电，每隔几米就有很大的木牌，上书斗大的几个字：

有电，危险！田园倒真是开阔，是驱牛牧鹿的场地。远远地看见牛在一处扎堆儿吃草，密密麻麻黄褐色的肌肤。挨着牛附近，有十多只鹿，有的在饮水，有的在玩闹，有只鹿突然抬头，犄角枝枝丫丫，很有鹿王的风范，倒是漂亮极了。

北边小一点的位置，围成了猪、羊和鸡的天堂，还散养些鹅，栅栏防的是牛和鹿的侵袭，正好拦成牛和鹿跨不过去的高度。

胡太一边开车一边笑道："曾经老胡有过野心，一下手就养了上千只鸡，结果被可可和西里断断续续咬死过五百多只，后来又遭瘟疫，眼看快铺排开来，他担心别的牲畜，就把剩下的好鸡全贱卖光，只留几只取蛋用。当然，珍珠鸡和贵妃鸡不能算，在自己的后院子里养着呢，那可是鸡里的金贵品种。"大家全都"哦"一声，看右边用石墙围起的院落，胡太所说的他们自己的后院砌得太高，看不明白里边的乾坤，上边铺着一层琉璃瓦，围墙一路绵延，直入远处的山边儿上。

车仍旧慢慢地朝前开，迎面就是那座缓缓而近的远山。胡太说，远山是他们的分界线，山那边的事他们不清楚。当初买下这边二十亩土地建成自己的院落，另又租下那两百多亩空地，罗家嘴的村委只告诫他们那座山不能过——那是几代人的分岭处。据传早先有过纷争，死过人的纷争，现在虽已经和平相处几十年但仍旧老死不相往来。政府划行政区域的时候，也以山为界。

开到左侧一个豁口，又是一条小路，里面密密的，有好些龙眼树和荔枝树，以胡太的车技开不进去，于是众人一起下车，走小路。

满地铺着碎碎的爆竹屑，想得出这里昨夜的狂欢和热闹。远处过来一个人，已经过了立冬的天气，再是岭南，也是寒气四起，偏他穿条格纹短裤，只搭件短袖懒汉衫，灰头土脸，脚上随便趿拉双拖鞋。那人遥遥地走来，和众人大声寒暄。大家叫"老胡"，一阵搂抱。都是好多年没见面的老同学，这次是正好来深圳开中学校长会议，几个碰到，便约到老胡这里。

同学搂拍抱打一阵，就随老胡上到晒台。老胡说在这里可以俯瞰整个百香的地况——大家都赞一声，百香，这名儿起得着实好！老胡笑，说什么味儿都有，不叫百香倒对不住这些气味了。

晒台已经支上铝合金挑棚，四周全是老树，绿得发黑，把露风的地方遮蔽严实，前首摆几张白漆桌椅，纯粹欧式风格，倒与简陋的挑棚不大配搭。一个桌上放着茶壶，也是考究的，里面刚泡上一种叫洛神的茶水。大家谢过，接了杯子，挺漂亮的茶杯，不是工夫茶的那种小杯，是透明的玻璃杯，看得到洛神在杯里云卷云舒地荡过来漂过去，翩若惊鸿，婉若游龙。

晒台下边就是养巴马香猪的地盘。里面种着一溜儿的木瓜树，木瓜可能已经熟过一茬，现在结的还是小小的青翠果实。几头猪一路啃着什么植物，吃得忘乎所以。再远一点的地方，有几只羊，爬在一棵倾斜的小树上，一只羊拽着树，另一只跑过来，把树上的绿叶绿枝扯下来，然后两只通力合作，尝着美味。众人看见又不禁惊叹一声。老胡满足地笑道："薛青和李纯浩是极聪明的，总是合伙弄东西吃。"大家笑话老胡，是不是每头牲畜都是有名有姓，起的名儿好像还费了点功夫动了点心思。老胡不答，只笑笑。

大家又寒暄几句现在的境况，当年师范毕业的这帮人，竟然还能在二十多年后的校长会议上相逢，倒真是谁都没想到。内地

的校长们也没多大变化，几十年的光阴流水一般过去，好像也没改变什么——当然指的是身份，不免又感慨一番。

老胡到晒台旁边的一座小石楼里，给同学们演示前段时间装的中央监控的运转情况。大家看监视器里显示出四个画面，各占一隅，猪啊，羊啊，牛啊，鹿啊，倒也算安静。"昨天过来一帮师弟，都是我们学校的，现在也都在深圳混，"老胡话没说完，回复了另一个同学的插话，"咳，没一个当老师的，跑深圳来都转了行，搞什么的都有！"接着又描述昨天的盛景，"带孩子过来的，你们看到门前的炮仗屑没有？他们放的！晚上吃饭的时候断了电，这边电力不稳，一用电过度就超载，结果更热闹，黑灯瞎火里乱叫唤，上的菜，全都打着手机就着手机的光吃！"

说话间，屏幕闪烁起来，同学有点担心老胡的监控："电力不稳的话，你用这些监视器行不行啊？"

老胡倒豁达，还是爽朗地笑道："装着这么些摄像头，就是没运转，也有震慑力啊！"

大家问："怎么还有小偷？偷什么呢？看你好像也雇着人啊。"

老胡说倒没什么特别的东西，主要还是担心那六十六头黄牛。虽然黄牛每天很守时，下午四点就集体进棚，但老胡操的心是最多的。以他的经验，他饲养的这些禽类畜类，唯独黄牛是最没心没肺的。随便什么人，牵了它鼻子处的拴绳，它就温顺地跟人走掉，一哼也不哼。

这当口，正讲得热闹，挑棚下拴的一条猛犬狂吠起来。老胡突然嗖地跳下挑棚，高叫而去，撇掉一帮同学。老胡解下绳索把那恶狗放出。狗得了令，箭一般地飞跑出去，同学们这才看见，有两头落单的牛，一大一小，离开队伍，偷偷地啃着老胡种的果

百
香

蔬，好像是洋白菜还是芥蓝什么的，看见猛犬过来，马上趔趔趄趄地寻回自己队伍。

老胡骂骂咧咧道："刘玉华和曾志勇，总是这么狡猾！我的菜，不知又给糟蹋成什么样了！"

田间走过一个农人，扛着一把镐锄，戴着顶破旧草帽，他身边还跟着一条跛脚狗。农人一点也不理会这边田间的动静，他管理的大约是那些蒙着塑料膜、种子已经开始破土的那几亩地。倒是跛脚狗满眼警惕地朝他们这边望过来，然后，一瘸一拐地跟着那农人进了那片田。

有人问："那人也是你雇的？"

老胡心疼他的菜蔬，点点头。

"怎么没让他捎带看一下这些牛？"

老胡笑笑说："请人都是讲好的，他只管那几亩菜地，还有那些猪羊。另一个看牛的，可能这会儿去拾掇那些果树了。每个人分工明确，都快达到朝九晚五的工作制了。多一件闲事也不做！一个月三千块，包吃包住，还怕他们炒我的鱿鱼呢！"

有人理解地叹口气道："现在老板都是孙子，员工都是爷！哪儿哪儿都一样！"说话间，大家慢慢踱出左边的牧场，抄另一条路走进老胡的院子。

2

牧场太田园化，走进右边院子，大家都有了另一番感觉。

左首一大一小两个池塘，周围一圈鹅卵石，有各种鱼儿在里面游弋，最多的是大头鱼，个儿很大，十斤左右的重量。靠里是

鸭舍，修葺得像个小公园，里面有假山和小桥，有自动洒水设施，鸭儿们嘎嘎嘎地在场地里走着，挺闲适。池塘边，老胡建了秋千椅，材料都是从意大利进口的，不光牢固，细微处还透着些艺术感，雕栏里泛着一种巴洛克式的精致。后面是座凉亭，石桌下挖了口很深的地井，顺着台阶可下到地底去，那是座花费好多人工挖出来的酒窖，老胡囤了很多好酒在里头。石桌旁放着一把通电的高级按摩椅，是老胡的朋友送过来的，因为电力供应不足，几乎很少用。凉亭上挂着一篷百香果，枝枝蔓蔓的，有些已经熟透，自己掉下来，砸在水泥地上，也不裂开，慢慢地就顺着地势滚到池塘里，在水上漂啊漂。细细地闻，荔枝、芒果、菠萝、香蕉、草莓……各种味儿都飘进鼻腔里，到底不负百香这名儿。

老胡就听刘布头唤他，似乎说有几个人要过来。老胡笑着说："行啊，那让他们过来做饭！"转头又对老同学们说："村主任、村支书也要过来，他们昨天要来，可能觉着都是一帮小孩子，太闹腾，今天听说我的老同学们过来，赶上杀了头小牛崽，拎了新鲜的肉过来，你们稍等下，尝个鲜！嗯，我再去逮条鱼！"

说话间，老胡已经赤膊，只穿一条花裤衩，拿一张蔑网，翻身跃进塘里。胡太眼瞅这一切，嘴角往下一撇，看着老公在这批衣着整洁考究的老同学们面前现眼。

老胡大家都知道，当年毕业后，在内地只做了三年数学老师便离职下海，来到岭南，转行干装修。五六年前不知怎么就看透了，参禅悟道般盘下这片土地，在深圳的市郊农村，弄出这片世外桃源。深圳那家装饰装潢公司，现在由胡太和侄子一手包管，老胡都不常回去。倒是胡太，独生子两年前去意大利学艺术后，隔两三个星期才来百香一两天。

院里的狗突然叫起来，得势一般，一声比一声吠得厉害，就见村主任和村支书已经到了。他们可能不常来，不过倒不怵那些狗，恨不得比它们还凶。他们手里拎着一捆新鲜的肉和一包牛骨，和胡太寒暄两句，就直奔厨房。

同学笑着说："你们和领导关系还挺近乎呢！领导还替你们下厨！"

老胡说："平常也少走动，他们忙得很。不过他们挺热情，谁家杀牛宰猪，总会给我们带一些。他们勤快，喜欢吃自己做的菜。"

刘布头已经安置好大圆转桌。碗碟非常精致，全是整套的，白骨瓷上嵌着金边。酒具也是上好的，白酒杯是小高脚，大概五钱的量，玻璃通透，泛着亮光，是有档次的上品。

大家纷纷落座。广东人习俗，先上汤——老鸭笋干，可能还佐点秋冬季应补的药材。按广东人的说法，大家都算是北方过来的，喝汤就一碗接一碗地干。时蔬特别新鲜，小油菜透着久违的甜味儿，还有蒸的红薯和玉米——玉米不是老胡这边儿自产的，他说是别人从老家带过来的绿色食品，绝非生长素催的那种。大家一尝，果真甜糯软香，不觉叫好。

就听门口一个女声道："啊？吃上了？这酸奶送得晚了吧？"

大家觉得面不生，应该就是那家士多店的女人。胡太一直忙着布菜，看见小范，也客气几句。小范手拎一箱刚从助动车上卸下来的酸奶，箱子上还带着条红色包装绳。

老胡站起身，让小范也过来吃。圆桌挺大，够十五六个人的，小范犹豫了下。罗村主任笑道："也算自己人，你客气什么？胡总胡太都发了话，你过来我们这边坐？"罗支书倒沉着，没吭

一句。刚逮的那条鱼已被刘布头的老婆做成酸菜鱼盛在一只汤盆里，最后一道菜也上了桌。老胡让刘布头和他老婆都来吃，刘布头稍稍谦让，就在下首坐下，挨着老胡。刘布头的老婆不肯上桌，胡乱搅些菜兜进自己大饭碗里，在众人惊诧的眼神中下去。小范虽有些扭捏，也打横坐在刘布头的旁边、胡太的左侧。

老胡的同学们倒都觉着奇怪，不知道为什么这么多人都和他们一起共餐，当下里愣了愣，气氛僵了两秒，马上就被觥筹交错之声打破，场面顿时热闹起来。

老胡端杯子，先敬这批老同学，有两个开车过来，坚决表示滴酒不沾，倒了酸奶在杯里。老胡说："这么大的人，还喝什么奶?!"当下大家笑起来，老胡又劝同学们："你们留到晚上再走吧，晚餐我不劝酒了，这大中午的，总也得陪我喝两盅。算下来，连一两都不到!"大家就一道举起酒杯。有人夹一筷子青椒炒牛肉进自己嘴里，高声赞道："这味儿真是鲜，真是有多久没吃过这么纯粹的牛肉了。"

罗村主任说："再香也香不过狗肉! 你们来的不是时候，前段时间吃真正的狗肉宴，那味儿才叫爽!"罗支书话不多，吃口菜，喝口酒，再抽下烟，因为言语少，越发觉得像个当家的领导样儿。小范是村里的，自然怕他，连瞅也没敢往他那边瞅。

"别说狗肉了。这才叫报应，我们家的阿妹，前段时间也被人下药，谁知进谁的胃里呢!"胡太打断他，又叹一下，"可真是条好狗!"

小范这才接话："阿妹没了?"

半年前，过去生意上的一帮子深圳朋友来老胡这里，有人吵着要尝鲜，刘布头从村口那家要过来"阿妹"。这边的人也喜吃狗肉，但都不吃自己养的，可能不好下手。岭南湿气重，偏又热气大，就在夏至那天吃狗肉，还猛吃荔枝，说得挺讲究，一定要吃饱！可能就是所谓的以毒攻毒吧，敞心畅快可以熬过苦夏。否则，只啖两口，反而要热毒攻身。所以那天大家伙儿就痛快地吃喝，畅快地流身通汗。

胡太答应小范一句，眼斜着老胡，在旁边冷笑一声道："前段时间你还杀人家的狗吃，现在也轮到人家杀你的狗了。"这话说得有点报应的意思，大家都有点训不搭的，老胡不吭气，他倒是既不吃自家的狗，也不吃人家的狗。好几年了，他几乎没沾过肉。可是，能怎么说？胡太其实最大的埋怨还是在百香上，认为他这还没到五十呢，就想着把下半辈子的人生浪费虚度了？

3

同学们现在都是校长，在酒桌上谈论的也都是教育界上的事。现在孩子难管，教育界的风气也存在一些问题。罗村主任说："再怎么样，城里的孩子还是比我们村里的孩子要优越些。别的不说，从小到大，城里的孩子有多少机会，我们的孩子又有多少机会呢？"

这话说下来，大家都有点讪讪的。老胡那个时代，农村出来的孩子还有读书这条路，至少从理论上来讲，还算公平。如果考上大学，就是天之骄子，然后国家分配工作，吃上商品粮，身份到底不同。而现在，城乡差距、贫富差距，实在悬殊。有个校长说："大家也知道不公平。但是在所有不公平之上，也就剩下考试这样相对公平的事了。"

罗村主任倒有些激动，认为考试也不公平，还想说下去，被另一个校长的话题打断了。只听他高声问老胡："昨天你这边怎么那样热闹？"

老胡解释，想把百香办成农家乐一样，在城市里待久了，就换下环境到百香住下来玩上一段时间，现在都在提环保，PM2.5什么的。有同学笑起来，说老胡就是有眼光，现在整个中国，吃和住最重要，需要绿色蔬菜，以及负离子的生活环境。胡太反驳说："他哪有那眼光？这片地，是五六年前买下来的，只为他自己享清福用，可没说过想做什么产业呢！"

老胡笑，不搭老婆话茬，还沉浸在昨日的热闹里："昨天就是试着给校友们玩下。他们都是师弟师妹级的，比我们小，孩子也都小。我在百香里埋下十个鹅蛋，让他们的小孩子们去寻宝。我们从小都在农村长大，知道孩子们真稀罕这些。"他又点点那些校长们："别让孩子们都读死书，多亲近亲近大自然吧。"

有人笑起来："我们当时那么发奋，不就是想挣出农门？现在好，我们费尽心力改变命运，让孩子宝贝一般住在高楼大厦里，拼尽心力留在北上广深，到最后，还是想躲到乡下和农村来，亲近大自然？！"这话好像又兜回去了，另一个同学忙又扯过来，问罗村主任："你们这叫罗家嘴，整村人都是姓罗吧？"

罗村主任顺着话题："那是。如果不姓罗，可真不是罗家嘴的人呢！"他笑望着老胡道："现在外姓只有胡总一个，因为他买下这块地，如果不转户籍过来，是怎么也办不下来的。"

大家都惊讶："你买了这么大片地方啊！"

老胡忙解释，只有这边院子才是自己买下的，旁边那片大牧场，有二百多亩呢，那可是租的。

罗村主任说:"我们这边穷,村里地盘倒真是大。当时想把下风方向百香西边那几百亩地也租给胡总,胡总不要。"

老胡笑道:"我租不了那么多啊。而且,那片地的土质很差。"

"土质倒不差,就是村里没那么多人,种些什么也值不下多少钱,便没人理会。以后你可别后悔……"罗村主任悄悄地咽下半句话,眼睛递看着罗支书,罗支书眼睛里浅浅地有点笑意,罗村主任这才把话说完,"有人最近也在看我们这片地,准备全部租下来呢!"

老胡笑道:"那好啊,我们有邻居了!"

大家又喝几口。

小范一直没怎么说话,也没吃多少菜,胡太劝她几句,她好像有点害怕村主任和书记,胡太说:"你那家小店,也是承蒙罗村主任和罗支书多照应,不然,邻街的位置,哪有你的份?你敬敬你们村主任和书记吧!"

"我不是罗家嘴的人,但嫁到罗家嘴也有五六年吧,"小范起身,斟满酒,这下反倒不怯了,往老胡那边也让一让杯,"和胡总差不多前后脚过来的……谢谢村主任和书记对我和发子的照应,以后,要麻烦你们的时候多着呢!敬你们,我一个外来媳妇,先干为敬!"她一仰脖,酒顺着喉咙下去,笑盈盈地坐下。

罗支书这时才说话:"既然小范都干了,那我们也就赏脸吧。"罗支书眼斜了小范一下,把杯中酒喝尽。

罗村主任说:"小范到底是北方人,北方女人泼辣也聪明,小范啊,你可得把这个聪明劲持续下去哦……"罗村主任也把杯中酒喝光。不知道为什么,胡太忽然觉得自己做了件蠢事,她神经兮兮地让小范去给二位敬什么酒呢?因为女人的直觉吧,她总

觉得有点什么不对劲。可是话题还是给饭桌上那些好奇的校长们翻篇了。

有个校长问："我看你们也不像岭南人啊，眉眼倒有点中原的影子，听说好多岭南人都是客家人呢，你们……"

罗村主任笑起来说："这话说对了。我们村的历史真还有点说道。当年湖广填四川的时候，有一支从江西过去的，走到湖北就不想入川了，一直往南下来，就到这地界。当时这可真是南蛮之地荒夷之所，我们的祖宗就在这边扎根，在这片荒地刨地养家。所以，算起来，我们真还是江西老籍，也是你们说的客家人哟！"

老胡插一句嘴："山那边，听说也姓罗？"

罗村主任说："那是，他们本来是亲兄弟，后来几代下来，就有点纷争，兄弟阋于墙，渐渐地，以岭为界，老死不相往来。"

有两个校长对这种历史颇有兴趣，详细地问了些有关这方面的话题。酒兴到这里，大家倒也熟络起来，不过，两位村领导对老祖宗当时纷争的记忆，不外乎利益——古往今来，所有亲情友谊的断裂，也就利益两个字。谁的土地好些，谁受的利益多，互相攀比，互相拆台，互相不服气，好像整个宇宙就剩下这罗姓的两支，千丝万缕的血缘一脉相承，倒变成后代人争相要追赶要较真要比拼的志气。

罗支书暗笑两声，说："讲起来也够荒谬。人活在世上，那些国际大事、国内大事，都与自己远着呢。最亲近的就是这些周边邻舍，较着劲的也是周边的邻舍。"

小范一直不作声，低头把玩着自己的那盏酒盅。罗支书这时朝向她说："范老板，我们广东这边，把所有不是广东的人都称为北方人。但地理位置上，你可是南方人，不是吗？南方女孩子，不像岭南女孩子，也不像真正的北方女孩子，你们要聪明得多，不是吗？"他遥指着自己的酒杯，慢慢地喝着。

小范抿抿嘴，笑道："罗书记哪里话？再精明，也是罗家嘴的媳妇。我一样要指着罗书记给我口饭吃的。这几年，也承蒙罗书记对我们的照顾了……"

胡太和他们都不是特别熟，小范是村头邻街士多店的店主，是外省人，有时候回娘家，也会捎带些土特产给老胡这边，比方这桌上的红薯和玉米。老胡有时候在小范那边采买些东西，可能老胡和小范相熟些。胡太低着脑袋吃着玉米，倒真是糯、香、甜，心里奇怪着小范的腔调，有点历尽千帆的模样和痕迹，稍稍琢磨小范的眉眼、姿色，眼风看人的时候有点轻佻，嘴角带点挑逗和讨好，拿捏着掩饰不尽的沧桑。罗支书平常来往更少些，点头之交吧，倒不大说话，不像罗村主任比较热乎。桌上别的人仍旧各干各的。罗支书的眼神朝小范斜斜地那么一扫，小范的脸波澜不惊，眼皮却不经意地跳了两下。胡太心下里咯噔一声，嗅出一点那种隐秘的心慌。

4

饭后，大家随处去逛一逛，还是想去老胡牧场看，因为比较开阔，而且想近距离地看看牛啊鹿啊。老胡的兴致倒挺高，一谈到他的百香，无论鸡啊猪啊，还是他种养的洛神啊桑葚啊，话头儿特别多。

牛在努力地吃草，据说饭量大得惊人，几位校长就引用些许

成语来指证牛的胃口。牛倒不大怕人，挨近了，仍旧吃着嚼着，并没觉吞咽，牛颈处的肉皮全都往下耷拉着，水面波纹颤动荡漾一般。有时候，也斜眼看看身边的人。它们的毛色特别漂亮，有纯黄和纯褐两种颜色，都亮得极有光泽。老胡介绍他的牛，看得出大小不一，因为生产月份不一样，据说牛一年也只产一胎，而且品种良好，所以价格不菲。每头牛现在都有了主人，只待日子一满，就等来人牵去，或杀或宰。当然不是耕田犁地用的牛，不然价格哪有这么好？算是帮着照管几年，同学随手算算，赚头也相当可观，不禁又赞叹老胡的眼光。

"谁能想到，这地儿也就离深圳一个多小时的路程，却有这么一处世外桃源？你老兄算是得了五柳先生的道，提早尽享桃花源的仙气，还比陶潜来得自在，享受赚钱两不误。"校长们深呼吸一口气，"多好的空气！你这负离子指数大约是超高的。而且，真就是奇怪，偏一点牲畜的味道也没有！"

老胡说："牲畜也有灵性，你哪里能老圈着它们？你得设身处地为它们想，谁不喜欢开阔地界儿？谁不喜欢辽远眼界儿？谁不喜欢满世界跑一跑？吃吃草，晒晒太阳，总是一世，尽可能让它们开怀一点地活呗！"

有同学道："老胡还是像原来一样，一个教数学的，满脑子的哲学思维！"

老胡笑道："也不是什么哲学思维，就是觉得你应当尊重点它们，让它们健健康康地成长。"

同学们这会儿撇了嘴说："这话说得真好！你若老这样考虑它们，还不如入佛出世吧，不吃荤腥，也就真解救了它们。"

罗村主任也调侃起来："若真是环境保护主义者，动物保护协会的，叫我说，还不如就地自杀算了。因为活着，就是不环保！你吃植物，你以为植物没有生命吗？"

几个人争起来："这话太绝对。我们搞教育的，哪能这么容易上纲上线，孩子如何引导？"

"这与什么主义倒不违背。每种生命都有一死，只要你尊重它的生时，也就足够。这是我的哲学！"老胡倒不恼，抬眼看了看他的牛群，"牛是很聪明的动物，有次谢小雨和李月晴困在栏里，牛群已经走远了，我们都看不见，结果我把它俩放出来，那边牛队伍也没吱声，它俩自己就循着队伍路线找到了。你说神不神？"他又指指远处的栅栏说："钟声也聪明，生病的时候，它就朝你翻白眼，往你边上蹭，嗷嗷叫的声音就透出可怜劲。你就知道它病了。"大家伙儿朝那边场地望，想着"钟声"可能是指一头巴马香猪。

同学说："你看你和它们都处出感情来了，连名儿和姓儿都起得有模有样。这要是万一人家过来带走它们，你不难受？"

老胡说："肯定是要难受。不过，也都奔五十的人了，什么没经历过？心肠练得硬。只是它们走时，我不去看，都是交了刘布头，他去弄。"

大家笑话了他一场，老胡好脾气地敷衍着同学的玩笑。

这当口，罗支书叫了老胡一声，可能有点私话要说，老胡快快地过去。校长们、小范，还有罗村主任便直往牧场深处转，挨近牛，牛倒不理会他们，仍旧慢慢地吃。挨近鹿，公的比较警觉，马上就站起来，挺高鹿角，一副剑拔弩张的模样。大家与动物自觉已经不陌生，慢慢地又往前挪挪，公鹿站直身子，看得出它全身的肌肉都开始紧绷，脉搏在各处激烈地跳动。

母鹿和小鹿还卧在草地上，不像这头公鹿那般紧张，好像并不觉得有什么危险一般，眼神柔和，还有些懒洋洋的。

小范说："它怕我们，我们还是离远点，别招惹它。"说着，朝公鹿友好地丢根树杈，算作见面礼。公鹿一动不动，没有任何表示。

老胡远远地朝他的同学们叫："别挨鹿群太近，你们走远些。"大家吓了一跳，慢慢地撤下来，往回转去。一路上，大家又摘了好多木瓜，兜进一个大塑料袋里，掉在地上摔烂的，也捡起来，捧了招呼前面场院的猪啊羊啊鹅啊，"啰啰啰"地叫唤，它们就赛马般奔过来，分抢着木瓜，吃个干净。

有同学对一头神仙猪关心起来："它的眼睛好像不好使啊，你们看，它好像有点白内障。"

老胡走过去说："六月时给它喂多了荔枝，也是它娇贵，别的猪都没怎样，它就上火了，到现在都没下去。吃多少金银花，也没见好转。又怕它泻肚子。"

大家叫起来："你也忒奢侈吧？给猪喂荔枝和金银花？"

老胡说："漫山遍野种的都是荔枝，今年才开始，也没去计较收成。烂在那里总妨事儿吧？就干脆砍下喂牲口！"

大家叹息一路。所谓北方过来的人，多少对荔枝有渴望艳羡之情，现在岭南的老同学，竟然用荔枝喂猪，怎能让人不上火?!

老胡遥指百香西边下风口那片，那边儿似乎是野地，没什么人家，茫茫然一片，视野开阔，有些地方光秃秃的，有些地方树丛就生得茂盛，现在正值晚秋时节，仍旧森森然一丛绿林，墨黑得深沉厚重。"那片龙眼树，好多年了，每年收成也大，我顾不过来，果子落满一地。也忒可惜。"

老同学们气得大叫："你真是糟蹋东西。没人手，把我们唤过来，给你晒龙眼干也是好的啊！"

一个同学问："你不是才租下这片地五六年？怎么这些树倒有这样长的树龄？"

老胡说："这些地早年就有荔枝龙眼木瓜树什么的，全是野生，还有些别的热带水果，不是我来才种下。当时连地连树一块儿全包了。"

"你没把那些杂树都砍掉？"

老胡笑："没杂树，都是好树。我就顺着原来的树势重新圈了牧场。有些恐怕也是多少年的树精，砍它们做甚？"

大家叹一下："不能不说，老胡就是特别有想法的人。当年我们都做了孩子王，独他师范毕业教了三年书，一口气离职来到南方，干下大买卖。老胡就是比我们这帮同学混得强！"

老胡呵呵笑着并不接话。

大家并没有像中午说好的那样，说是还有事，实在太忙，得急着赶回去，明天还有论坛什么的，没有吃晚饭就散了。老胡在门口送客，他们一拨一拨地从百香出去。胡太接了个电话，说深圳那边有事，急匆匆地启动自己的车，也一路绝尘而去，比校长他们还要快地离开了百香。

5

这天吃过晚饭，老胡一个人像往常一样巡视牧场和菜园。到底是冬季，日头下来以后就有了些冷意。天突然黑下来，连着两拨校友和同学的到访，热闹过后，陡然清静下来，老胡还是觉得有点凄凉。他这儿平常太过寂寞，几乎很少有人过来。离开热闹的商场，下决心投资这块生态园后，这五六年，老胡就几乎淡出了曾经的社交圈。他关照看守的雇工几句，往自己的院子走去。

路上有个人，渐渐地挪近。老胡有些诧异。

小范远远的一个小点，慢慢地在黑夜里移过来。老胡倒有少许吃惊，说起来，他和她算有点交情，有时候，他也会送她一些菜蔬，仅此而已。他只是听说她也是外省人，嫁到这里，丈夫是哪个，老胡拎不清，也从没想过要弄清。

小范在刚起的月光里微笑着，慢慢进院门，径直往池塘那边的秋千上去了。老胡本来站在池塘边，又觉太过冷淡，忙拉把帆布椅在池塘边坐下，离小范不远不近的距离。

小范话很少，老胡不知道她到底要干什么，有微风缓缓地从远山那边吹过来。两人沉默了一会儿，老胡便从右侧的鸭舍开始讲起，说到晚间黄鼠狼会从山那边过来，叼走他的鸭子，还说山那边爬过来的蛇，也把他的鸭子给吃了。

小范不是很害怕，不过也小心地看了看鸭舍问："现在有蛇在那边吗?"

老胡笑起来："应该没有。不然鸭子没那么安静。"

小范说："我家原来水缸里也卧过一条蛇，早上起来烧水，移开水缸盖，就见一条碗口粗的蛇卧在里面。我吓得大叫我妈，我妈生气极了，因为一缸的水都白白费掉，我和两个弟弟还得重新再去担水。得担好多担呢!"

老胡笑笑，想她终于开口，原来是来和他话家常的。

小范接着说："我家门檐口还有燕子窝，总是叽叽喳喳的，家里人不许抄燕子窝，还有喜鹊窝，说怕散了福气。从来没抄

百香

过，从来也没见有福气。"

老胡没搭话。

"胡大哥，你不是这里人。"小范瞪着一双黑眼眸，在渐渐明亮下来的月光里注视着老胡。

老胡突然警惕起来，不想再提起话头，他太清楚小范这类人的眼神了。曾经，他觉得女人只要年轻就可以，所谓秀色可餐。而现在，他挑女人，暧昧一下也未必不可，但是一定要和他能说得上话，不用说读过什么《查拉图斯特拉如是说》或者《尤利西斯》，但至少能和他说到一块儿，有独立的见解和思想，甚至能打动他、让他佩服的聪明女子。小范不是！他了解她们的眼神，那种媚气，从骨子里散发出来，是要有朝一日来索偿的，总有一天，她会对他有所求的。他太明白了。

天已经完全静下来。应该已经过了七点。老胡有点闷，不知道小范这样子还想待多久。凉意快速地升起，弥漫开来。老胡不禁打了个寒战，歪着头斜睨小范一眼，发现她根本没有要走的意思。

"冷不冷？你要不要加点衣服？"老胡淡淡地问，他没有想动弹一下的意思，冷漠的关心其实是想送客的。

"胡大哥，我结婚后……"小范突然悠悠地传过来这么半句，戛然卡住。老胡没应她，因为他不明白小范突然来这么半句是什么意思。"结婚有五年多了，老公挺老实，不知你见过没有，有时候会开辆面包车过来送货。"

老胡身子向后靠一靠，想看看天上的星星，但只有寥寥的两三颗。

"我一直没能怀上孩子。看了很久的病，什么检查都做过，

甚至，前段时间还做试管婴儿，排好久的队，好不容易培育成功，真是好遭罪，但是没用，还是没怀上。"

老胡仍不言语，他的心在咚咚地跳，他满脑子在转，小范想让他怎么样。

"人家说，老辈人传下的方子挺管用。我也是没办法，拖下去总还是要对你说，能行就算我积了大造化，不能行，也就只当我没说过。市面上多少钱，我一准儿按数付给你。或者，您说多少，我们就给多少。"小范一直蜷在秋千椅上，老胡这才感觉到，自打上了秋千椅，她可根本没荡过，就那样一直把身子蜷在椅子里，好像要蜷回到生命最初的形状，回到母亲身体里。

老胡的神经一点一点地绷紧，他突然明白小范要什么了。他奇怪的是，她怎么知道，她怎么看出来的。除了那头公鹿，还没有谁留意过呢，因为没显怀，谁能看得出呢？那天下午同学过去的时候，公鹿不就是为这个紧张？

老胡没动静。他的脸如果在白天的光线下看，已经非常变形，是的，如果再靠近一点，如果不是他高喊几声，他的同学就会走进那片危险领域，那是公鹿的底线，再近一点，他的同学就会遭遇鹿角毫不犹豫的攻击，那简直不堪设想！

"可以吗？"小范声调降下来，明显带着怯意，但她坚持着，不能不说下去。"我就想要鹿胎。您给什么价我都会接受的……"

老胡低沉地吼一句："滚吧……"

"啊？"小范还没反应过来。

老胡站起来，嗓门提上去，但明显觉着他是强抑着。"你滚啊！"他的声音很凶恶，透着让人毛骨悚然的颤抖。

6

老胡读书的时候算是学霸，考得也还不错，然而家境着实不佳，又因为是长子，和族中长辈商量许久，最后心不甘情不愿地上了师范，因为不光学费全免，而且每月还有补助，伙食和生活费也再不劳家里操心，节省下来还有余钱支援老家。老胡从上大学后就开始自食其力。

老胡毕业后的分配倒也不错，去了某个省会城市的一类中学教高中数学。他算是第一代有真正本科文凭的毕业生，在执教的中学，度过了第一个教师节。

他当时是普通的任课老师，还没来得及成为班主任，带三个高一年级班：两个重点班、一个普通班。学校挺重视他们这些分配来的大学生，分给他们单身宿舍。教导主任谈的是，让他们从高一一溜儿带下去，带到这批孩子高考结束，然后再带新一茬上来的高一生，也这样过三年。

他比他们大不了多少，看着他们苦巴巴学习的样子，也想到自己曾经经历的苦。那时候，是千军万马过独木桥，入了大学校门，便成天之骄子，会觉得万象更新，前途似锦。

然而，人似乎是不能有思想的，想太多了，就觉得一切都特别空。看着手下自己教的那几个班，埋头苦学只望着高考这一个目的，任何时间和任何精力的浪费都是为高考埋下的障碍，老胡突然就觉得人生无意义。重复性的工作，重复性的日子，重复性的想都不敢想的一个接一个的三年，让他觉得自己的一生都将被枉费。

重点班和非重点班，从十三四岁，人就开始分类，起跑线就开始分岔，他觉得这是对孩子的一种不公平，一种对别人人生的毫不在乎。

那时候南风渐盛，身边很多的人都开始辞职下海，老胡突然觉得自己的这份工作一点意思也没有。他动了闯荡世界来证明自己价值的心。

还算不错，他坚持带完他的毕业班，把孩子们带到高中毕业参加完高考。在毕业晚会上，他给那些春风得意拿到大学录取通知书的孩子签名留言，也和那些失意的没有得到机会进入大学接受进一步教育的孩子谈心。他说，社会是一个大舞台，你总有发挥你能力的机会。

是的，这是他说的。

然后，他义无反顾地走了。是自动离职——那会儿，国家干部还不允许停薪留职！他没给自己留任何退路。

老胡和胡太是大学毕业后谈的恋爱，那会儿世风还好，感情也很真实，老胡说声辞了内地教师的职，只身南下，胡太后脚就跟过来，反正也算回到自己老家，守着老公，打出一番天下。

他自己也没有想到，折腾来折腾去，他一个数学系的高才生，满腹的微积分二阶常系数齐次线性微分方程，最后却搞上最不需要动脑子的行当——一个从农村过来务工的初中肄业生都能从事的行当。

那个时候，他真得务实了。什么理想，什么专业对口，什么前景，在接踵而来的"赚钱才是成功"的论调面前，舒适的生活才是更让人愿意追求的目标。

装修这买卖，和人打交道得多，业务做大以后，便不仅仅是家庭装饰装潢了，而是直奔大客户，满楼满盘地拉订单。老胡的生活质量从那时候起节节升高，发生翻天覆地的变化，老胡的病也就是从那会儿落下的，紧张，难受，恶心，呕吐。到什么大医院都查过，酒也戒了，烟也戒了，除了他们这帮人最易得的"三高"，找不到别的病根儿。医生越查不出病因，老胡就越是心慌，觉得自己大限将近，颓靡过后，反倒没什么牵挂，慢慢地就把生意交给一直做着公司总监的侄子，让满心牵挂生意的妻子当老板，他自己淡出江湖了。那时候，他被人介绍去终南山，修行半年后，有点悟道，差点再不归俗。

当时儿子还在读初二，正是关键的年龄，胡太逼得急。想她一个女人，又管家又管生意，还摊着这样的丈夫，极为不易。胡太就托老家的关系，在罗家嘴这前不着村后不见店的地方给丈夫买块院子，让他在这边安心修身。

老胡也没想闹腾多大，可能稍有点出世的悟道，觉得这么小块地方可以怡情养性，最主要是把身体调理好。这便是百香的雏形。

后来，他竟渐渐痴迷于此，不仅把院子买了二十亩扩张，还租了两百多亩地皮来饲养大型牲畜。

他日出而作，日落而息，与小时候在老家一模一样，翻养田地，与牲畜相伴，与植物菜蔬为友，跳到塘里与鱼儿嬉戏。远山是他的尽处，大且神秘，没有狼，但有野猪、野鸡、黄鼠狼甚至果子狸，还有各种有毒无毒的蛇类、爬虫类。断了烟，却没戒酒，长期素食，只吃自己种植的这些蔬果，每天在这片大自然里生活，他的体质慢慢好起来，"三高"降下，所有的症状竟然都消失了。老胡想，他又回到他童年的日子，转一个圈，他解甲归

田。人生的轮回，真是让人匪夷所思。

从湖北老家到陕西上大学，从陕西大学毕业到分配去山东教书，从山东辞职再到广东下海：广东待的地方太多了，一会儿茂名，一会儿韶关，一会儿英德，他后来定性，把公司固执地开在深圳，把家也完完全全地安在深圳，落在深圳户籍上，买下深圳三套房。现在，他又跑到深圳的邻市来，他已经决定，他的下半辈子就在这百香过下去。

有时候他自己也会奇怪，百香的日子和他小时候的日子几乎没有区别，说有的话，可能百香比他的家乡还富裕得多。也许在他自己的老家，他可能驰骋得更远些，他甚至可以带动他的乡亲来建设一片比百香更大的田园和牧场，有什么难的？现在他有的是钱，足可以使性子乱花的钱。然而，他没有，他甚至从来都没想过回自己的家乡去弄这样的一片地方。人是多么奇怪，在异乡过着怀念故乡和童年的生活，却坚决不愿意回到曾经的故土去免却念旧思乡之苦累。

老胡不想解释，不想探究。人，是很奇怪的动物，比他饲养的那些牲畜复杂得多。

只是，很多年以来，他一直没有忘记他曾经满怀豪情斗志昂扬地教过的那些学生们，他一直记得他们的名字、他们的长相、他们的性格，以及那些孩子们之间的友谊和个中的小矛盾。他一直记得。

他再也没有和他的学生们有过任何联系。他知道他们有的人会很杰出，有的人会很平庸，有的人也许会长寿，有的人也许会命运多舛。像他一样，总有经过和阅历，总有失败或成功。

他把他们的名字放进他饲养的那些牲畜中——刘玉华、曾志勇、薛青、李纯浩、钟声……

他对待它们像人类一样尊重，像他带过的学生们一般心疼。他和它们讲悄悄话，掏出它们的心思，谁和谁闹别扭，谁和谁拉帮结派，谁那么喜欢打小报告，谁阳奉阴违。甚至，在毕业后，谁有可能和谁谈恋爱，谁和谁真修成了正果。在每个日落的归圈里，在每个日出的闲暇中，它们会向他诉不肯向别人诉的苦，流不肯向别人流的泪，告诉他不肯向别人告诉的愿望，向他吐露不好意思让别人知道的野心。甚至，刘玉华暗示他支持它，去做所有小母牛们都会讥笑它的事情：它想去追求那个俊朗健康的曾志勇。钟声却叫他给它勇气，去与全世界都认为比钟声厉害的那头最强健的巴马香猪严宏忠去争个高下……

他从来知道它们的将来，就像他早就知道他的那些学生们的将来一样，都是有宿命的，有逃不过的命运。但只要现在，在活的时候，努力地、快乐地活着。在阳光下跑，在雨天泥泞里行走，他们至少健康地、受尊重地活过这么一生了。

然而，他从来没想过，他的学生里会不会有个小范这样的人。他其实压根儿就不了解小范，可是他的学生里，会不会总有一个像小范这样的，没太多的文化，远嫁到岭南一个不算富裕的小村里，和一个面孔模糊的当地人成了家，开一爿小店，每天最发愁的事，是如何为这个陌生的家族传宗接代。

老胡吹了一下风，把通向大平台的铁门牢牢锁住，踏着台阶下了平台，慢慢地踱回自己的住处。

西里在院口等着他，他唤它几下，锁了院门。西里又随着老胡看周边饲养的这些牲畜：两个池塘的鱼都没什么动静，后院锁着的那些鸭也没闹腾了，那些鸡也进笼熟睡了。西里没有阿妹聪明，原来老和可可在一道儿，哥儿俩凶神恶煞，张狂过一阵子，后来阿妹没了，把它哥儿俩分开，多少有些孤单。老胡看着西里瞅着他的眼神，叹口气，他知道它的孤单。

刘布头和他老婆早休息了，另几个看场的员工也早躺下。空气里弥漫着一股青草的香气。老胡最后检视下自己的院子，捏捏锁头，又踱回池塘边。

一忽儿，恍然觉得一千年好像就过去了，抬眼借着朦胧的一点半明半暗的天光，才过了二十多分钟。

老胡起身，把西里放进院门边的窝里，慢慢回到自己的房间，关掉手机。

7

隔了几天，罗村主任和罗支书真带着人来百香，介绍说是开电子厂的彭生，也是深圳过来的，眉眼间气宇轩昂，他听村主任介绍老胡是百香的园主，便对老胡特别客气。

罗村主任介绍说："彭生是湖北的，也是你们老乡。"

老胡笑笑道："岭南两湖人多，不过名声不好，说我们太贼精，是吧？"他不打听彭生是哪里人，好像不大热衷攀老乡。

彭生笑道："也是。深圳蛇口那边的湖北人更多。胡总在深圳住哪里？"

老胡说："住福田，现在很少回去。已经习惯这边了。"他接着解释："我现在是扎根这里，都办下这边的户籍了。"

罗村主任忙点头说："那是，如果不是罗家嘴的人，是买不了这片地的。"

彭生问："当时是多少钱一亩啊？"

这话问得稍显突兀，老胡三人都用"呵呵"尴尬地支吾过去。罗村主任忙介绍老胡的百香，说它就是大众嘴里的生态园，里面有新鲜无害的果蔬，还有自然放牧吃草觅食的牲畜。

彭生说："那就太好了，我以后在这边做工厂，就可以和胡总一起爱好大自然，也可以每顿吃上天然食物。现在，这吃，实在是太重要了！"

老胡蓦地一愣，转头向罗支书道："这话我怎么没听懂。"

罗支书顿了顿，说："百香西边的几百亩荒地，彭生想租下来开工厂。以后，你们可是邻居。都是湖北的，家都住深圳，产业都在我们罗家嘴。来，以后大家都是亲戚！"罗支书笑笑。

老胡声音厚起来："百香那西边的地，不是说一直没人要吗？土质又差，也不好引水。电就不要谈了。电都没办法解决，哪里能开什么工厂的？"

彭生有点奇怪："我们是开电子厂啊，胡总，不会以为我们会影响你的生态园吧？电子厂没污染的。"

罗支书说："如果他们租地盖厂房，报到乡里去，供电的问题会马上解决。乡里现在就是要发展，就是想招商引资。如果有这类项目，很好批下来。那时，胡总，你的供电问题也解决了。"

老胡正色起来："开什么工厂？那不把我的百香全给毁了？有工厂的地方，哪可能再有什么绿色食品？你们想想，废气、废水、废渣……你们想想，这些牛，这些鹿，这些猪，那些羊，它们还能生存下去吗？……"

彭生小声地辩驳起来："我们没有那些，我们是电子厂，哪有什么废气、废水、废渣的？"

老胡明显有点生气，出气的声响大了些，不再理人，面朝着远山。

大家安静一会儿，罗支书接着说："胡总啊，我们罗家嘴是穷地方。全国都说岭南富，可是到我们这边，富得也就只剩青山绿水了，富得那叫一个干净！"

罗村主任没再插嘴，安心地听书记讲话："我们地理偏，往前面十几里地，说是廖仲恺先生的祖宅，谁知道呢？也没听说他后来来过一天没有！建高新区，没我们的份，建旅游区，没我们的份，没特产，也没温泉，更没异象。这几十年改革开放，红红火火，岭南着实闹腾得风生水起。可是不管政府做什么，我们连擦个边的份也没有。就好像，我们被忘记了。通高速，整高架，修高铁，全离我们远远儿的，到我们这儿，您若不自驾车，还真得坐辆'随手招'到二级路上，一步一步踏踏实实地走进来。我们现在有的也就只是这片土地，荒郊野岭的，不然，胡总也不会看上我们这地儿，过您说的神仙一般的日子。"

老胡笑起来："哪里有你说的这么荒凉？只不过就我这边，靠近那片山，有点野，可能离大道远，政府规划不到这里罢了。你们那边，还好。"

罗村主任说："哪里？要是政府规划到我们这儿，我们早就农转非了，就像别的乡别的村一样，早成工业园了！"

老胡冷笑一声道："政府都规划了，还有农牧业没有？我们到底是农业大国，还是得吃粮的。"

罗支书淡淡地说一句："我们是靠天吃饭的农民，怎么也得认命。但人活着，也得有希望。为什么一样是农民，人家可以富得流油，再也不用靠天吃饭，我们就必须守着这片地，去种他妈的什么粮?!"这话有点粗口,老胡、彭生虽然是生意人,但都算是斯斯文文,对他们来说,粗口好像不太妥当,但罗支书讲完,很是正义凛然。

"祖宗留给我们什么,我们认什么!有的祖宗留下好风水,后世得到便宜,那是人家修的福分,再怎么羡慕嫉妒恨的,也没办法!祖宗留下地给我们,让我们自己去经营,那我们这一代,尽量过好,不行吗?"

罗村主任又接上去,赔着笑说:"主要是,如果开电子厂的话,我们村里的富余人员,也有活儿干了,不用千山万水地往外面跑,正正经经地在家门口上班,靠薪水也能吃上饭。不是吗?"

老胡心里冷笑,他在生意场上多少年,太懂这些付出土地的农民了。还想干活儿?那简直是痴人说梦吧!大把的土地卖给工厂,这辈子的好处把下几辈子的利益都得完了。但是他不好再言语。毕竟,地是人家的,想来刚才他们也早带彭生看过那些废弃多年的荒地,也许不止一次。今天介绍彭生过来认识,也只是礼貌上的表象,人家的土地,想怎么用就怎么用,犯得着向他老胡解释什么吗!

老胡不作声,一肚子的怒海翻江,只能在心内波涛汹涌澎湃激昂。

这当口,看鹿的乔师傅急匆匆过来,说叶月红有点闹腾,有两天都没吃东西。老胡着急他的鹿,把眼下对百香可能存在的环境破坏放到一边,倒打破了大家的尴尬。罗支书二人便带着彭生先走了,老胡和乔师傅去往鹿场那边。

乔师傅看模样大约有六十岁,有只眼睛好像有点白内障,右眼蒙蒙地裹一层白霜,长得不高,穿得干净。当时过来的时候,乔师傅倒不怯，说原来是三峡那边的，后来移民到枝江，曾经邻县的，有人移民到这边，说这边工作好找，儿子儿媳就过来了。在枝江也是外来户，一直没怎么适应，后来和老伴一商量，跟着儿子儿媳一块儿也过岭南来。他当时来百香应聘的时候说自己身体还棒。但是这边活儿不好找，像他这般岁数的人，找了半年没活儿干，也急。

乔师傅挺会说价，把自己的工钱要求到三千元一个月，还得包吃包住，周日另外休息一天，因为家里人都这个时间休息，还有个刚上幼儿园的小孙子，总得享点含饴弄孙之乐。

老胡倒都答应，仔细说了是十六头鹿，十头马鹿，六头梅花鹿。

乔师傅不木讷，毕竟走了些地方，见过场面，说起三峡移民，老胡以为他会很怀念原来的家乡，到底住了一辈子的地方，说搬迁就搬迁了？

"那有什么可怀念的？原来的地方可苦着呢，和这边没法比，和枝江也没法比。"乔师傅嗤之以鼻。

"哦？"老胡有兴趣起来，"可是那么多风景都给毁了，神女峰也没了。我还专门在三峡大坝建成之前跑去看了那些风景的，想想都可惜！"

"那有什么可惜的。"乔师傅倒果断，大手一挥，"那些风景一点用处都冇得！"他兴致上来，讲了许多建大坝时的趣闻，截流时的惊险，指点江山，激扬文字，自豪之情溢于言表。

老胡不吭气，心里可惜着被破坏的那些风景。乔师傅越发措辞激烈："那些都是没用的文化人搞的事情，他们吟风弄月，坐了高级轮船逛几圈，又回去过他们的好日子。可是他们不想想，我们在那里苦巴巴地过了上百辈子。修水电站，修大坝，造福于民，知道吗?! 他们住在高楼大厦里，为什么让我们守着风景去过无水愁电的日子？你说是不是？"老胡只能笑笑。

老胡和乔师傅到了鹿场，叶月红还在害喜的阶段，又是初胎，有点娇气。老胡就让乔师傅给叶月红多掺点黄豆和麸皮，又仔细地看看那些鹿们，叮嘱乔师傅，哪头小鹿是生下来多久的，哪头雄鹿过段时间要锯茸的，哪头鹿别看个头小，脾气倔强着呢，哪头母鹿最近有点受风，让它在阳光下多晒晒，给它喂点苔藓类的植物。

乔师傅嘀咕说："我都不知道南方也能养鹿，以前以为只有北方产鹿。而且还以为梅花鹿是稀罕动物呢。"

老胡说："这边养下的鹿肯定没有北方的好。不过，只要地界儿开阔，鹿群也还是可以适应这边的。野生梅花鹿和马鹿确实是国家级保护动物，但人工饲养的话，也就没那么些说法。"

乔师傅倒比雇的另几个看工话多些，以为自己走南闯北，有了见识："鹿的全身都是宝啊。你还可以把鹿肉制成鹿干卖呢。清远还是哪里，我听我儿子朋友说的，有片很大的养鹿基地，一年下来，很赚钱的。"

老胡只想中止和他的聊天："鹿和牛啊羊啊猪啊，都不是我自己的，是我帮人家代养的。收点代养费罢了!"

乔师傅一直对赚钱有很大的想法，描绘了好半天养殖的美好前景。老胡交代完后，马上走掉了。

8

送走家婆，小范有点发呆。家婆的话她其实都听明白了，在广东待了这么久，什么白话客家话潮汕话，她到底知道不少。她总以为她能对付这些人，陌生的，没牵没连的人，其实根本不能够。她毕竟要在这里扎下根，想活出一个顺顺心心的下半辈子来，到哪儿都有堵大山头横亘在眼前，就算是翻山越岭也得过去。

她本来没想骄傲什么，说起来是有点姿色，在外也闯荡那么多年，选择罗发子过这下半辈子，是觉得他老实又厚道。她从来不觉得罗发子高攀她，她心里觉得自己是低下的，但她把握得很好，让罗发子感受到她的柔情和善解人意，让罗发子觉得婆了她是前世修的福分。可是，偏巧命运仍旧捉弄她，她竟然还没有生下一个孩子！

"如果不能生养，我们要媳妇做什么?!"家婆平常不大吭气，因为穷，一直穷，这大半生也没能在罗家嘴直起过腰来。眼见着婆了外乡媳妇，儿子把她当宝贝，儿媳妇也算懂事，又有点小能干，在街上开间铺子，多少年的委屈差点就可以扫净，就可以扬眉吐气。可是，不能生养——这还能怎么说?! 已经五六年过去，什么法子都差不多试了，儿媳妇的肚子却仍旧没有动静。

"我也不是逼你，但没孩子，你让我们发子将来怎么办? 你让我将来怎么办?"家婆坐在小椅上，面冲着墙壁讲，声音夹着狠劲。然后，她缓下来，盯着小范看，"你努点力，再上点心。这些老人的法子是很管用的。你先弄来补一补，身子顺了，养孩子就容易了!"然后,她恨恨地走掉。因为觉得有理,她走得非常有力气。

罗发子始终一声没吭。小范没指望他能帮她说什么。这么大的事,他又能说什么?如果鹿胎真能治她的病,真能给她带来孩子,那她还有什么做不到的?

院门外有人声在喧闹,又传来了车启动的声音。村里有两条明显的分界线,支书、村主任、会计住的地方,有像样的水泥道;另一片住的人少,多是几辈子在村里穷惯的老村民;再往里,才是胡总的百香——只有进百香和那片荒地的时候,外来车辆才会停在她的小店前。

罗村主任、罗支书在外和那车里的人打招呼,样子很巴结。车里人说了一些什么,然后就扬长而去。

小范问:"是来准备在荒地办厂的老板吧?"

罗村主任说:"你就是比一般人聪明得多!"

小范赔笑说:"我哪里聪明?只是早听到有这么个风声。"转而念叨下,"那胡总是不是不大愿意?"

"那也是没办法。一个百香才租多少钱?如果那片荒地人家买下来,我们村就发达了。"罗村主任向着小范的士多店,"你的生意就更大了!据说,人家是要开有四五千人的厂子呢!你想想,你可真要发了……"

罗支书一直不讲话,在夜色里,斜斜地看看小范。

小范到底聪明,有些事情很容易就连贯上。她移步到罗支书这边:"书记,那还不是你一个人说了算?"这话她说得够小声,罗村主任几乎听不见,后面的话倒大大方方地扬了音:"那我们真可得您关照了……"

罗村主任笑起来，识趣地走掉。

罗支书留下来，看着眼前的这个女人，他倒是垂涎很久了，自打她嫁过来，自打她一门心思地开这爿店，他没少关照她。她到底知不知道好歹？他可是她正儿八经的父母官！捏捏她，就像捏片草叶一样容易。然而，他总想让她自己过来，两情相悦地依靠他！

小范靠近他，他看得见那种曾经熟悉的浪，折服于他权力下的那种讨幸。他听到她酥软的声音：“周四下午，罗发子去城里打货呢……”

9

又是新的一天，在百香的日子，每一天几乎都是相似的，老胡甚至不用知道今天到底是几号、星期几，只用清楚今天是乔师傅来上班的第几天，下的草料已经吃了多少日子，钟声的眼疾已经好了几天了……

小范过来的时候，老胡在大平台上就看见了。他看到她跌跌撞撞的身影，吃力地拎着一箱什么东西。老胡想想，远远地看看懒洋洋俯在地上吃树枝的叶月红。乔师傅说起来能言善道，可是出来混久了，就多少有点坏习性，喜欢偷懒。老胡不像以往，看不惯的事，喜欢当面叨咕出来。老胡现在不说人，如果看不惯别人做事，或者觉得别人没做到他想做的那份上，他就自己上马去做。老胡现在只能自己对叶月红多上点心。他走下大平台，没理会小范的出现，径直往鹿场那边过去。叶月红还有五个月将要分娩。他让乔师傅多照顾一下叶月红，这是它头胎。和人一样，头胎的鹿，多少小心点，以后生顺了，就好了。和人一样，鹿崽也金贵，八个月的孕期，就只一胎。

村庄其实挺大，老胡这边应该是村尽头，百香园内，老胡都用碎石混着沙铺了路。一出来，就是永远坑坑洼洼的一条烂泥道，不下雨也是潮的，路上全是积久的淤泥。如果下雨，根本就没法儿走路。两边稀稀落落地盖了四幢楼，多是两层的，虽然也没盖多久，但因没人住，再是石坚瓦强，也有点摇摇欲坠的样子，没有人气的衰败——小范曾解释过，那是村民里霸道强势之人，一般来说都是罗村主任、罗支书的嫡系，强占地盘盖的。现在举国一片动迁之相，他们霸了地，草草起了楼，也做梦等着还建的时候捞上一笔。

那会儿老胡还笑着对小范说："还建？补偿？猴年马月的事儿啊？他们还真相信会动土到这块儿来？"

小范当时声音有点低沉："那也说不定。一个规划下来，圈进去了，他们不就走狗屎运了吗？这可真不好说！"

那一次对话，是老胡头回和村里人说那么久。好像有点交情也是从那会儿开始的吧。小范后来倒和老胡打过些交道，她人勤快，嘴也甜，但话不多，有时候老胡闷久了，也喜欢顺着思路一气说点旧事，起初在大学，后来当了孩子王，再后来做生意，甚至拿到过大运会的几个项目。小范听得倒认真，有点向往的样子。他们真是异乡人，过来的经历大约都能写成一部书。但是老胡没打听过小范的过去，怎么会来到这座小村庄呢？不知道这种异乡的习俗，能否过得习惯？他好像听说小范的家婆就住岔道那边，挺破旧的房子，每天黑黑的暗暗的，却有双在黑夜里能发现异物的炯炯有神的眼睛。

那一次好像说到长安，东莞的一个名镇，也是挺富庶的地方，老胡原来在那边接过一个项目。讲到一家吃肥肠煲的小店，味道真是让人到现在也回味无穷。小范脸色马上亮了，说起那个四川口音的老板娘，爱嘬着嘴唤一下，马上就来子吵……普通话的口音拖着四川腔，然后小范就突然打住。老胡笑问她，你也去过那家店啊？小范不置可否，话题就转了。老胡当时有点怅然，想着曾经和这个陌生女人还在那么偏远的小店吃过同一样的煲仔，多少有些感慨。

她倒是比罗家嘴其他女人开明得多，毕竟是从外乡过来的，也许像乔师傅一样，背井离乡走过好多地方，也有好多见识。士多店开得不说多红火，但毕竟也在邻街的道上，来来往往的人，来来往往的车，来的都是客，全凭嘴一张。不说多像阿庆嫂那般上下玲珑、左右逢源，人一走，茶就凉。小范毕竟还是和村里的女人媳妇不一样。

可是，小范打从什么时候起盯上他的叶月红的呢？在叶月红之前，李筱敏也生产过，小范当时嫁过来了吧？那这样算下来，小范可是有些年月没有怀上孩子了。

老胡又给叶月红喂些玉米和豆饼。乔师傅正在用手机听他的家乡戏，挺吵闹，一边听，一边给鹿场清理粪便，同时又给老胡讲一些国家和国际大事，唾沫星子横飞地议论完，就转去他包干的那几片菜畦里松土驱虫。百香不用农药，老胡看乔师傅干活，倒也是正经把式，施了肥，在菜叶上拈青虫。

一个身影斜斜地罩住了他，有点纤弱的，有点委屈的，但是在太阳下，完完全全笼住他的影子。

他叹口气，对小范说："想都不要想了……"

小范蹲下来，也帮着在自己跟前的菜地里刨下土。她轻轻地说："胡大哥，我帮你搞定了，他们不会在这片建电子厂了。"

老胡惊讶道："什么？……你？……"

小范眼睛仍旧低垂着，看那些菜叶子。一条大青虫肆无忌惮地爬在芥蓝粗大的叶面上，她想了想，挑根小枝条把它弄下来，用脚轻轻地一捻，然后旋一旋脚底，那条大青虫，什么生命的痕迹也没留下。我本是尘土，仍归于尘土。

小范说："是的，他们真不会在这片建电子厂了。"她说完，站起来，顿了顿，慢慢地折转身，走了。

10

罗支书和罗村主任并不常来百香。罗支书不太爱和村人打交道，只是逢婚丧嫁娶，还不是一般的婚丧嫁娶，是多少有点头脸有点势力的罗家嘴人的婚丧嫁娶，才过来应个景，代表最高级别的领导问候。像前段时间罗麻子的爷爷走了，老头儿九十岁的高龄，这在整个村里是独有的高寿，罗支书才过来吃顿丧饭，也在老头儿灵床前磕磕头。

罗村主任喜欢热闹，特别爱喝酒，哪一顿饭都少不了酒。而且好像他管的具体事比较多，比方说村里的水啊电啊，还有联防治安，都是他管辖。罗村主任的拜把子也多，整个罗家嘴，本来就都是亲戚，再加上桃园结义歃血盟誓，他的党羽就特别多，走到哪儿哪儿都是兄弟。

老胡不大喜欢和他们搅和，不是看不起的意思，而是觉得不太谈得来。喝酒在一个桌上，他们也热情，老胡也不小气，就是

说着说着，两三句话后就没了意思。不是老胡有这个感觉，罗村主任、罗支书都有这个感觉，所以，两下里来往就偏淡。但是他们人确实还不错，虽然有小村人的算计和狡猾，大面上总还过得去。有什么忙托到他们头上，总还是特别关照。

但这可能是因为没逢着大事。

比如说，这次本来说又要来一个邻居，开电子厂的事。罗支书和罗村主任是绝对不会偏在老胡这一边的。他们不是傻子，到手的租金不赚吗？马上可以到乡里申请的用电不管吗？可以解决赋闲人口的事不做吗？

老胡只是不相信小范给他说的那么肯定的话，怎么可能说不开电子厂就不开了呢？

老胡想，还是问下究竟比较好。这村里，谁都知道，最后拿主意的还是罗支书。他想具体确定是不是这么回事，就选个罗村主任到乡里开会的日子，把罗支书邀过来。

天蒙蒙亮，老胡上山去布陷阱，抓回两只野鸡来，一看爪上，还套着他给拴的环，不免失笑，让刘布头去煺了毛。百香的鸡有时候养野了，一跳一飞，偶尔会有展翅的鸡，突然就越过栅栏，跑出藩篱，这种鸡也就变成野鸡了！性子不一样，肉质就更好些。不一定能抓回来，野鸡归了后面的远山，就由着它自生自灭去，它自己捉虫啄食，脚劲也练健了，翅膀越来越硬实，能慢慢飞得高起来，不被远山的野猪或者黄鼠狼逮去，也算它的造化。可惜还是进了老胡的陷阱。逃不过的造化！

罗支书勤快，自己下厨炒这两只山鸡。用尖椒爆的锅，但做出来的菜并不辣，放了八角茴香，味道特别醇。

刘布头他们都没上桌，只开个小桌，就老胡和罗支书两个人。菜不多，倒精致，一个山鸡、一个熏鸭、一盘酱香肠、一个炒西葫芦。老胡从地窖里拿出一瓶汾酒，65度，就在他这地底下也珍藏六年了——刚有地窖的时候就放下去的。罗支书没见外，自己起瓶，一开口，满室溢香，直叫声好！

罗支书拈一筷子山鸡："是你套的啊？你有时候还跑到山里去下夹子吗？"

老胡笑道："有时候闲着没事，会往山里去。那片我也种了荔枝，不碍事吧？没越岭。"

罗支书摇头道："不越岭就没事，我们很多年没和那边往来，只是怕扯麻烦。"

老胡怅惘地望一下山那边的方向道："还真没越过那片山呢，不知道是什么样的地方。"

"不是特别清楚，多少年多少代也不来往，也不是我们乡的，不大知道。"罗支书顿一顿，有点不甘心地咬牙切齿，"那边听说要建核电站了。丫的，他们整个儿地发了！"

老胡"啊"了一声，想想自己也游离于世事太久，真过着世外桃源的生活啊！连这么大的事也不知道。

几巡之后，两人慢慢聊多起来。罗支书还是耿耿于怀对面山岭要建核电站的事，憧憬人家的飞黄腾达，相当不舒服，多喝了几口闷酒。

罗支书说："胡总啊，说到哪儿都不痛快啊！一个祖宗！我们和他们是同一个祖宗啊！人家熬了多少年，就能遇到这么大造化?! 我们呢？呸！"

老胡没法说什么，他又给罗支书斟杯酒，心里却还装着核电站的事。他的手都有点抖了，核电站？那他的百香真没几个日子了。

"想想我们真拼不过人家，他们就那么好的命？一样的祖宗，一样穷了几百年，就这么画一下，"罗支书用筷头在桌子上画了个圈，"他们就发达了？！你说说，胡总，我怎么对得起我的祖宗？！"

老胡只能懒懒地说："这怎么能怨你？"他想说，要怨也得怨你们祖宗怎么跑到山这边来了。但是他还是被核电站的事击中了，一直没回过神来。百香是早晚都保不住了，他买的这小片院落，正对着那座远山，将来也……

罗支书喝多了，又在为核电站让山那边的人富庶起来的事而窝心，话就陡然比平常要多许多，他啰里啰唆地叨咕半天，忽然恶狠狠地吐出一口熏鸭的骨头，眼睛有点潮红地看着那骨头："胡总，这是那个街口的'鸡'卖给你的吧？"

老胡没吭气，想着乡下人的粗鄙。小范对老胡示好的一份心意，被罗支书玷污得乌烟瘴气。

"咳，胡总，我知道你平常是吃素的，自己百香里的那些牲畜，你是舍不得吃的。"罗支书又拈一片酱香肠，指一下老胡，止住老胡想说的话，"你别给我来这套，说什么你百香里的牲畜都是替人家养的！你连你园子里的鸡都不肯杀，宁可跑到山里捉野鸡。"罗支书还在看那片酱香肠，"你不是怕杀生，你是和它们处出感情来了，你没办法看它们成下酒菜，你们这些文化人啊……这香肠，我认得，也是那只'鸡'的，只有她老家有这种货……我说你别和她走得太近了。她随便撅撅屁股，我就知道她是什么货色！可惜这罗发子，再不济，怎么娶了这么只'鸡'？！"

老胡不想把话扯到小范那里，一来小范也没再说要什么鹿胎的事，就是说想要，也不至于背后这样糟践她；二来人家总归是良家媳妇，罗支书作为领导，这样说自己的村民，似乎太过了。

可是罗支书好像真喝高了："她要不是因为卖自己，能把自己弄得怀不上崽吗？她要不是因为卖自己，能跑到我们这穷山恶水来嫁给罗发子？她要不是因为卖自己，能弄到街面那么好的房子开小杂铺吗？她要不是因为卖自己，肯那样熟练地勾引我吗？"

老胡惊一下，想止住话题："罗书记，别说了，你可真喝多了！"

罗支书今晚是真想把怨气发出来："胡总，你不是外人，你是高人，你什么人没见过?！这种小丫头片子，我就能被她拿下了?！他妈的，现在手机真不是东西，她说她录了像，嘿，她竟然录了像！……她竟然看上了那片地，他妈的竟然要去种什么果子林！种什么百香果！……她竟然要挟老子！她竟然敢要挟老子?！"

11

日头下山的速度快了许多，好像它也着急回家一样。光线明显暗了下来，就算再是岭南，到底是冬天了，日头一没，就觉着深深的凉意。半山的鸽子也回了笼，牲畜们慢慢地归了自己的圈。路还是一样的不平整，颠簸许久，一路上鲜有人家。老胡看着自己竖的那些牌子，想着"有电，危险"也吓唬不了偷阿妹的人。阿妹，他突然好想阿妹，不知进了谁的肚腹，就这样结束了一生。而他，也在院里请客杀过人家的狗，虽然他一口没动——但按胡太的逻辑，总是报应！

小范的士多店里只她一个人，她应该听到了老胡熄火下车的

声音，但怯怯的，没有迎上去。

老胡把那包东西小心地递给她道："才取的，有四个月了。"老胡的声音在抖，叶月红虽然打了麻药，但是痛劲总会来的，如果发现自己的儿子不见了，不知道会不会疯掉。是的，是个儿子。请的兽医不肯过来做这件事，他让屠宰场的一个老工人过来做的，老工人还给老胡看了一眼，小鹿已经成形，看得到儿子的标志。

小范接过来问："多少钱？"

老胡愣了一下，走到外面，上车，打火，走了。

是她给他的牺牲大，还是他给她的牺牲大？这个价怎么算？

所谓的鹿胎，果真能让小范怀上吗？就像小范阻止了罗家嘴租给彭生的电子厂，总有一天，还会有于生、刘生、张生的五金厂、制衣厂、耳机厂。他的百香，是没有五柳先生的所谓世外桃源的安身之地的。

老胡在回程的颠簸中流下两滴眼泪，他在想叶月红，那头可怜的母鹿，还没经历过阵痛，孩子就不明不白地没了。他在想叶月红，那个二十多年前在普通班成绩普通的女孩子，数学不是很好，可仍旧非常努力，她知道吗？在分到普通班的时候，学校就没指望他们能有几个考上大学的，他们从来没有大量的模拟考题，他们的解析几何甚至都没时间讲完，他们的英语几乎就没有练习过大量的介词分类，他们跟别人一样努力，一样走向社会，一样生老病死，他们是否有更好的契机让他们在生活中活得更嘹亮些呢？

"有电，危险！"老胡看到铁丝网边竖着的那些斗大字的警示牌。

从来没有通过电！他哪有那么大的胆子敢因捍卫自己牲畜的

所有权而去剥夺别人的生命?!

　　他的百香悠悠地过来了，对面的远山慢慢地近了，不再神秘的山那边，竟然要修核电站? 那真是翻天覆地的变化。

　　他吸吮着大自然的味道，他营造的大自然的味道。好笑的是，小范设计糊弄罗支书的借口，也是她想造一个百香果林。老胡进门拣起一枚掉在地上的百香果，细细地闻，荔枝、芒果、菠萝、香蕉、草莓，各种味儿都飘进鼻腔，到底不负百香这名儿。

流逝的彩虹

1

我今天回来得有些晚，胃口偏又奇好，泊车后，和家属一起去隔壁的"九毛九"。就它还生意兴隆，但我喜好的那些主菜没了，只能点些还剩下的不多的菜式。等待上菜的时候，家属的手机响了三次，他每次都看看，不接，最后一个，见我盯着他，直接摁掉了。

我问他："小三？二奶？"

家属眼珠往上翻，落下眼白固定好眼神，把眼仁真诚地对着我："多大年纪了？还小三呢！我是看得上人家，可人家也看不上我啊！"最终无可奈何地解释："周剑秋！"

他知道我讨厌周剑秋，所以尽最大厌倦的情绪秀给我看。

我不动声色，问："又是什么项目？"

家属轻描淡写道："还是教育类的，说是做连锁，品牌支撑，总部给方案设计，关联运作，财务独立。"

我叹气："你是不是动心了？"

干锅花菜上来了，家属帮我搛一筷子五花肉。这儿的五花肉挺地道，连我这种注重体脂率特别在意大卡热量的人，都抵抗不住那咸香酥脆的诱惑，但我没动嘴，瞥眼看家属："你怎么还在和他联系？我都说过多少次了，他哪能再交往的？"

　　家属回道："其实，那项目我考察过了，还不错，运作是可行的。"上菜的美女戴着透明口罩，又拿来两个冷盘，口齿伶俐地简短介绍着。

　　我放下筷子，盯着家属。

　　我为什么要管他叫"家属"？其实他是我们家的"家长"！结婚这多年来，风里来雨里去，全是他打拼攒下我们的家当，儿子也是因为他的赚钱能力才有了出国留学的保障。我是真心敬重他崇拜他。当然，开始绝对是丝毫不打折扣的爱，慢慢的，在这么多年相濡以沫的磨合和妥协中，也渐次有过讨厌、气馁、烦躁，甚至想过放弃；但最后一路走下来，逐渐稳定的好日子，交流的默契，彼此的忍让和宽容，那种以为早已消逝的爱又缓缓地涌到身边，弥漫在对他的感情中。他是属于家的，也是属于我的。

　　我对家属说："如果第一次和他的合作，他不是那样操作的话，也许我还会信任他，但你扪心自问，你能信得过他吗？这么多年交往下来，还有相信他的理由吗？"

　　家属不作声，尔后点点头，大约同意我的观点。他现在年纪渐大，经过了许多家事、人事和商场的事，经历了小小的成功和一些痛定思痛的失败，大约也不像原来那么自负，把一切都认为是二十岁年纪的朝阳：今天的一天才刚刚兴起，后面是臆想的光彩夺目的灿烂前景。他现在现实太多了，没有了那种锋芒毕露的嚣张，开始听得进我的某些建议。

我说的是实话，这是他不能否认的事实。

这几年来，周剑秋已经和家属见过多少次、谈过多少趟了？每一次都是好项目：教育网站，合办民校，师资网站……现在仍旧是教育，但已经从幼儿开始抓起了，从幼儿的玩乐开始，寓教于乐，不能让孩子输在起跑线上的分秒必争。归根到底，还是教育。家属如此信任他，罔顾他首次合作时的财务不清，资金断链时的窘态，陷入贷款恶性循环时的抱头鼠窜，还不是因为他有个老婆是教育界的——那个我们都没见过的后妻，是周剑秋嘴里的传奇。

但家属更在意的，还是相信周剑秋东山再起的能力：有了资源，曾经不可一世的周总，还是会像褚时健、史玉柱那样，劫后余生，重整旗鼓，收拾河山待后生。

可我是个女性，这么多年，经历过家事、人事和社会之事，也看过太多周遭的变故。我从周剑秋跌宕的半生中，洞悉的是他的折腾，他折腾着把好日子慢慢地过坏。

我们吃完饭，像每个平常的黄昏一样，开始在家的周围散步。

身边是一队队跑步经过我们的年轻人，矫健的身姿，雄壮的腰背，粗细均匀的脚踝，还有散发着咄咄逼人的荷尔蒙气息。

这条绿道是专为跑步者修葺的。我有时候真不好意思，我步伐慢，好像霸占了年轻人雄赳赳气昂昂的跑道一般。但家属不认可，他认为绿道是政府花了我们纳税人的钱来建造的公共设施，是为整座城市的居民服务的，不管是年轻人还是老年人，都有享受绿道的权利，根本就不应该存在那种占有年轻人跑道的想法。

"我们为他们打下了多少基础啊！"他倒自豪，一副挺自恋的模样。我哈哈大笑，因他这一说，便不怯气，理所当然地在全是慢跑快跑的年轻人中轻巧地小移碎步。

我们曾经年轻过，也曾为这个社会做出相当大的贡献，现在仍旧在付出，这个世界当然有我们的份。

也有周剑秋的份。他的电话坚持不懈地打过来："……你听我说，这真是个机会，你们旁边那个商场里面，我调查过了，也有和这个差不多的项目，你可以实地考察一下，真是可行的……机器人启蒙知识培训。现在是什么时代？AI 时代，智能机器人时代，未来全是机器操控的时代！你们处在一线城市，一定不要放过这个机会，这是站在风口上的独角兽项目，把握住了，就成功了。"

家属听着话筒里传来的声音，紧盯着我。我也一直盯着家属，看他的表情，琢磨他接下去的决定。过了很久，家属挂掉电话，耸耸肩膀，告诉我："其实早期投资不多，也就十万。"

我冷笑道："现在周剑秋连十万的项目也做了吗？还是他巧舌如簧，已经说动了像你这样好多个十万？前段时间不是说只要投两万就可以做个教育网站的项目入股，现在看起来还运营得不错，已经又翻了五倍，把融资弄到了一个新的水准了？"

家属没有吭气。我知道他想什么，他们毕竟是一个战壕里待过的人，见证了彼此从穷小子到现如今中产者身份的转变，从当年的一无所有，熬到了现在的富裕阶层，这二十多年的时光，能在一起把酒喝过悲伤庆过欢乐的同道中人，即便现在当中的某一个堕落成一个满嘴谎言一心一意只盯着你皮包里几张钞票的人，你还是相信他的某种执念，会有过去的拼劲和豪情，把空手套白狼的奇迹再显现一番。

男人之间的情谊，有时候真是说不清道不明的。我作为一个女人，把曾经有些岌岌可危的家庭拯救下来，让它拥有现在的轨

迹，让孩子在绝无父母战争的和睦家庭里美满地完成他童年少年青年的洗礼，多少和我对家属的某些理解是分不开的。

我不再吭声，慢慢地往回走。

夕阳在最后一刻努力着，天边同时悬挂着无精打采的太阳和茁壮升起的月亮，日月同辉的光芒让散步的人群兴奋起来。忽地下起了细雨，雨后不久，一道彩虹耀眼地挂出来，横亘在远处两所高楼之间，我随着人群惊呼。一会儿，夜色慢慢浸上来，彩虹渐渐转淡，变成一种颜色的单调的白虹，然后消逝，人群就此散去。月色下，跑着步挥汗如雨的年轻人，还有不紧不慢漫步着的我们。

2

我认识秦虹虹的时候，她刚有了孩子，是个男孩，小名叫哲哲，比我家的帅帅小一个半月。她和我隔着一个区，所以虽然是一个城市长大的，而且年龄相当，但交集几乎扯不上，没有共同的同学或熟人。

她很在意我的好工作："你们上过大学的，到底不一样，能分到财政局去。"她看着哲哲和帅帅在前厅玩耍，眼神扫过我们家的简单装修："你们单位真好，还能分房。这样的单元房，我爸妈想了一辈子，临到退休才排上。"我想她最在乎的还是我的居所，两房两厅的单位宿舍楼，建在市区里，而他们，还只能租住在城中村，厨房是在临窗的房檐下搭建的简易灶台，卫生间是公共厕所，经常处于排队状态，她养成了一天只喝两杯水的习惯，因为不想和人撞在厕所里。

她教我做好多菜，甚至不拿自己当初次来访的客人，扯下围裙裹在自己腰际，一边示范一边告诉我炸鸡腿的做法："一定要用鸡蛋液腌，裹上玉米淀粉，记住，一定是玉米淀粉，千万不要用成红薯的了，那就不上劲，炸出来口感不好的……用鸡精拌，记住了，千万不要用味精，味精受不了高温，对身体不好的……"我特别佩服她的烹饪才能，想着在同一座城市长大的女孩子，和我一样只有一个弟弟的女孩子，怎么会有那么多的生活经验。

她叹口气，好像要把积怨吐出来，幽幽地深沉地看着我说："人和人不一样，我们家特别重男轻女，我一直和爷爷奶奶一起住，爸妈对我这个女儿根本不上心，就是后来找工作，也把他们单位顶职的名额给了我弟弟，让我去了街道的一个工厂里。唉……"

她没在街道工厂待多久，就和周剑秋结婚了。婚前，周剑秋就是有想法的人，执意要离开分配进去的工厂，宁可不办停薪留职也要离职，闯出自己的道路来。秦虹虹笃信她的老公。认识周剑秋，让她开了眼界，在她自小的环境里，周遭其实都是巷子里的小家小户，没什么有文化有学问的人，夏天在摊开的竹床上纳凉的街坊，冬天拱着手在街角偷着太阳温暖而聚众闲扯的邻居，谈的都是婆婆妈妈的家短里长，或者邻居的不知真假的风流韵事。那种风流也是下水道一般肮脏，当不得浪漫二字，粗鄙丑陋的言语从讲述者那里吐出来，男女之事便成了公厕里的勾当，熏人的气味，下作的环境，蝇营狗苟的嗡嗡之声。

她太想离开这个环境了。周剑秋正好是她离开的契机：外地人，大学毕业生，不安于现状，最重要的是在周剑秋身上，秦虹虹看到了那种落子无悔、努力往前冲的坚定和拼劲。

那个年代，这种年轻人是很多的，特别是读了几年书的，嗅到某种机会，一定要扼住命运的咽喉。

我的家属也是。

不知道他们是怎么认识的，可能背景和专业都差不多，外地大学生分来省城，然后都是搞计算机运行的，但在当年，计算机只是个辅助工具，那些熬完四年大学的人，都以为能分在一个操作空间里，用自己的编程来创造一个个奇迹。

现实却不是那么回事。

家属的单位还是国企，下血本配备两台笨拙的长城286，只能录入一些单位的人事数据，家属在统计科、人事科和财务科来回跑，把计算机当成了计算器来用。他说在单位最无聊的时候，拼命学了王码输入法，只为录入几千职工名单时速度能快一点。两年来，他好像就做了这件事。

家属和周剑秋离职的时间差不多，都是只身闯荡江湖，接活儿，和计算机有关联的一切活儿，解码器、破译器、翻译机，能不负他大学四年的知识的活儿，他都在工作之外接洽了，开始赚一点钱，也谋着机遇，争取做出自己的成就来。

周剑秋进入另一个领域，他看中了游戏机项目。在街角租了一个门面，让赋闲在家的秦虹虹看店，招徕放学后的那些小孩子们。

秦虹虹说："真是一段苦日子。"才来半天，我已经和她熟识，知道她的口头禅，而且意会到和前面一样，在每次的唉声叹气中，接下来的悬疑里，将揭晓的是她的苦尽甘来。

果真如此。她说，开游戏机店的日子里，她遭受了好多的白眼，有的家长甚至打上门来，让她关掉这害人的玩意儿，很多人指指戳戳地责骂她赚了不义之财。

"其实小孩子，不上街头胡闹打斗，在游戏机上弄点以假乱真的格斗，还是维护了社会安稳的，你说，对不对？"她在帮我做一道虎皮青椒，这个菜是唯一不给孩子们吃的，是我们大人的下饭菜。她一边在灶台上操作，一边详解这道菜的程序，放郫县的豆瓣酱——一定要郫县产的，然后加白砂糖，那种极细的绵白糖是最好的。我感觉她做什么都有讲究，有出处，有理论依据，应该是个细致的人。她还在解释她的小游戏机店："一个月也挣不了多少钱，但还是比原来的日子好多了，受人家的冷嘲热讽、指桑骂槐也不在乎了，我心里真的在想，是啊，有多少孩子把抽烟打架撩女生的工夫，都用在了游戏机上，这难道不算帮着他们父母管教了吗？至少不会是混社会的烂仔吧？"

我是有点喜欢她的，因为她的勤快，也因为她的坦诚。在家属和她的老公合作之前的这样一次聚会，我了解到她的某些品质，有点小家子气，有点俗，但活色生香。

"现在的日子真是好的。我原来买个菜，还得掂量着家用。我们住的地方前面有个菜市场，口子上就支着一家卖椒盐鸡的摊，好多人买的，每天下午五点不到就卖光了。我只买过一次，太贵了，舍不得吃，都给了哲哲。我后来自己也想买着吃，但看看钱包，就作罢了。那味道馋得让人受不了，我就绕路去菜场尾子那边买菜，躲开那个诱人的味道。我就只想有一天，我能敞开怀吃三顿这种椒盐鸡，撑死都满足了。"她说的我有点不太相信了。什么年代？又不是爸妈那时候的瓜菜代，或者三年困难时期，或者穷困的七八十年代。毕竟进入九十年代中期了，一个大城市的中心区女子，怎么可能有这样拮据的生活？

"我们不能和你们比。"她看出了我的疑虑——充满了狐疑的某种猜测，或者略为流露出的一丝不屑。"你们的帅帅是他爷爷

奶奶无怨无悔带大的。我们家的哲哲，嗯哼，"她的表情里的那种苦痛又开始展现，"我爸我妈是坚决不带的，他们说退休了要过舒适的生活，甚至直接讲白了等我弟弟有孩子后，留着点精力给他带。我公婆从小县城里过来，如果真是农村人就好了，会朴实很多，小县城的，真会算计，毕竟也是有点文化的，自视颇高，好像养了一个大学生的儿子，再给带孙子就有点身份跌价了，提出每个月我们得给他们六百块才肯帮着带哲哲。啧啧，你说，我怎么过日子呢？"她偷眼看看厅里正谈得热火朝天的俩男人，在为将来的合作前景规划着蓝图，这些鸡毛蒜皮的事不曾也不会打扰到他们。然而在生活里，偏是这种琐事组成了生命的全部，生活的所有内在的意义。

家属说："看你和小秦谈得还挺热乎的，你们相处还好吧？"

我笑道："我们无所谓的，只要你们能合作愉快。她还好，算合得来。"而且，我对家属说："我们又不会老在一起的。她有她的圈子，我也有我的朋友和同事。"

家属点头说："嗯，那倒是。我们开公司不会影响到你。只是秦虹虹，她是要到新公司管财务的。"

3

当时家属和周剑秋一起开了家软件公司，或许是某软件品牌的代理公司。因为隔得远，我工作忙，不忙的时候又得带着帅帅娱乐或者上学前班，很少过问他们公司的事情，所以并没怎么上心。

大概一个月会聚会一次，帅帅和哲哲年龄相仿，玩得来。我们有时候会去野炊，也会去公园。家属不太和我讲他们公司的事情，但是很明显，从秦虹虹的装束和谈吐中，感觉他们应该是赚钱了。那个年代，好像下海的差不多都挣了钱。

秦虹虹把头发剪短，穿素色的套装，小高跟鞋。她小巧的个头挺适合这身打扮，有文化的感觉，不落俗套，甚至眉眼间还有能拿捏主意的老板娘的自信。她还是喜欢替人拿主意，在遇上把孩子丢在商场的贝乐园玩耍还是让他们到少年宫的露天大操场上去玩的问题时，她一定做主是到封闭的娱乐场里，那种给孩子提供高档器械和成人保护的贝乐园。她说："你看贝乐园那些孩子的穿着，到底不一样。有教养得多！"她的逻辑还是潜意识里要有钱，有钱就能拥有教养，有钱就能拥有一切。

她和我上街，经过街角那些水果摊。因为违规摆摊，招来了城管的执法。她拉着我在一边饶有兴味地观看。

有些挺识相的，也知道胳膊拗不过大腿，自己把东西上缴给穿着制服的城管，好像有些还和城管特别熟识，把摊头放在大卡车上时，仍旧叮嘱城管："别给我磕坏了，过两天我领回来还得弄营生呢。"

城管好像经历过太多这种场合了，局气得很，大方回应："知道的，不会给你乱扔乱摔了。也真是的，讲过多少次了，还这样占道经营，何苦来？"

但有个年纪大的女人不乐意，拼着全身的力气护着她的水果和摊头。城管说："你别以为我不敢管你啊，你再妨碍我们执法，我把你一起逮进去。"那个女人便咆哮起来，声嘶力竭，披头散发，有点装疯卖傻地倒在地头，护着她所有的家什。

秦虹虹说："她挺厉害的。有两个儿子是小混混，没人敢惹她。"

我问："你认识她？"

秦虹虹冷笑一声道："前年周剑秋帮她家修好一台电视机，配了许多零件，还换了什么二极管三极管的。问她讨钱，她和她家的那两个浑小子，把周剑秋赶出门来，周剑秋和他们评理，她家儿子还把周剑秋给揍了。"

我大吃一惊道："这么过分？你没报警啊？"我不知道周剑秋原来还接过私活儿，很像我的家属，在工作之外总想谋点小财，以改善自己的生活。或者说好听点，对得起自己学过的知识，能有用武之地。这些外地的大学生，稍微活络点的，确实有这样那样的心思，但适应这座陌生的城市不是那么容易的。

秦虹虹叹了一口气道："报警有什么用？他们还不是因为周剑秋是外地的，根本就不把他放在眼里。就找外地人欺侮！"这个确实，家属因为自己的外地口音，老觉得自己像无根的浮萍，总有飘零异乡、常受排挤之感。所有小地方来的大学生，不都是为着改变人生来到大城市吗？想在此生根，发芽，茁壮成长，和那些老旧的、盘根错节的大都市融为一体，成为真正的城里人。

城管是几个年轻力壮的小伙子，不顾女人撒泼，仍旧把违规点清理了。女人护住自己的摊头，四个小伙子上来，连着女人把摊头一端，一起弄进大卡车里。旁观的人不禁惊呼起来，最后只能唏嘘。

她悄悄地对我耳语："我也被人家这样执法过。"简短地又提了开游戏机店的经历，被家长举报，被红眼的邻居举报，一再地关门，一再低三下四地去公安局、文化局交罚金，一再地重启商机，在那些顽劣的、调皮的甚至逃学的小孩子手里，维持自己日常的生计。

秦虹虹满意地看着装满那些小货车和各种水果的大卡车一溜烟地离去，这才碰碰我，容光焕发地走开。她没有对此议论什么，可能报仇的感觉极好。虽然不是亲手而为，但从她的嘴里感觉到，大约城管是世界上最好的壮士。

我从来没问过家属，是否他也经历过这些说起来没啥大不了，但想起来就窝火的事。作为一个外乡人，作为一个刚毕业的穷学生，在社会上总得经历各种琐事和烦忧。就像我们在工作中，看似光鲜的职业，一样有每日里的愤愤不平，一样有被上级骂同级踩下级捉弄的时候，社会不就是这样的吗？生而为人，从小开始，就是那样使劲地往上爬，不知爬到哪里是终点，但总在坚持着爬，以便能在高处俯瞰后面爬着的人，满意地过完这一生。

秦虹虹对自己的定义是："我们是一无所有的城市贫民。如果自己再不努力，就不能抱怨别人对你的欺凌了。"

所以，她很努力，努力地开游戏机店，努力地赚钱，努力地工作，不在乎白眼，不在乎别人的谩骂，不在乎父母公婆对她的不管与不顾，她一定向往某种她认为的好日子，站在那上头，可以俯瞰众生。

她笑着说："风水轮流转。她以为自己多牛啊，地头蛇，卖个水果也经常以次充好、短斤少两的，总还有人管着她。看她还敢嚣张？再强，也不过是个街头卖水果的，卖了多少年还是卖水果的。"秦虹虹得意地扬首看向前方，开游戏机小店的日子再也不会回来了，她梳着利落的短发，化着淡淡的妆，穿着不落俗套的职业装，套着精致丝袜的脚塞进品牌小高跟鞋里，晚霞的光打在她的侧脸上，她的五官其实长得挺精致的，眉眼间甚至有一丝

不常见的英气。

她很努力地在公司履行自己的职责，还报名财务类的大专班，跟着公司聘请的那位一月才来两次的老会计学习。慢慢地，她竟然可以独当一面了，不仅仅是报税跑银行整理点现金账，后来取得了会计证书，做科目账，编报表，甚至成本核算，都能拿下来了。

我每次见她，都觉得她在闪闪发光，额际、眼神、举手、投足，她越来越自信。在职场里，因为慢慢在上升过程中，往太阳的方向攀爬，那种光芒是躲也躲不掉的。

"在单位里还是个科员？"有次她推心置腹地问我。

我最不愿意提及的就是这件事，升职无望，让我灰心丧气，单位里的政治、同事间的倾轧、领导的轻视，都让我觉得在这种看似温暾水般实则暗流涌动的环境里，过着得不偿失的日子，浪费生命，也浪费了青春。除了分到那套房子，除了职业名声上的体面，我看不出还有什么希望。

周剑秋现在主要跑业务，和人打过多次交道后，这些历练让他越发成熟，越发信心满满。他和家属合伙开的公司当初选在科技开发园，当年因为地处偏僻、公司稀少，所以租金低廉，还想着以后做大了再考虑搬迁。但机遇就是如此，而今科技园热闹异常，成了政府重点发展和培养的地段，并且已经进驻了许多有名的大公司，街上到处都是讲着周剑秋和家属这样在大学里练了四年标准腔普通话的外地人、外省人，有文凭有知识的人。

周剑秋买了辆车，虽然只是辆合资的雪铁龙，但毕竟是辆私家车，周末带孩子去郊外，再也不用挤公交车或赔着笑脸看出租车司机的脸色了。

我有点愤愤不平："你怎么不能买车呢？"

家属沉默好久说："老周是跑业务的。车也是公司需要的。"

我瞪着家属问："公司的钱买的车？你为什么不学个驾照？你也可以开的啊，我们也可以周末和假日用用啊。"

家属不说话，半天才咕噜一句："我是搞技术的，和老周不一样。"然后他倒怪罪我："女的掺和进来，很多事情就不好办了。"

这就是赚了点钱的男人的嘴脸吧？他原来从来没和我说过这种大男子主义的话，因为有金钱做后盾，现在就按捺不住自己的情绪，把一切归罪于我们"女人"身上，而女人，在他们眼里，难道只是烧菜持家管理后代的附属品？

"什么叫女的掺和进来？秦虹虹从开始就掺和在这家公司里呢。"我生气地指责他。

家属竟然打断我："那哪里一样？她是财务啊！"

4

当时分配进那些好单位的同学，有些单位这几年已经明显不行了，大量地裁员，有的还放出风声，整改重组，去留不定。

家属郑重其事地告诉我他的决定，他不想在这里干了，现在正好南方有个机会，是和他的大学同学合伙做一个新的项目，目前已经有个大单在谈，竟然是和某家声名赫赫的央企合作。

我吃了一惊："那这边的公司怎么办？我和帅帅怎么办？"

家属说："我已经和周剑秋谈妥了，退出公司。你和帅帅也和我一起去南方。我们离开这里。这里太闭塞了，还是得靠关系

才能做生意，和南方的环境真不一样。我们去南方，是这辈子的一个机会。"

　　家属在我们结婚后，特别是离开企业独立闯荡江湖后，确实有了些收入，给我们家创造了良好的经济环境。人，一旦有钱，就有了领导的制高点，所谓经济基础决定上层建筑吧，有了运筹帷幄的自信心，而不再在乎家庭中其他成员的感受。

　　我没有吭声，想知道这么重大的决定的起因。家属倒如实道来。

　　周剑秋用公司的营利买下自己的住宅，那辆雪铁龙也是以公司名义的开销，却赫然成了他自己的私家车，还有些不清不楚的账务。虽然这两年家属分到的利润也还可观，但因为秦虹虹身为公司的财务，有些账目是不好核查的。家属虽然心里很不舒服，但一起合作这几年，不想把事情闹得太僵，而且他出来，总得留点面子让人家把股份折算成现金给到他。

　　谈判因双方的笑里藏刀和互打太极而拉扯了半年之久。在这期间，家属义无反顾地去了南方，留下这个烂摊子让我收拾。

　　女人对钱是专注的，女人对钱是寸步不让的。家属在这一步上走了招好棋。我恪尽职守地发挥了自己的特长，把一切证据掌握在手，等着他们夫妻档的马脚毕露。我把要的数目写在白纸上，黑色的数字表明了我的决心。

　　周剑秋很不高兴，对我直言说："你根本不知道公司的运作，嫂子……"

　　我打断他："少来，别和我拉扯亲密的关系，你不给我这个数目，我怎么会是你嫂子？"我冷笑连连。

　　家属在南方的百忙之中，偷闲打听我的进展。

　　我得意扬扬地表功："他们的账务有问题，如果告到监管部门，周剑秋可是法人，他老婆还是主管财务的，难逃其责。等着看好了。"

家属没有吭气。我继续在电话里说："我还查到了周剑秋在外花天酒地的证据，秦虹虹还蒙在鼓里呢。真的，跑业务的，就不是什么好东西。陪客户喝酒吃大餐，还买这种花单。自己真也不干净。"

家属马上堵住我的话："你别乱来，老周他也是为着公司的发展。何必把两口子离间了？还有哲哲呢！"

我也来气了："他不仁，就别怪我不义。我就搞不懂了，你为什么还护着他啊？都抹脸成这样了，你还向着他？你是不是也有把柄在他手上？嗯？也吃过花酒？"

家属那边沉默着，半天才说："我认识你的时候，你不是这样的。"

"我是怎么样的？你看看你和他合伙后，他倒是越来越潇洒，车开着，房住着，周总周总地被人叫着，眼睛是往上翻着看人的！"我的音调高起来。

家属说："你就是不服气，我们的起点比他们的高，然而现在，他们掌控着公司和金钱，倾轧着我们，你受不了这种反转，对吧？"

我不想说话，我如鲠在喉。我确实见不得秦虹虹和周剑秋的嘴脸，那个曾经和我哀戚着生活的白般艰难的小怨妇呢？那个连吃顿椒盐鸡都觉得是不可思议的梦想的贫家之女呢？那个仰慕我的工作单位，折服我的文化水平，充满热烈巴结的顺眉俯低的高中生呢？

是我变了，还是他们变了？

我想到那次和秦虹虹在路边看到卖水果的妇人的遭遇时，秦虹虹春风得意般胜利者的笑容，阶层的反转在秦虹虹的努力下实现了。然而我，也受不了我和她的反转。

　　末了，家属叹一口气道："运营一家公司不容易，我们当年也差点要关门的，还不是他鼓励我，我激励他，这样开下去的。老周挺吃苦的，当年为了省公交费，两三站的路程，都是用脚来丈量的。他还赖在客户门厅里，嬉皮笑脸地讨好那些冷着脸的前台，这才有了今天的规模。你也不用太为难他们了。"

　　在正人君子家属面前，我完全成了利欲熏心的小人。我一直觉得他是因为他的能力才把我的所有都看成是依附，他在南方的公司已经运营得不错，南方的投资环境和政府的支持，以及全城的外地人与他共同的异乡之情，让他感到了某种高尚道德的施予——还是因为有金钱做后盾，所以站着说话不腰疼?！我心里被低估了的某种不甘，被整个社会的金钱至上观所压抑，我只能在这样的环境中苟延残喘。我从来不知道我是为了钱财能大刀阔斧行事的人，毫不在意任何底线——对方呢？他的底线在哪里？从这种对等的比较中，自认为受害人的我，反倒有了十足的底气。

　　好在，没有太多的纠缠，周剑秋和秦虹虹让步了，给了我写下的数字的全部金额。

　　秦虹虹在转款给我的时候，在她的办公室里，还是诚恳地对我说："生意不在情义在，我一直把你当最好的朋友。"

　　隔壁的办公室里，我的那个离职后已经开始开展保险业务的闺蜜正在主攻周剑秋。她长得挺艳丽，稍微打扮，颇有风情。我和周剑秋两口子的这段交涉里，她是我的倾听者和出谋划策人。等我说起周剑秋在女人方面的不检点，我那亲爱的闺蜜，受过高等教育的、知识分子家庭背景的、曾经的物质局机关女科员，竟然眼睛一亮，决计出马，用她自信的女色攻下这座小金矿：周剑秋家的保险，周剑秋公司里所有职员的个人保险，周剑秋客户的个人保险……如果用她的美人计把周剑秋搞定，她的保险业务将会是旗开得胜的一面标杆，可以成为整个行业的标杆。

我真诚地对秦虹虹说："谢谢你，我们好聚好散。"

我冷笑着把我的闺蜜从周剑秋的办公室里拽出来，我手里握着的卡里多了好几个零的数额，我闺蜜的脸上洋溢着已经志在必得的自信之情。我们携手走在科技园大街上，那里人来人往，每个人的面目几乎都是一样的，感觉自己掌握了商机，好多大面额的钞票俯拾皆是。

我不记得我们有没有抬头看过天空，在那天空还没被彻底污染的二十世纪九十年代末期，曾经心怀理想的两个女子，错过了，或者根本就不在乎什么样的蓝天和白云。

5

我牛哄哄地和秦虹虹分开的时候，以为这辈子也不会再见到她，然而，世事难料，我终还是有事要求助于她。

南方的一切都还顺利：家属的新公司顺利运转，我入职在一家证券公司做财富研究助理，帅帅转入公立小学，和同学们很快相处融洽。

有点麻烦的是我在老家的房子，租出去后，换了几家租户，现在一个有点名气的大公司选中了我那套房子作为他们的办公代理点。租金优渥，而且因为是办公用途，对房子的维护要比居住

户好太多。我心动于此。唯一的条件是，他们需要我开某种公司发票来偿付租金。

我在老家认识的能开得了这种发票的，除了秦虹虹，没有旁人了。几次三番犹疑后，我"屈尊"打电话给她。

她心情颇好，听完我的意思，满口答应。在我满足兴奋之余，和我还拉了下家常。周剑秋的公司运转不错，就是哲哲的成绩有点不尽如人意，老家的孩子竞争太强，他觉得有些力不从心，已经在上各种培训班，周六周日都不得喘息。

我听到她电话中真诚的家乡话，熟悉而亲切，感觉到自己曾经的小题大做和为人的渺小，但并不至于致歉——那场股权的转让交易，是名正言顺的，我得到了我该得到的，他们付出了他们该付出的。我甚至在挂了电话后还深思了一会儿，觉得秦虹虹对我要求的满口应承，多半是她觉得对我有愧疚之情。

也许这是老话，信任有如一条线，如果扯断了，即使接起来，也多了一个结。我在请求秦虹虹帮助我后越发理所当然，每三个月一次这种电话，让她代为开发票的要求，让我们之间的友情好像若即若离地延续着。

有一趟，我回老家，专程到她那里，请她吃饭。她开着辆小奥迪过来接我，带我去老家最豪华的国际广场楼上吃日本菜。

她对前台讲话的得心应手和不卑不亢，预定位置的确认，让我感觉她早已是此处的常客。她还是穿套装，剪短发，很热的夏季，仍旧穿小高跟的漆皮鞋，一双匀称的小腿套着透明的丝袜。一身都能透露出她的讲究和细致来。

她对我目前的生活和工作非常感兴趣，认真地听我讲的每一句话，这让我都警惕起来，斟词酌句般酝酿一番。末了，她感叹道："还是你们好，你们总能过不一样的日子，见识的世面也比我们开阔得多。"

我笑道："哪里？老周不是也干得不错？听说你们在科技园还买了写字楼？"

写字楼的事，是有次电话交流时她透露给我的，听说有三百平方米，在新竖起的星火大楼的二十八层，整个东面都是他们的属地。

她高兴起来，眉眼间立马有成功者的那种喜悦，口气里遮挡不住地炫耀："真还不错，算是个机会，被我们拿到了。那边是发展趋势，科技公司越来越多了。下次你来，我带你去看看，还在装修中。我们正在选方案，有十家装修公司在竞标，谁最省钱，谁设计最得我们心，我们就会让谁做。"

我笑道："你们还真是大手笔，现在都已经有项目给人家招标了？气魄真是蛮大的。"

她也笑了，说："慢慢发展吧，也就那样。"

后来免不了俗，我们仍旧谈孩子，谈教育，她还是会提点婆婆妈妈的事，诸如弟弟换房让她赞助，父母旅游让她掏钱，更别提公婆了，要把他们的心血榨干一般，三天两头来要钱。

一提起这些琐事，她又恢复到原来那个蹙眉额首的小媳妇样，委屈，抱怨，无处诉苦的憋闷。我忙转了话题："哲哲在哪里培训？我还给他带了套衣服呢。"

她又叹口气道："贪玩，根本不用心。给他走关系进了市一中，老师三天两头地找我，说如果再不行的话，干脆退学不用来了。现在已经把他调到最后一排，越发不上心了。我该怎么办啊？"她苦起脸来，嘴角向下撇，心事重重的，两眼无神地张望

着某一处："有时候我想，也许是自己的报应，谁让我当初开游戏机房来着？现在的哲哲，每天就往网吧跑，那些黑网吧管理不严，根本不查身份证，就让学生们打联机游戏。"

我也找不到话来安慰她。正好这时候，我那个闺蜜打电话来了，说她也在附近，过来见见我。我答应了，想着秦虹虹也认识她，也不算陌生人。

秦虹虹的脸色顿时大变："你那朋友？做保险的那个？"

我点头，心想做保险的也不至于被歧视成这样，愿意买就买，不乐意就打断她，人家的职业也不好干涉的。

秦虹虹愤怒起来："我不要见她，她不是个好东西！"

她招来服务员，动作迅速地买单。我尴尬的同时，只能诧异地问："怎么这样评价我朋友？怎么招惹你了？"

秦虹虹停下激烈的动作，把她的 LV 包丢在桌面上，神情严肃地告诫我："你千万别让你那个朋友见你老公，她真不是什么好东西。"

我给她一个千言万语的机会。她站起来，执意要离去，俯视着我："周剑秋也不是什么好东西，他一直在外头拈花惹草，当初真没看出来。他哄女人很有一手，我也不怕你笑话，他有太多事情了，多得我都懒得计较了。你朋友，竟然和他弄上了，你说我怎么可能再和你朋友同处一张桌子？"

我不知道该怎么说，周剑秋在女人上面的事情，那年我和他们分割股权的时候，就捕捉到了，当时还觉得挺隐秘的，以为只是偶尔在风月场所为之，现在看来，他越发变本加厉了，竟然和我闺蜜也有过一段！我不太相信这件事，但有件事情在周剑秋那里倒是确认了，真是男人有钱就变坏。

秦虹虹虎视眈眈地对着我："你不用担心我。我不在乎。我手里握着财权，任他怎么花天酒地，这个家，还有哲哲的将来，我总是要顾的。"她拿着她满是 LOGO 的 LV 大包，转身离去，临了，努几下嘴唇，终于给我她的忠告："把钱看好！这是妹妹我对你的肺腑之言。"

闺蜜在我的惊魂甫定中款款而至。她穿了身廉价的花裙，背着款开了线的小包，曾经那个明媚的女人，在生意竞争激烈的舞台上败下阵来，只剩下风情翩翩。我笑嘻嘻地琢磨着她，这个已经有好几年没见过的闺蜜，当年我们在宿舍里一起拥枕而寝，谈的全都是李斯特、荣格，还有塞尚，哪里想到在现实生活中，除了钞票，还有就是房产证能让我们激动了。

"怎么可能？"闺蜜轻巧地摇着头，断然否定我对她戏谑的追问，"你们那么熟，我有那个心，他也没那个胆啊。"

我单刀直入："他买了你保险没有？任何保险？"

闺蜜冷笑一声："没有，任何小保险都没有。"停顿一下，她又说："要真买了，睡睡也无所谓吧。一个乡下来的暴发户，真真地把自己看得太高了。"她招了下手，让服务员上杯白开水，这家唯一不要钱的饮料。她优雅地喝着，给我一个回味到午夜的微笑。

她曾经处于这座城市的中层，父母都是退休干部，到了分配的好单位，以为可以从从容容地过父母那样无风无浪的一生。然而，我们赶上了风起云涌的时代，有多少不甘写在曾经以为当仁不让是这座城市的主人的脸上。他们落下了，没有得到攀爬上那列高速行进的火车的机会。但是，有些不屑还是在骨子里的，有些不服输还是融在血液里的。那就是，轻蔑，和一种玩世不恭的

堕落，甚至连曾以为固守的某种道德感都不值一提。

6

和秦虹虹恢复联系后，我们又像原来一样，经常隔几天聊聊彼此的生活。她的电话总在周六的傍晚响起，因为我告诉她只有那个时间段，是我最空闲的时光，她小心翼翼地遵守着我似乎漫不经意的提醒，想到此，我甚至有点感动。

周剑秋的生意应该越来越好了，有往大往外扩充的势头。她的言语里，有对自己夫婿的崇拜，对自己当初选择的得意。

"你们有文化的人总是机会多些。我最近老在读书，那些讲中国企业家发展史的综合类书籍，也有讲企业家自己打拼的个人奋斗史。有文化的人最终还是能过得好一些，因为有判断力，而且，能快速适应各个方向的转变，脑筋要灵活得多。对时事的把握，对科技前沿的嗅觉灵敏度，都是优质的。"她还是非常喜欢说话，可能用从她读的那些财经类、励志类、名人传记类的书籍里捕捉到的词汇，组成了自己的话语体系，在隔着上千公里的那端侃侃而谈，淡淡炫耀着自己现在的境况。

那套写字楼已经入驻，装修得挺漂亮，她在朝南的尽头处有一间独立的办公室，现在她的财务能力还不错，除了有些复杂的账务担心自己出错，公司请了个专业会计一月来核查一次，她自己已经能独当一面，通过财务软件能慢慢地做出报表来。她很喜欢讲述她在进修的那些学习班里的情况，有些导师是国际经济问题的大咖啊，兜售的时髦学术观点啊。她甚至还报名学习着英文，订购了一份《中国日报》，和我聊天时，或多或少地在语句里夹杂着英文单词。我能感受到她对自己的要求，也能感受到她希望自己在这个时代里进步，或者至少让自己不落伍的某些努力。

她有时候也会聊聊家常，比方我家属最近的工作进展啊，还有每晚什么时候回来啊，我有没有参与到他公司的运作中。

我坦诚地回复她，男人一旦有工作的借口，很少有回家早的，也不怎么管孩子，只是南方的商业气氛比内地稍好些，虽然不怎么被人强灌着喝白酒，但饭局和茶会总是少不了的。我从不过问他公司的运行情况，最主要的是，我不懂他的那个行业，另外就是，我自己的工作也特别忙。我没给她说的是，再怎么是南方，大公司里的环境总是一如既往的，你绕不开那些办公室里的斗争的。但我不想给秦虹虹详述这些，我觉得作为一个从来没有在这种环境里工作过的人，我就是讲了，她也未必能明白，更别提给我出谋划策了。

她认真地在那边听很久，谨慎地知心地给我建议："他的公司的账务，你还是要清楚比较好。"顿一顿，她老生常谈地说："你一定要掌控你们家的财务，你一定要记住我说的。"挂电话之前，她又叮嘱一句："老话讲的都是对的，男人有钱就变坏！"

周剑秋还是有某些暧昧的男女之事，不知是逢场作戏，还是享受在声色场中的权力。有时候，他的那些花边之事好像就是生理本能一样，已经司空见惯。我不知道这种事对秦虹虹的伤害有多大，听她的口吻，好像也习惯了这种所谓生意场上的行为，而且努力地给所有知道周剑秋对婚姻不忠之事者灌输着她的理论：生意场上，就像必须陪酒和打点关键人物一样，这都是免不了的工作和经历。

对夫婿的帮衬，是她说服自己的一种解脱："他那么忙，为

这个家，为哲哲，为我，也就是当玩乐一般的，何必和他较真呢？男人压力那么大——"

我不好吭气，她却对我紧追不放："你的老公也许也有那些事，只是你蒙在鼓里，不知道罢了，男人不都一个样……"

我这下按捺不住，义正词严地打断她："我不知道他的情况，也没对他怀疑过。至少在我这里，我没看到他这方面的任何蛛丝马迹。所以，请你，不要以你的人生经历来揣测我的。如果真有这种事，婚姻是没有任何存在的意义的。"

她停了半晌，方才幽怨地说："你到底是读了太多书的，有点不食人间烟火了，现实没有那么美好，社会也不像你想的那么简单。"

我正告她："不要和我谈这些。我有自己的道德底线，和你不一样。"

她性格很好，再不和我提我家属有可能在外寻花问柳，像她的周剑秋一样。她打住了证明我的生活和她的一样的决断，又开始转入另一个话题，谈她对哲哲的教育。

教育不太成功。哲哲放任得太久，在叛逆期，有点管不住了。

好容易找了各种关系，打点好多才进了重点中学，哲哲却只能被编排到编外班。饶是这样，班主任老师还是三天两头地打电话来请家长，口气严厉地指责孩子的不可控。

哲哲不按时完成作业，不参加集体活动，甚至有一次，连期中考试都有两门未参加。老师虎着脸说秦虹虹："我们虽然不是重点班，但还是要参加学校的考核的。如果分数这么低，拉全班的平均分，我还是劝你们，让他回去好了。"

秦虹虹着急上火，巴结着老师，一次又一次地打点老师，送礼物，送购物卡，甚至送现金。老师没有拒绝过，态度好两天，把哲哲安排到前三排，过不久，又弄到最后一排，仍旧虎视眈眈地对着秦虹虹劝退。

因为哲哲对别的同学的干扰，也因为哲哲完全油盐不进的脑袋瓜儿，老师的结论是，已经处于管不了的状态了。

秦虹虹有次给我打电话打了将近两个小时，诉说着对哲哲的学业和未来前景的极度忧虑。她甚至不顾脸面，告诉我哲哲不光拿她的钱，还偷她请过来辅导学习的家教的钱。

我大吃一惊："为什么？你不给他零花钱吗？他要钱去干什么呢？"

秦虹虹痛苦地说："可能是去网吧打联机游戏了。还有，他现在和一帮社会上的坏孩子混，抽烟，泡吧，什么都来。"

这完全失控的状态是怎么形成的？"你不是一直管着孩子吗？怎么弄成这个境地了？周剑秋呢？男孩子这个时候最需要父亲的指导了。"

秦虹虹结结巴巴地说："我得忙公司的事情，我还在外面上着学，给自己充电呢。可能耽误他了。"

我气急败坏地训她："你还充啥电啊？你现在管好孩子要紧吧?!"

秦虹虹忧愁地说："我不充电的话，哪里跟得上这个时代？每天上班下班回家，两点一线，我不是与这个社会脱节了吗？周剑秋不就是看不上我啥都不懂嘛！"

我叹气道："能与这个社会怎么脱节啊？大家不都是在混生活嘛。你还是让周剑秋和哲哲谈谈，男孩子处于这种叛逆期，应该能和父亲好好地恳谈。"

秦虹虹停了半天，终于说："他们父子俩，早就完全不讲话了。"

7

后来几年，她几乎和我断了联系。为了续租约的发票，我托闺蜜找她，闺蜜说秦虹虹已经没在公司上班，另一个财务接待的她，年纪比我们应该略大些，打扮得比较严肃，头发整齐地束于脑后，一丝不苟的，条理清楚，但还算客气，知道我的要求，很顺利地给我开了发票。我主动打电话想谢谢秦虹虹，但她一直没有接听过我的手机。

每年，我会带着孩子回一次老家，和曾经的老同学、老朋友、老同事见面，大家都过得挺顺当的，特别是女同学，日子好像一天比一天好，升职了，换房了，点菜的时候开始以清淡口味和素食为主，现在的主题已经换到健身养生，好像一夜之间，整个中国，都开始以慢跑和瑜伽为最时尚的主题。

这中间，我约过一次秦虹虹，她好像不太愿意，口气冷漠地拒绝后，过了两个小时，她还是回拨了我电话，小心翼翼地道歉后，让我有空去她那里。

她人瘦了很多，仍旧爱穿正装，一双精致的小高跟鞋，还是短发，梢尾也是精心修饰过的，化淡妆，但没什么光彩，那种被抽干了水分的干瘪，无精打采的劲头，口红是她脸上最夺目的色泽，好像是口洞，一张一合间，会让看的人感到毛骨悚然，惊惧里面会有什么神秘的东西吐露出来。

"我没给你说过吗？我已经离了婚。"她淡淡地告诉我。

我大吃一惊，嘴巴大概也张了个洞，好像要接洽她吐露给我的这块秘密。

"周剑秋是改不了性子的，后来又和公司里的一个女销售好上了，还是个名牌大学毕业的，说不定你见过，还是我招进来的。"秦虹虹淡淡地说。

我坚决地摇着头，表示绝无可能认识这个人物。

"其实长得挺普通的，每天穿件白衬衣，她的白衬衣可真多啊。开始我没注意，以为都是同一件，后来才发现，各式各样的，棉的、丝的、麻的，短袖的、长袖的、收腰的、直筒的。下面总是一件素色的长裙子，橄榄绿的、宝石蓝的、玫瑰红的，还有烟灰色的。"我惊讶于秦虹虹对颜色的形容，忘记她在压制着自己内心的暴怒，侃侃而谈取代她位置的情敌。

"本来我也挺喜欢她的，业务上手快，又好学，而且也是从邻省小县城出来的，好像家里还有人务农，并且她很朴实，和她的衣着一样。其实人的外表也是有心机的，真的和她的外表一样，让人察觉不出的那种心机。

"哲哲最先发现了爸爸的秘密，不想让我知道，也许他觉得我是个哀其不幸、怒其不争的人，因为对他爸爸惯常的纵容，可能是低到骨子里的自卑，让哲哲也觉得我不可救药了。他没选择告诉我，只选择再不搭理他父亲，反抗他父亲，对着他父亲干一切事情，他逃学，抽烟，交烂仔，在社会上拉帮结派，俨然变得无可救药，只是不想回家，不想面对我和他父亲。我急得到处找他，求他，为了妈妈，总得体面地活着，总得让父母为你骄傲地活着，他根本听不进去。这么早就滑向了社会，完全无可救药地反叛着我们。

"女孩子倒最先向我摊牌。现在的女孩子，你不知道有多不

要脸！那么干净的面庞上，那么胶原蛋白满满的脸蛋，她竟然说我和周剑秋早就没了爱情，让我尽早结束这段婚姻，不要互相束缚了彼此，连孩子也跟着受连累了。

"这一次，我是真死了心。如果能让哲哲变好，这段婚姻也没什么维持的意义。"她静静地说着，偶尔苦笑一下。

我问："哲哲是这个意思？他竟然希望你们离婚？"

秦虹虹严肃地点头道："是的，他说不想看着我们每天打闹，他已经厌倦了这个家。而且，他希望，我能和老张过下去，他觉得老张比他的亲生父亲要好得多。"我诧异地听着，这段婚姻的复杂比我料想的还要浓烈得多。

她不好意思地嗫嚅了半天，脸盘有点微红道："老张是我在进修管理学时认识的一个男人，人不错，是个老警察，可能他的职业让哲哲有些崇拜，而且他说服哲哲的方式让哲哲易于接受，我提出了离婚，马上嫁给了老张。"

我吁出一口气，如释重负地仿佛卸了层包袱。她盯着我："怎么啦？"

我连忙打岔，转移了使我情绪变化的话题。

她气咻咻地解释："我至少要让周剑秋看到，我也不是没人要的，我还不是可以过得挺好的?! 人家是警察，是公务员，退休后的福利也好得很，不比他差到哪里去的。他还不是得拼着命地打拼，现在和以往不一样，生意越来越难做，到老了，还得担心自己的社保和福利，还有医疗，不是吗？"

我不知道该说什么，只好恭喜她："反正房子也归你了，你又得了好多的补偿金，周剑秋也算对得住哲哲，给你的钱还不是为了将来哲哲有更好的教育基金？你现在就静下心来，把哲哲管好，他不是听那个警察的话吗？把他往好了带。"

她嘴角牵一下，努力给我做出笑脸来。我没办法再安慰她，只能分手告辞了。临走，她牵强地对我笑笑："到现在，你还是哪里都比我强啊！"我一惊，回头看她。那天夜色不太好，街灯的光亮也暗沉沉的，她始终再没转身，走到街角，我看到她的车灯闪了闪，她走进黑咕隆咚的座驾里，发动起车子。我也转身，还没等她离去，就走掉了。

我从此再没见过她。

两年后，周剑秋把他的那个小女朋友带到我们这座城市来。好几年没见，周剑秋依然还是那个做业务的模样，爱讲话，爱顺着人，在商机一现的时候，眼睛露出贼亮贼亮的光芒。

那天不只我们，还有些家属帮他介绍的有商机的潜在客户，我们一起去吃了趟烧烤，女孩子还不错，很勤快，又会讲话，不大像农村出来的，举手投足间，在巴结和依顺人的同时，还是有股自力更生的英气。

但我没办法喜欢她，我也没办法和周剑秋嘻嘻哈哈，我总得为秦虹虹和我的友情负责，总得表露出我对这桩木已成舟的事情的不满。

周剑秋叫了好多啤酒，女孩子挺能喝的，陪着那些男人，也顺带照顾着我。我不动声色，咬着嘴唇。点菜的时候，周剑秋调笑地点了"牛鞭"，还插科打诨地说着我家属："吃点这个吧，总得补一补，嫂子也会高兴些。"

我终于得到了契机，"啪"地立起来，甩手直冲冲地走掉。一桌子的饮食男女，一桌子无廉耻的成年人，惊诧于我的勃然大怒。

女孩子追上来说："嫂子，你别生气，他们玩笑惯了的。"

我不理她，直冲冲地走到车边，开了车门，我看到她一脸无辜，好像不知道做错了事的窘迫样。她还在唠叨："嫂子，我们是客啊，千里迢迢地过来，你给个面子不行吗？"我终于咆哮起来："你以为你是谁啊？都是些臭流氓、烂瘪三！什么话都能摆到台面上来说的吗？所以什么事都能在大太阳底下干吗？还都是受过高等教育的人呢，真不要脸！"我气咻咻地发车，把那个女孩子甩到寂寞冷僻孤独的异乡大街上。

我其实不是为了帮着秦虹虹报所谓的仇怨，我只是想捍卫我自己的道德观和世界观，有些观念是永远没办法改变的，不会因为世人的改变而改变了自己内心的坚守，我只是提醒自己要坚持，尽管举步维艰，也不想败给他们。

所以对那天我和秦虹虹见面时的长吁一口浊气，我是有多么的羞愧，因为她的先再婚而把周剑秋的一切不负责任削弱的羞愧。我不也曾暗地里如周剑秋的"合谋"或者"共谋"一样，把一切社会变革和进步中所带来的渣滓当成了理所当然？我很后悔自己对秦虹虹的态度。我很想哪天找机会和她解释一下，我很想告诉她，她的选择是对的，尽管嫁给老张不一定过得多好，但离开周剑秋这样的人，绝对不会再为曾经的委曲求全而在将来懊悔一生。

我不知道我竟然再也没办法和秦虹虹说这些话了。

8

在南方，在这簇新的城市，这么些年下来，我结交了更多谈得来的朋友。偶或也和老家的朋友发个短信聊个电话什么的，慢慢地感觉，有些感情多少变淡了。我还是会以原来的眼光看那个人，但那个人没在原地等着我看他（她），他们与时俱进地过得活色生香。而我，是不是在他们的眼里同样如此？

夏天快到的时候，周剑秋说要到南边来，带上哲哲，想约家属和帅帅一起，去香港的迪士尼来趟亲子游。

家属接电话时哈哈大笑："还亲子游呢？他们都多大了，哪里还想去那种地方？都要上大学的人了。"

周剑秋带着哲哲过来。

哲哲长高了，也黑了，不像小时候爱说话，戴着副眼镜，在T恤和牛仔裤的紧密包裹下，从裸露出来的有限的身体上，看不出当时秦虹虹讲他有跆拳道红黑带一级的水准，而且，甚至一点愚顽之劣的个性都没有显露。他很有礼貌，笑嘻嘻的，露出两颗大门牙的嘴，还让他多少显得有些纯真。

我的帅帅也长高了，还有点小胡须，零星地有些青春痘，也戴眼镜，讲话比哲哲大方些。可能因为是东道主的原因，对哲哲礼遇有加。

我们提起他们小时候玩过的情景，两个人都表示不太记得，但一说到游戏，就熟络起来，因为玩的几乎都是差不多的门类，很快就在帅帅的房里，像多年挚友一般，无拘无束地在互联网上冲浪遨游。

周剑秋和儿子的关系比我想象的要好，这么几年，孩子长大了，估计也能理解父母的抉择。我不大想提秦虹虹，确实挺尴尬的。

　　周剑秋自己说："我又生了个小子，才过两岁。这几年忙他去了，哲哲眼看是考不上正规大学的，我能给他的，只有让他出国留学。先修英文，看能得到哪所大学的 Offer 再说吧。"

　　我们也在给帅帅的出国留学的征途上打探、研究、比较，甚至一度还成了帅帅同学的爸妈们参考出国留学的专家级家长。

　　我忠言正告周剑秋："你还是让他在国内先把英文的级考过吧，不管是雅思还是托福，这样申请后，Offer 要容易得多。不然，把不太懂英文的男孩子弄出去，光是英语培训，你得在国外多花好多钱的。"

　　周剑秋说："我现在没精力管哲哲了。我现在的那个妻，是个搞教育的，和哲哲谈得来，不像先前那个，哲哲认定是那个人剥夺了他父母家庭美满和谐的幸福权。哲哲听现在这个小妈的，知道自己在国内是无论如何都考不上大学的，最多凭我的关系，上个职业学校。所以，我们还是想让他走海外教育的这步，我知道花钱多，也是对不住这个孩子了，在他的成长期根本没怎么管过他，就在他的教育上花销上一笔吧。"

　　我有点惊讶，心里掂量一番，感受到周剑秋和他现在的妻子的无耻。周剑秋是不消说了，真不知他有什么能耐，还能又换个女朋友，找到现在的老婆。据说岳父母是教育系统的，有个妻弟也是省教育厅的，那个后妻是某所中专的老师，这种背景，当然比原来的小女朋友要高了许多，更比秦虹虹高了许多。

　　"我是没办法。前面那个，太有心计了，现在把我公司的一大半客户都拿走了，那是个人精。现在这个，我就图舒服，图安稳。嫁给我的时候，她也算是大龄女青年了，好不容易怀上孩子，那怎么也得明媒正娶过来。"周剑秋讲这些的时候，一点波澜都没有，像谈一桩普通的生意一般。

家属有点羡慕他："你真有劲头，还能再生个儿子！看来，一个没把你磨住，还能再来一个，年纪大了，总算知道父亲的滋味。"

周剑秋说："我其实挺累的。和秦虹虹，那个大战！你是没见过，简直无所不用其极，好像要把我送到监狱里一般，搜集各种资料来整我。我是真累了。碰到后来那个小女朋友，还是一个德性，除了钻营我的钱、我的客户资源，真没把我当个事。我就想找个过日子的，好好地过下半辈子。"

我对周剑秋本来仅存的一点好感，再加上特意带哲哲过来所进行的这场亲子游，让我从前对他的厌恶消失了一半。现在，看着他歪在我家的沙发上，闲情逸致地讲述他的这半生，我对他的错觉慢慢远离，又回到现实中对他的深恶痛绝，这个拈花惹草、毫无道德感、粗鄙的、曾经受过那么多年高等教育的、县城里淳朴的小镇青年，是如何走到这般田地的？

他捋了捋已经有点谢顶的头发，哀叹一声："压力山大！"

我起身离开，听到他和我家属还在厅里热烈地闲聊。"有个项目了，可以发财的呢，他是有资源的，投进去绝对没有错，你是知道我的能力的，也是了解我的个性的，能吃苦，能死皮赖脸，还有背景，你说，这种钱我能赚不上吗？"

我冷笑着，把周剑秋的话语抛在慢慢升腾起来的冷气中。

"哲哲怎么样？"周剑秋从香港直接坐飞机回了老家，我问出去了四天三夜的帅帅。有些人，你只能在接触中得知他的品性，我心里还是有点害怕，因为哲哲的顽劣在我心中多少留下过阴影，这可是他妈妈亲口告知我的。

"还好吧，比我能花钱。"帅帅说。迪士尼里的饮料卖得超贵，哲哲提出喝水，帅帅打听了价格，硬是想忍住，外面只是园里三分之一的钱都不到。哲哲不吭气，自己花了钱包里的港钞，买了瓶可乐，也大方地给了帅帅一瓶。

我笑帅帅，毕竟是东道主，怎么能让客人掏腰包？我又旁敲侧击地打听，哲哲有和你谈过他的理想吗？他有女朋友吗？有不良习惯吗？比方抽烟吗？爱讲粗口吗？

帅帅摇头道："香港可没啥好玩的，我们又不是小孩子，只是陪着老爸们瞎晃荡。到了晚上，挺累的，我和爸睡一屋，他和他爸在一屋，基本没怎么和哲哲讲过什么。所以，老妈，你想打听他的事，从我这里真打听不着的。"

我被看破了，感到很不好意思，摸摸帅帅的脑袋，他什么时候已经这么大了？比我高半个头，思想比我想的要深邃得多。

"他其实挺可怜的，他不说，但我知道。他就像个孤儿。"帅帅盯着他的电脑屏，里面有厮杀声传过来，"他亲妈死了，弄了个后妈来管他，看着好像挺为他考虑的，其实就想撵他走，不想让他破坏他们家的安宁。他在家里是个陌生人。他爸，啥都知道，但也没辙。"帅帅轻巧地说。

他亲妈死了？秦虹虹死了？这是什么时候的事情？周剑秋怎么不吐露一点儿口风？一个和你过了半辈子的人，从你一无所有到你花团锦簇，到你背信弃义，到一起生下和抚养这么大的一个孩子，对那么重要的一个人的死亡，你竟然能不吭一声，竟然不在乎得像吹出的烟雾一样，仿佛灰飞烟灭般不值一提？

9

后来的两年，家属总接到老家那边莫名其妙的电话，对方声称因为周剑秋卷入了借贷关系，在资料中查阅第一联系人，就是家属的大名和现在的手机号。

家属非常气恼，开始还问周剑秋卷入了什么借贷关系。对方也不是特别含糊，一般直言是贷了多少数额的款项，到期却无法偿还，所以保证人必须负连带责任。家属这时就怒火中烧，对着手机那边陌生的对象嚷："我和他什么关系都没有！他借你们的钱，还不了，与我什么相干？他想写什么联系人就写谁，我能怎么办？"

对方沉着地点明："他的公司里，你是共同股东，有股权人应尽的义务。"

这下我也被惹火了，在旁边气势汹汹地说："什么叫共同股东？我们早不是股东了，多少年前就退出公司了，怎么还在找我们？"我又旁敲侧击地数落家属："好事没想过你，现在不知怎么惹上了高利贷，拿你当垫背的了？"

家属在一边不吭气。

这几年，家属有些嚣张，男人钱挣得越多，越觉得自己牛哄哄，好像这个世界真是他们徒手拼搏出来的，好像他潇洒地给妻儿挣来的那些银两，是一个人单打独斗得来的。我看过他的膨胀、心不在焉的敷衍、得意扬扬的自恋、无精打采的轻视，我不

想落到秦虹虹那一步，我得把他的自鸣得意和对家庭的毁灭掐在萌芽状态中。我不动声色地毫不懈怠地提升自己，储备当今的知识点，挥汗如雨地健身，精心地打扮和犒赏自己，和帅帅相处融洽，把家属的钱财尽可能地揽于自己的储蓄中。

活得真累！

我比当年高考时还用心，只为了和他始终处于同一知识层面上，甚至能高于他对时事的判断力，成为他出谋划策的内当家，让他不能小觑我。我还得在孩子那里找亲子方案，在我们的唯一骨血中占得胜利的制高点，然后，做最坏的打算，如果他真有抛妻弃子的行为，我能最大限度地获得财务上的补偿。

真的是秦虹虹刺激了我，还有身边那么多怨妇的实例启发了我。我把曾经一度视为生命中最珍贵的爱情，谋成了一件差事、一桩政治。

"查了的，只是我们当年私下解除了合约，签了字，但没在工商那边处理完，公司还挂着我的名字。"家属挠挠脑袋，气急败坏地说，"这下麻烦了。他的公司现在处于亏损状态，我不得成了连带责任人？如果申请破产的话，我还得为他掏腰包？"

事已至此，我也没办法再埋怨家属当年的粗枝大叶。周剑秋近年的生意确实赔得相当厉害，自己的钱财也没多少了：当年付给秦虹虹一部分赡养费，两人买的房也给秦虹虹了——在这点上，周剑秋说起来是无私的，其实有相当大的心理是因为想给哲哲，男人在这些方面有时候是说不清道不明地重视自己的骨血，尤其是儿子，和他同宗同姓的那个后代，那个能传承他的后代，虽然从来没怎么在孩子的成长上花过时间和心血，但会固执地在昏天黑地的新生活中记起自己的下一代来。然后是小女朋友和他断交，把几年来作为客户部负责人控制的大部分客户资源揽入自己囊中。然后是二婚，二婚所花销的费用，生下第二个宝贝儿子，以及哲哲在美国无节制的开销。

这每一项都能舔舐他的血液，吞咽他的骨髓，销蚀他的皮肉，让他在精疲力竭的中年堕入万劫不复的深渊。

他开始典当他的写字楼，向银行借款，在后来一切的商业努力中，因为没有当年的那种空手套白狼的机会和建树，他不可避免地滑下去，债滚债，利复利，银行清账，没收了当年秦虹虹和他最引以为傲的科技开发园的写字楼，宣告他付出了二十多年心血的软件公司的破产，他只能为着一些零星渺茫的机会，把东山再起的机会压在利用私人高利贷扳回一局的奢望中。

他的项目花样繁多，因为现任妻子的背景，他天花乱坠的、有着推销员天赋口才和经验的描述，让家属一度为此动心。

是的，他的妻子是搞教育的，他妻子的娘家也大都有教育岗位的背景，他有资源，有判断力，最重要的是，现在，孩子的钱是最好挣的——这是当下中国对孩子教育要有回报的投资，是所有家庭拼力而为的。

从十万的融资，到五万，再到两万。

我冷笑着问家属："连你两万的投资都可以行得通？周剑秋做的究竟是什么样的生意？"

"都是从小处做起的。他摔了跟头，现在不像往年，如果项目投错了，都会打水漂。所以，他也是对的，他倒真没乱吹乱侃，"家属停一下，说，"如果只是两万，只当给了他，也没什么大不了的。"

我哼道："那你可真是有钱，哪一笔两万是你从地上不费吹

灰之力捡来的？但凡他当初没有挪用公款，给自己买房买车，他现在说什么，我倒是愿意信的。可是，有了前车之鉴，我不放心的是他的人品。"

家属打住，我也打住。男人的弱处是不能公开言说的，男人之间的友情再不牢固，也不能让女人来指责他们曾经对发妻的背叛。他们或许以为，这只是逢场作戏的玩乐，或者年轻时的一点冒险，或者生命长河中的一次放纵和浪漫，可是秦虹虹毕竟死去了，年纪轻轻就离开了人世。

家属不喜欢我的用词："她是自己生病走的，不关别的事情。"

我问："红斑狼疮，这种病也会死人的。是因为她过得有多气不顺，每天大约纠结于此，天天拷问为什么上苍会如此待她，好好的一个家，就这样被毁掉了？"

家属撇嘴道："她先再婚的，好不好？她扬眉吐气地嫁了个警察，当时挺得意的。"

我没办法说什么，我不了解秦虹虹再婚后的生活，我不了解那个警察对秦虹虹究竟如何，我也不知道带着顽劣不羁的哲哲嫁给一个公务员的女人，在对新夫的俯首帖耳中，隐藏了什么样的委屈，在这桩复仇般挑战般的再次婚姻中，在想得到世俗之人对她的良好评价里，忍受着什么样的隐痛。

娘家人是不会对她好的。她那个重男轻女的娘家，一味地把她的弟弟当成这家的唯一后代，作为姐姐的作用，只是最大限度地供养和帮携弟弟。当初有钱的时候，前景光明的时候，他们还盘剥她，何况后来成了弃妇，没了曾经的资金来源，他们怎么可能对落魄的女儿心怀怜悯？口气中的鄙视，言语中的奚落，家人对家人的伤害，从来是刀刀见血的。

后来的婆家呢？作为公务员的警察，她一度觉得比周剑秋的社会地位高的男人，会对她体恤吗？两个重组的家庭，带着千疮百孔的前尘往事，能过着舒心而坦荡的日子吗？何况哲哲的顽劣脾性，和社会上的烂仔和小黑帮混在一处！

我如此讨厌周剑秋，正是因为秦虹虹莫名其妙的猝死。我以为看到一个对生活充满向往和自以为翻身的女人，却被薄情寡义的丈夫一步步逼向了灰心、绝望，直至死亡。

同学聚会上，大家笑嘻嘻地问我："你还真能用词，把老公叫'家属'？"

我也回笑道："因为这个称呼时髦呗，女权主义吧？现在不正流行女权吗？"

我只是想坚定地提醒我自己，我不要走秦虹虹的路，我不要走好多女性走过的路。我要有我自己的人生，我是独立的个体，我有自由的思想和决断，还有自由的财务。

我像一个芒刺在身的刺猬，火力十足、锋芒毕露地保护着我的婚姻，小心忐忑地过着人生中的每一天。

10

家属陪我去隔壁的商场里买鞋。逛店的时候，我就能感觉到他的三心二意。直到我们买完鞋，他不经意地把我往儿童区带，在儿童玩乐区前面，有个热闹的分享会，家属说："嗨，挺红火的，看看这个是做什么的？"

那是个儿童早教的免费参与班，将当今的科技教育分成 AI 和 VR 两大块，从娃娃抓起，按年龄分层，着眼于增进各个阶段儿童对科技发展的了解。

家属过去，向一个年轻的帅哥详细咨询了人家的收费标准。

我淡淡地问："这就是周剑秋想让你加入的项目？"

家属再不藏头藏尾地躲避，回复道："是的，我考察过，确实还是可行的。现在的素质教育很重要，家长也特别重视，都是想把孩子往国外送的，所以这类培训项目比较火，外语类、器乐演奏类，都挺红火的，现在国内也开始把儿童的思维引导到科技启蒙来，这个项目还不错。"

我问："他说怎么操作？"

家属答："加盟性质的。集团会先考察你负担这个教育机构的能力以及选址的可行性，就是少年儿童的资源大约是多少的量，还有就是，集团会给出整体策划和营销方案，帮助你在这个片区里做好这个项目。而且有个排他原则，不会在这个片区内再重复开设第二家这样的机构。"

我笑道："听着确实不错。但周剑秋得到的好处是什么，我很想知道。"

家属摇摇头道："你对他的偏见太大了。其实做生意挣钱是最重要的，何必非要把你所谓的道德和人品压在他头上？"

我问："他在这个集团是什么阶层？销售还是代理？谈成我们这样一个入伙人或者加盟店，他的提成是多少？"

家属半天不说话。

我们快快不乐地回到家。

我苦口婆心地劝："我真对他有偏见。现在只要是他提的项目，我就觉得有个骗局在里面。他把你折腾得还不够吗？"

家属辩解道："早不是回老家，把股权的事情解决了吗？他也不是有意，只怪我粗心了。他没有拉我下水的意思。原来公司的所有责任，他是一个人独自扛下的。"

我轻叹口气道："我有时候想不通，你为什么还和他走得这么近？"

家属说："当年一起都是穷小子，是你们城里姑娘眼中的乡下人，好不容易熬出来了，混得稍微有点人模狗样，结果他自己不小心，又折腾得回到了起点。我总还是希望他能再成功一次。男人总有男人的苦，不能就这样再没了机会。"

"而且，"他顿一下，"现在的生意不好做，我也想多弄些项目分散着投资，不至于像他那样绑在一个项目上，一损俱损了。"

"他的问题不在他的事业上，而是因为他自己不掌握自己的好日子，非要把它给过歪了。"我斩钉截铁地说道。我不喜欢家属和我的这种争论，明明是周剑秋对家庭的伤害，他自己的放纵和不以为意，才落下了现在的这步田地，却偏偏被解释成时代的进步，仿佛他被青出于蓝的新生事物淘汰了一般。

"你们女人就是眼界儿特别小，那么多家庭过不下去了，分开了还不是各自安好的？秦虹虹文化程度不高，每天和老周叨咕一些鸡毛蒜皮的小事，境界在那里，老周越来越觉得和她无话可谈，那种小市民的算计，家庭主妇的见识，快把老周逼疯了，这才和那个小女朋友有了些暧昧的。"家属气恼地说，我不反击，等着他说下去，"家庭的破灭，其实绝不是一个人的变心能解释的，你不了解情况，只看到秦虹虹年纪轻轻的死亡，所以不能理性地看待他们那场婚姻。"

我仍旧不吭气，把沉默丢给絮叨不停为周剑秋辩护的家属。是的，他们太委屈了，从"乡下人"终于成长为城市里的中坚阶

层，甚至富裕阶层，他们一步步上来的艰辛，不是普通人能理解和感知的。而且，现在这个时代，日新月异的发展，也让家属在周剑秋的身上看到了巨大的危机，他也害怕哪一天被这个时代淘汰，无声无息。

家属对周剑秋事业跌落的审视，比对他家庭破灭的感知要沉重得多。也许在他们眼里，我们这些妇人们，鼠目寸光得只看到他的抛妻弃子，而没看到他一路跋涉最后在沼泽地里沦陷的无措。

我们怕的，和他们害怕的不一样。

我们整不明白的，却和他们整不明白的一模一样。

就像周剑秋现在，满头的白发楂子，挠着脖颈，满脸迷惑地问着家属："我想不明白，我没做错什么，但为什么就输得一败涂地了呢？"

这话多让我惊诧！每个做错的人，在旁观者面前，从来都找不到自己的过失。可是，秦虹虹当年不也困惑地对我说过："我想不明白，我对他那样好，对公司那样上心，什么错也没有，他为什么就再也不爱我了呢？"

雨后的南方，天空明丽，有北方城市难得见到的蓝天，甚至还有薄薄淡淡的云彩，轻轻地飘过。

闲下来的我们，走在家附近的绿道上，周遭还是不停超越我们的或慢跑或快跑着的年轻人，他们的脚步是有力的、朝气蓬勃的，也是嚣张的、排他的，咄咄的声响和顺带着你而过的身影，是带有侵略性和攻击性的，连身上的汗味都带着健康的狼性。我小心翼翼地避让着他们。

"我记得上次的雨后，是有过彩虹的。就在那个方位，好多人都惊呼起来。"我对旁边心事重重的家属说。

　　他心不在焉地回复我，根本没有理会占了跑步者绿道的歉意，自顾自地漫步："不记得了，现在哪里还能见到彩虹？"

　　我在揣测他的心思，这整个社会和背景给他的压力，让他不敢闲庭信步优哉游哉，让他绷紧了神经，紧张地应对扑面而来的、日新月异的变化，很怕陷入周剑秋那样的境地。而我，我的紧张，是保护我的小家，保护我以后的人生，谨慎而小心地维护我作为女人的尊严，千万不能落到秦虹虹那般悲惨的境地。

　　可是，真是有过彩虹的，那靓丽的、美艳的、像一座桥梁一般横越在两幢摩天大楼间的七彩的霓虹，我和那么多旁观者一起见证过，却被曾经同行一起看到过彩虹的家属坚决地否认了。

　　我怀疑我的记忆，怀疑我当时的错觉。我羞涩地避让着擦肩而过的跑步者，甚至连和家属争执一下的念头，都烟消云散了。

梅　事

1

正是雨季，东边日出西边雨的时节，一忽儿狂风大作、暴雨怒泄，一忽儿却又阳光高照，晒得人脸面出油。

她应该正赶上了刚才那场特大暴雨。前台秘书领她进来的时候，她还在甩手上湿淋淋一路滴答的水珠。郝劲松起身迎她——一袭双肩带的橄榄绿丝质背心，一条浅褐色亚麻阔腿裤，一字带的中跟米色凉鞋，拎的包看着挺打眼的，是上好的皮，但因为商标太小，郝劲松琢磨不出它的牌子，更谈不上估出它的价格。有时候他真心佩服女同事们的眼光，或者说对奢侈品的关注度，扫一眼，单从客户的鞋和手袋，就能估出事主的标来。

她坐下，双腿斜放，礼貌地接过郝劲松递来的一杯柠檬茶。郝劲松这下看出了她的年龄，再怎么掩饰和装扮，四十岁的鱼尾纹泄露了一切。

郝劲松听她道来。

郝劲松今天心情还不错。早上十点时，儿子发来短信，雅思成绩出来，这次已经 6.5 分，只口语拖了平均分。儿子那天考完后回来说，和主考官的沟通有些障碍，经过这么多次鏖战，十八岁的年纪也已历练得能揣摩外籍考官的出题心思，用西方人的思维去解答西方人的提问，但总不免有点纰漏。考官暗示，你自己的想法呢？儿子说，这就是我的想法啊。考官微笑地点头，但意思似乎是否认，点头——否认，摇头——赞赏？那个去英国留学回来的海归指导老师似乎这样提示过，儿子有点糊涂，在话语和眉眼的双重闪烁下，灰溜溜地结束交流，挫败般地离开。郝劲松听完有些不高兴，让儿子出国确是他的强力决定，但这个已经算成人的儿子，怎么能没有自己的思想？国内的学习，就是"误人子弟"的教育，众口一词地背诵着标准答案。就像社会，众口一心地定义着"成功"。但现在看来也不是很要紧，总之，这个成绩，能申请到还算不错的大学。郝劲松放下心来，狠狠地吁出一口恶气……

女人捧着纸杯，眉毛挑了一下。郝劲松忙对着她："你说，你接着说，我都记录着呢。"他作势斜一下电脑，好像要给她看他的笔记。女人这时候把纸杯放下，不再讲话，开始仰起脸，仔细打量他的办公间。

"郝律师，听说你也接心理咨询的活儿？"女人微微笑一下，腰身软下来，倚靠在那张舒适的单人沙发上，一条腿搭在另一条腿上。

她已经对所处的环境开始熟悉，放松下来。言词里有熟络的味道，表情却不像初来时那般丰富，自由自在了。

郝劲松移开电脑，也微微地靠在转椅上，轻巧地摇摆椅子："有时候会接。不过，我一般不做心理干预，这个太复杂，弄不好，会出事。"

她站起来，饶有兴致地开始打量他的工作间，走到窗台那里，俯身嗅着绿萝，又转身拈着那道窗帘说起来："郝律师是北方人？窗帘选了绿萼梅？"

郝劲松诧异道："这是公司装修统一配的，每个办公间都这样。我倒不知道这是什么植物图案，你懂得真多……"他顿一顿，扶扶眼镜："北方人未必都喜欢梅花，听说深圳也有梅展，一二月份的时候，有观赏梅在市场卖的。"

女人快速转变话题："那这个官司，郝律师觉得，我胜诉的概率？"女人凌厉的眼神直射过来。

这种人见得太多了。郝劲松心里掂量了一下，嘴上还是那抹不变的微笑："我尽我最大的努力……"

女人扬起脸，也笑笑，慢慢踱到他身后那排巨大的书柜前。这种行为有点喧宾夺主，让郝劲松不太舒服，但他依旧没有改变他的坐姿。从心理学上来讲，这个客户在一泄而出自己的要求后，放松下来，完全有掌控局势的力度。他可不能让她占了先。

"你都拿到医学鉴定了，证明当晚他确实和你发生过关系。这点对方从没否认。现在我们要做的，就是对你当时所处的环境，一条条好好梳理，还原当时的状况。我还是那句话，没必要强调的，就不要再说，不能给对方一点反击的机会。我要做的，就是尽快整理出一纸申诉书，我们要反复核对当时的细节，不管怎么说，我的意思希望你明白，你说出的话，就是铁定的事实，不带任何模棱两可的性质。这点，你确定明白吧？"郝劲松把椅子转过来，面向着在自己工作间里自由自在行走观望的她。现在能很明显地看出她的身材，骨架小，瘦而不枯，今天她穿的是宽

梅
事

091

松型的衣服，但剪裁良好，一个扭头或一个俯身，就把细腰和翘臀的轮廓折射出来，风韵犹存的尤物。

她背着郝劲松，停在他书柜里一排相框前，细细打量，然后说："我当然明白……郝律师，这是你太太吗？这是你全家福啊？真让人羡慕，一儿一女，都那么标致。"

她转过身来，直视着郝劲松："郝律师，那就靠你了。事情走到这一步，我是怎么都不能输的。我的名声、我的家庭、我的将来，我可不能赢不了他！用尽一切我也要赢这场的！这点，你确定也明白？"

郝劲松不知道今天哪里出了错，给了这个客户咄咄逼人的勇气。嚣张的客户他确实见过不少，但刚开始理材料，就这么跋扈的，还真是少见。一贯来说，客户的头次见面，都是唯唯诺诺，听从律师们的建议——身家几十亿的土豪、上市公司的执行总裁，甚至在黑道上摸爬滚打多少年的黑社会老大，在律师楼里，总还是收敛得多，特别是第一次，那份讨主意的真诚和纯情、自甘小学生的处境，都是郝劲松司空见惯的。当然也有变脸后的凶神恶煞，那是在支付了高昂的律师费后，仍旧得到一败涂地的判决时。

郝劲松站起来。工作间并不是太宽敞，围墙而置的巨大的顶天立地的书柜，一张厚实宽阔的实木办公桌，再加上招待客户的那套茶几和椅子，两个成年人要像闲聊似的起身交流，实在有点太显逼仄。

"柳女士，你要知道我们工作的方式，我只能说我会尽全力帮你，但结果……我们都是成年人，你也清楚我们这一行，谁敢打包票的？真有这种人，那是在诓你！"郝劲松扶直眼镜，严肃地说。

助理打电话过来，说有个美女在前台找他，是约好了的。郝劲松打开的是免提，女人听着郝律师的繁忙，淡淡地说："那行，我的事情，全拜托你了。你说的是，三天后，我再来一次，还是这个时间段？"

郝劲松点头确认，推开门，送客，一直到律师楼的前台，一路袅袅婷婷的女客户，全身散发的香气，这才让郝劲松回味过来。他想着的是自己的迟钝，嗅觉的，还是意识上的？身体功能的减退和意识功能的减弱，让他为自己倒抽一口冷气。天，他还不到五十呢！这叫什么事儿？

真有个清清爽爽的美女站在前台，迎上来跟他打招呼。

郝劲松对着柳女士充满歉意地笑道："我不送你下去了。"柳女士看看美女，回了他一个暧昧的微笑，自己出了律师楼。

红梅，就是那个美女，小声地问："你客户啊？"

郝劲松顿一下，咬牙切齿地吐出狠狠的一个词："婊子！"

2

红梅拒绝在那家汕头牛肉店吃火锅的提议，她说这么热的天，谁还吃那个？何况来深圳后，她对红肉早就失去了兴致，身处临海的城市，为什么不入乡随俗多吃些海鲜？郝劲松还在脑子里想着附近有哪家海鲜店的时候，红梅倒熟络地拉着他，去写字楼地下层的饮食中心吃快餐了。

郝劲松在红梅就座后，去旁边的一家小士多店买了瓶牛栏山金红粮的 250mL 的白酒。红梅在小桌上布餐，那份干炒牛河是郝老师的，外加一份皮蛋豆腐和一份酥炸花生米，她自己点的是马蹄蒸咸鱼饼，外加一杯西瓜汁。她分好餐具，看郝劲松把酒斟满小玻璃杯："你现在中午都能喝一瓶了？"

郝劲松笑道："这算半瓶好不好？也就半斤。"

红梅不再吭气，倒了小半杯西瓜汁匀给他，然后才慢慢地享用自己的那份。

郝劲松问："最近怎么样？"

红梅说："没太大变化，还是和原来差不多。"

郝劲松又问："他还那样？对你冷暴力？"

红梅点头，不置可否地答："嗯，我也对他冷暴力。想明白也就那样，孩子都那么大了，何必弄个你死我活的，最后真不只伤筋动骨，还可能家破人亡。现在，总还得一起供房，一起养孩子，分担这没指望的生活。"

郝劲松叹口气，不知该怎么劝，还不如不劝。

红梅神色好一点，开始谈自己的工作，好像工作还挺愉快的，说起来眉飞色舞，脸色也一下子红润起来。

这当口，有两个同行正好过来吃饭，还有个熟人，彼此打了招呼。郝劲松看他们都没怎么正眼瞧一下红梅，想着前台小姐已经见过红梅不下五六次了，仍作陌生人一般，心里便觉着这城市的好，个个都忙于自己的事，真是事不关己、高高挂起，那种安全感在你没有品味到的时候，早已弥漫开来，包容了你，也淹没了你。

"那你们现在生意还真不错。"郝劲松点头应了红梅的啰里啰唆。他其实挺喜欢红梅的唠叨，对工作的描述，毕竟也是他熟悉的范围。红梅现在在一家婚姻保护中心工作，理论上和区里的民政局挂钩，专门处理婚姻问题，好像二十世纪七八十年代的居委

会，每日里对闹矛盾的小两口苦口婆心地劝解，动之以情，晓之以理，一副"宁拆一座庙，不毁一桩婚"的架势，按现在最时髦的术语，叫婚姻家庭咨询师。

红梅笑起来，满足地灌一口西瓜汁说："那是，挺好的。好多夫妻在我们的干预治疗下，都渐渐和好如初了。"

郝劲松又咽了一口酒说："如果有失败的案例，介绍到我这边来，我来打离婚官司。你放心，我是向着妇女这方的，不会让女性受委屈。"

红梅瞪他一眼道："我都介绍你两起案子了，你还不知足？在我这边，我肯定希望成功地把他们劝解和好，社会稳定，家庭稳定，最主要的是孩子……哪场将就的婚姻，不都是牺牲自己来成全孩子而装作幸福下去的？我是真看不了那些夫妻，曾经那么恩爱，到最后走到这一步，像两个间谍和杀手一般，恨不得你咬了我我吃了你，啥恶毒恶心的事情都做出来了……"

郝劲松咽下最后一口酒道："好了好了，你是高尚的工作，我是卑鄙的工作，这样好些了？"

红梅没吭气，抹下嘴唇，慢慢地收拾手袋，跟着郝劲松上扶手电梯，从一楼出去，转角进另一条小道，往右走，奔入那家熟悉的郝劲松还有着贵宾卡的维也纳酒店。

郝劲松算红梅的半个老师。

那会儿红梅还在婚介所工作，每天忙活着在电脑上给不相识的男女捉对配双。红梅挺适合这个职业，虽然她年轻，但她面相柔和，圆脸，短发，笑起来眼窝成一条缝，说起话来绵绵甜甜，聆听人家说话的时候，又总是那么专心致志。她喜欢婚介所的工作，她和老公的婚姻也是在老家经人介绍而成的，两人被媒婆拿去生辰八字，比对后说是相合相衬，相识才三个月，便择了黄道吉日进了洞房。先结婚，后恋爱，听上去在这种现代社会真不可思议，但确也比那些历经千帆却终未找到自己停泊的港湾的剩男剩女要幸福得多。

婚介所也是产业链，世纪佳缘都在美国纳斯达克成功上市，但前景这么美妙的行业，如果想继续在此有所发展的话，光靠那份耐心是没用的。深圳有这点好，到处是充电学习的年轻人。儿子刚入了幼儿园，红梅的身心一下子轻松起来，就报名上了心理咨询师的课程。

郝劲松是主讲变态心理学以及社会心理学的，因为取材的内容有意思，而且有些案例实在让人觉得不可理解甚至不可理喻，红梅对这门课程反倒有兴趣起来，一来二去的，和郝老师走得近了些。

拿资格证书有点困难，考得比较艰辛。郝劲松是大学生，从县级中学一路尖子生考到医学院的，前几年又参加律师资格和心理咨询师资格的考试，一路顺顺当当，拿证书拿到手发软。考前郝劲松着重培训了只是大专学历的红梅，给她详解历年的考试例题，选择题怎么做，分析题怎么答，都是有方法的，另外有种资格考试，郝劲松建议红梅不用揣摩出题者的心思，按自己思路来答，那种考题没有标准答案，只是测试你是否有此种行业的执业资格，按郝劲松对红梅的人格分析，完全正常，应该不在话下。那段时间，考前的临阵磨枪，让红梅对郝劲松更加刮目相看，崇拜得五体投地，想着当年考大学如果遇到他，拿个二本应该不在话下。结果出人意料的好，那种分数，都让红梅被鼓舞得想考二

级资格。最后被郝劲松劝下来，让她再磨炼磨炼，不可妄自尊大，以为如此顺风顺水。

感情似乎慢慢培养下来，从原来的尊重变成了一种熟稔一种亲昵，到后来，家庭出了变故，那个她自以为相亲成功的老公，自己在外头拈花惹草不说，还指责红梅嫌弃他穷，没有钱。红梅生气，每天给人家结绳成眷属的红娘，拿着课本比照人性的三级心理咨询师，竟没想到后花园起火，烧得红光冲天。

两个人也是在深圳一路打拼下来的，唯一比人家聪明的地方，就是在2008年房价有所回落的时候，果断地凑齐首付，一路被高额的贷款一起捆绑着熬到现在。还没松绑，合伙人就要翻天。红梅的那个老公，其实哪里有蹊径另辟？他只是给自己的寂寞和苦闷，还有那看不到希望的将来弄点莫名其妙和荒唐，自以为还是一种逆境中的浪漫。

红梅看透老公的嘴脸，但鉴于工作中那些婚姻失败者往往因为孩子选择妥协，再受那些被困窘的财务现状拖累得灰头土脸的无数个案例警示，思前想后，终于选择了隐忍。

"他找他的爱情，我也可以找我的浪漫，是不是？你说，是不是？"红梅第一次和郝劲松在一起的时候，躺在郝劲松的身子底下，像小孩子一般负气地嘟着嘴唠叨这番话。郝劲松当时没停下来，过后，看看红梅，在她的额头上，多少有些深情地吻了一下。

3

回到家，已经晚上十一点五十。

郝劲松悄悄地穿过客厅，听到儿子均匀的呼吸声，顿了顿，又慢慢踱到女儿房门那里，静悄悄地听一下，缓缓地走开。

房子不大，当初买的时候，说是三室一厅，但靠里的书房只有一扇黑咕隆咚的窗户，朝着整座建筑围成的天井里敞着，装修后，终日拉扯着窗帘，除了摆放杂物和郝劲松所有的书籍，真没地方搁脚了。

当时两个孩子都小，儿子先来的，过几年女儿又降临了，得知女儿落地时的喜悦，那种凑成"好"字的人生一大满足，却没想被过几年的儿女同住弄尴尬了。儿子初中后就被劝离那间摆放高低床的小卧室，每晚在客厅的沙发床上将就，开始怎么也不乐意，现在习惯了，上高中后选择国际学校就读，从此开始独立的寄宿生活，如今偶尔在周末回家，搭起沙发床来也熟门熟路，再无一丝怨言。

郝劲松想着儿子，如今长成如此强壮的大高个，比他已经高出大半截头，社会现实马上就扑面而来，现在流行的说法是穷养儿子富养女儿，但对儿子，他怎么都觉得歉疚。想想自己接手的那些客户，好多都是几套房，吃香喝辣的，每天琢磨的事就是怎么把钱花出去，那嘚瑟的模样。他狠劲地啐了一口。

妻子还没睡，倚在床上，床头那盏灯，发出白炽灯泡固有的昏暗的光。这个世界再怎么进步，白炽灯的市场总还是有的，为的就是暗夜里不晃人眼的一种暧昧和模糊，缓和气氛的某种调剂。

"又喝了多少啊？我都这样了，你可不能不顾及自己的身体啊，我们的孩子，以后全指着你了……"妻子有气无力地说。房间里浓烈的中药味扑面而来，掩盖了郝劲松自己都觉得羞愧的满身酒气。

他放下公文包，坐在床边，柔和地看着自己的妻子。她的头发还不是特别稀疏，但剪短后也没有显示出短发应有的精神气。她的脸略有些浮肿，本来就不胖，瘦削后因为那种病理上的浮肿显得有些骨肉分离。他看出她皮下的那种轮廓：骷髅都是一样的。

他笑起来，摘下眼镜，为了能够不那么清晰地面对她。"今天好些了吗？听儿子说了没？他已经 6.5 分了，可以申请一所不错的大学的。"

她懒洋洋地答道："听说了，虽然没怎么显露，但还是能看出他挺高兴的。我今天给他加了个菜，让阿姨做了道盐焗虾，兄妹俩疯疯闹闹的，你一筷我一勺，吃个精光。"

他让她侧过身来，慢慢地从手臂开始，在她身上按摩。

她仍旧啰里啰唆地讲今日的事情：楼下那些跳广场舞的，和一些业主争执不下，差点动手打起来；阿姨今天说海虾要 58 元一斤，买了一斤半，其实她头天和对面的邻居打听过了，基围虾才 35 元一斤，阿姨以为她傻，用基围虾充海虾做成椒盐式的唬她，她只是不说破罢了；女儿的画得到表扬，那幅虎趣图老师留下了，要放在学校大门口的展示窗里给所有的师生看，女儿说，是因为她在左上角画了四分之一个太阳，老师说她有创意，和别的学生不一样……

他耐心地听她说话，有一搭没一搭地附和着。他的手指能感到她现在的皮下脂肪又薄又脆，他得特别注意力道，不忍弄痛她。

三年了，自打手术过后，好像也没复发，主要原因在于他的坚持，他不允许她去放疗化疗，也不允许她去复查，所以，他们都蒙在医学检测的鼓里，听天由命地过着有一天没一天的日子。

梅
事

他以死马当作活马医的决绝，买高价进口的药物，他不想她受临死前的苦痛，他看得太多了，苟延残喘地还受没有希望的所谓科学治疗人道治疗的自欺欺人，他可不想让她承受。

是的，看个人的造化吧，能拖几日是几日，何必把希望寄托在毫无希望的医疗上，把自己弄得人不像人鬼不像鬼地赴黄泉？

他没有对她阐明过自己的真实想法。肺癌，能拖多久？这是不言而喻的。她的家族病史，这两年好像要强力证明般地显示出活生生的例子来：表姐因喉癌而没活过一年半，小姨因宫颈癌术后转移全身而死在去年端午前，表哥的脖侧脂肪肿瘤因最后诊断为良性囊肿喜极而泣。

在医院的那些年，他看够了那些为搏一丝生命奇迹而和命运做殊死搏斗痛苦挣扎的患者，也看够了那些过不去自己良心而为病人选择极端疗法的家属，最多的仍旧是病患和家属们，在用去了所有的医保后，自行等着命运的决断时的无可奈何——那个时段，错过了人生最后的享受，把能看得见的不多的光阴，浪费给无数个可怖的仪器和插管，还有鼻饲，没有尊严地做最后的所谓人道主义的挣扎。

郝劲松不干。

他霸道地动用自己的决定权。儿子必须出国留学，将来女儿也要走这一步，还有这套房子的月供，老家老母亲的颐养天年，当初供自己进入医学院的大哥一家，哪儿都比已经罹患癌症的妻子的拖延生命的医院治疗重要。他不会让这种钱在将死之人身上打了水漂。不是他冷酷，不是他绝情，而是他的理智，他作为家庭里一家之长的理性决定，他不能让妻子的绝无希望的术后费用搅乱他所有的生活。

他不是不爱她，他只是比一般的爱人更多了坚硬的心和坚定的理念。

他的手的力度可能硌到了她，妻子娇俏地喘了一声。他柔声问："疼吗?"他的头倒是有点痛，中午喝了半斤，晚上又喝了八两，他的酒量现在越来越大。三年前手术时，他心乱如麻，站在手术室外，几乎直不起腰身。那时他做了什么? 祈祷，忏悔，赎罪，原谅? 他一点也不记得了，他只记得他两腿簌簌发抖，只记得有一堆的话还没给手术室里的妻子讲，他是那么爱她，那么依恋她，没有了她，他的将来怎么办啊? 他们的孩子，他们的以后，他们接下来会成为祖父祖母外祖父外祖母的日子，他没有她，会怎么熬过下半生啊? 那种害怕失去的恐惧，那种惊慌失措的败下阵来，强烈的情绪重击着他，排山倒海、怒海翻江地掀翻了他，他撑不住啊!

手术室亮灯的时候，他得到了最好的消息。

他看着昏昏沉沉的她戴着呼吸机，被人推入电梯里，看着术后还在麻醉状态下的她进了 ICU 特护病房。他长出一口气来，跌跌撞撞地跑到楼下那家超市，买了一瓶二锅头。他一口一口地灌着自己，没有下酒菜，没有杯子，像喝饮料一样，用嘴巴直接吸啜着那浓烈的酒精。他的脑海里回荡着主治医生的话语："手术是成功的……你也知道，癌症病人的复发率特别高，你们也要小心……你也是医生，你看看，什么时候过来一下，我们安排接下来的放疗和化疗……"

头发没了，牙齿松了，骨骼变得疏松，再然后，就是慢慢失去神智和记忆，一步一步走向死亡，这全程相伴的，是患者无力承担却硬着头皮扛下去的治疗。不光是身体的，最重要的还有大把大把金钱的无效付出。

他开着车，漫无目的地往前，想着刚离开手术室神智全无的妻子，吊瓶，呼吸机，溺便器，各种各样的插管进入她的身体……然后，一头撞在一个石礅上……他弃了车，跑离现场。醉驾是要蹲看守所的，他的妻子怎么办？他的孩子怎么办？他刚拿下的律师执照准会被吊销，然后，还有然后吗？

是辆本田，当年买下也才十万，这么些年，就算寿终正寝吧，反正他再也不能开车了。

他嗜上了酒，量果真变得越来越大。有次他好奇，到底什么量才能让他喝醉？他试过一次，到头晕目眩却还清醒的时候，他放弃了自己记录的测量值。

他还有妻子，还有儿女，还有没供完的房，还有老家的母亲，还有大哥给留下的那嗷嗷待哺的一家……

4

妻子睡着后，郝劲松的酒已经醒透了。他抬眼看下手中的腕表，时间早过了半夜，凌晨一点二十。他尽最大的努力，悄无声息地离开卧室。

他悄无声地穿过客厅，怕惊扰了鼻息咻咻作响的儿子。客厅的窗帘没有关上，别人家的灯火夹着一点路灯光隐隐地射在室内，他静了下来，在不是通透的暗夜里能依稀辨出儿子卧着的身躯，仰面躺着，四肢在明显有点不合身体的沙发床上竭尽全力地伸展着。郝劲松微笑了一下，心下里感触着儿子将来的人生，如果去英国留学，每年四十多万的花销是最基本的。他猛然愣住，在

这温情的夜里又想着金钱，自己真的彻底堕落和庸俗了。他看着儿子，努力让自己想，希望儿子将来在这般暗夜里也能无所顾忌。

他走进书房，掩上门，把自己关闭在这块属于自己的空间里，开了电脑，看屏幕逐渐亮起来。

三年前，妻子手术后，他们就再没同过床。他很随意地移进这片小陋室里，右侧一整面墙的书籍，东边顶着墙的一排书桌，左侧永远掩着窗帘的朝着天井的窗户，摆放的一张简陋的折叠床再也没有折叠过，身后那扇推拉式的木门，关上后，便是他对家的全部定义。他不与外界甚至家人有任何联系的自我小天地。

他必须现在完成他的工作，那纸申诉书要在五十八个小时后让柳女士来审阅。他揉揉自己的太阳穴，想着那十多个小时之前的白日里，那位女士对他避重就轻讲述的一切，想赢了官司而所描绘的一切。

他流利地敲下一排字：

刑事申诉状

申诉人：柳梅，女，汉族，×年×月×日生，现年42岁，电话××××

申诉人不服深圳市××区人民检察院对刘×犯强奸罪不予批捕（取保候审）的决定，特提出申诉：

请求事项：

1. 对犯罪嫌疑人刘×给予逮捕收监，追究其强奸罪的法律责任。

2. 以强奸罪共犯追究张×的法律责任。

3. 因二犯所犯之罪行，对申诉人造成的损害给予赔偿。

柳女士今天上午过来时的那种袅袅婷婷，他记忆犹新。是位风韵不错的女人，大概在她最好的状态。她自己的叙述是，在香港的一家以色列贸易公司工作，朝九晚五的西方作息制度，是业务部的中级管理人员，年薪百万港币，时常到深圳来和供应商见面。她本是内地人，所以交流颇顺，而且这边的规矩也懂，是老板手下实干的精英。老公倒是真正的香港人，柳女士没怎么交代老公的背景，约略说起来，好像是做医学设备贸易的，别的就含糊其词地略过去。香港有房子，深圳也有两套，一套出租，一套装修得比较精致，离关口近，自己常住。

郝劲松记得她讲话的口气，一介入自己的背景，就有些藏不住的得意。小镇女人跑出来闯世界，钓到一个香港人，用自己特有的韧劲不负家族众望，改变自己的出身。她运气也不错，因为语言上的特长，粤语和英语都相当精熟，便在这座东方明珠谋得一方落足之地，飘飘然，滋滋然，常常从香港返深，交几个视自己为传奇的内地朋友，打打麻将，泡泡吧，日子过得有头有脸起来。

他对她叙述的细节不太关心，像听老师讲重点一般，把她讲的重心记了笔记，为的是今晚这个诉状的完成。他像所有律师一样，不关心当事人的对错，不纠正当事人的逻辑。他仿如机器，记录她所叙述的细节，然后，择其有利的描述，组织自己的语言，致力于诉讼的成功。

诉状写得挺快，如行云流水般。中学时郝劲松的作文就不错，无论散文、记叙文、议论文。他有篇写《病梅馆记》的读后感，洋洋洒洒，一气呵成，自己读下来觉得文理清晰、脉络分

明，老师也拍着五尺讲台，大赞不已，后来被推荐到《语文报》发表，惹得全校轰动，当时小小个子看着营养不良的郝劲松，被一众女生仰慕，才子一般被人尊重。

如果说此生最愉悦的时光，大约就是在县一中的那六年，还有考进医学院的那五年吧！如果一直这样读下去，是不是人生就会是另一番景致？郝劲松站起身来，逼仄的小书房让他浑身湿透。浊闷的空气他早已习惯，就是这种热让他受不了，他起身看看空调，苟延残喘地亮着温度显示灯，已经设置在18度，却仍旧没有冰凉的感觉。他气得骂一句娘。

刚才妻子好像给他絮叨过，家里的两台空调已经不太制冷，不知是不是需要加氟利昂。她打管理处电话，约了管理处名下的物业服务公司。看着三十多岁的男人，也是满头大汗的，进门先申明要加高空作业费，一台两百，两台就是四百元，加雪种另算，一共五百六十元。妻子弱声弱气地问，我们才二楼，能算高空作业吗？男人很决绝地答复，二楼怎么不算高空？我如果失脚摔下去，不死也伤，难道伤残比死亡好吗？妻子噤声，由他爬前爬后，吊绳索忙出忙进，看来也是出了苦力，随手试一下，当时确有冷气出来，电机也在工作，赶紧给人家结钱了事。

郝劲松不想责备妻子。妻子原来也算泼辣，将两个孩子一天天带大，脾气被磨得早失去耐性，曾经也是不肯饶人的主。现在病成这样，老在一心一意的忏悔中，不知人生的哪段得罪了神明或圣主，让她现在剩下的每一天都在胆战心惊中度过。脾气早已收敛，唯唯诺诺，再无锋芒。

"我总不能被人认为是坏人，对不对？那小伙子说，前栋有个老太太，家里的空调主机都坏了，他爬出去看，加不了雪种便告知她，那老太太认为没有作为，根本不肯把高空费给他。他气坏了，也不想和老太太计较。现在的老人，他如果缠着她气得她晕倒在地，几十个高空作业费也赔不起啊？只怨自己遇上了坏人，认倒霉……我总不能让他觉得我也是个坏人，对不对？我又不是坏人，对不对？"妻子一直追问，郝劲松当时还在酒劲上，一门心思专注于按摩妻子腿脚的力度，不能太重，她现在的皮下脂肪太少，力度一大，就会伤了骨头，也不能太轻，按摩就没有意义，辅佐不了血液循环。但是他心下里骂老婆的愚蠢：天底下，是个人都知道，三楼以上才收高空作业费，我们二楼，你就大方地给人家四百块？你真会烧钱啊！

然而，他没有吭气，他支吾着，想着手下这些正在慢慢衰竭的骨肉还有多久，他就要和她阴阳相隔，再也没有听她絮絮叨叨的机会。他不能想，也不敢想。癌症病患其实真是每个家庭的拖累，看得见结局的拖累。但是，他要她这个拖累，宁愿拖着他累着他，只要每天看着她躺在那里，活生生地喘着气，他就能说服自己，是他在延续她的生命，是他在延续这个家庭，他也因此能把自己的生命继续走下去。

现在，他对着完全没有制冷状态的、花了两百元高空作业费外加八十块钱氟利昂费用的空调，看着它孜孜不倦地空转，传送着没有制冷效果的气流，恶狠狠地骂了句："你他娘，你才是坏人！"

5

柳梅女士是上午十点到的，和约定时间不差分毫，看得出她在职场也是个有准则的人。或者是她知道律师的时间段是按分钟算账的？当然，才在律师这个职业摸爬滚打五年的郝劲松，可能还够不上这个级别。

郝劲松把打印好的申诉书给柳梅女士过目。

今天她换了套职业风格的浅灰色西服套裙，配的鞋是淡蓝和米灰撞色的一脚蹬小高跟，头发挽成利落的发结，纹丝不乱的干净。她正襟危坐地只依附了三分之一的椅面，认真地逐字逐行地审视着申诉书。郝劲松从侧面观察她，发现她的五官很立体，眉清目秀。恍惚间，他觉得有点失去判断，这个认真读着资料打扮得一丝不苟的女金领，多少和申诉书里的申诉人，有点对不上号。

过一会儿，柳梅放下诉状，沉思一下，侧脸严肃地对郝劲松说："总体上应该是事实。我现在关心的是，凭这份诉状，我能赢的概率是多少？"

郝劲松也严肃起来道："我要说赢的概率是百分之百，你愿意信吗？"

柳梅很认真地点头说："我当然信，为什么不信？不信任你的话，我为什么要来找你？"

郝劲松被她突然的反诘噎得有点说不出话来，他只好笑笑，递杯冲调好的咖啡给当事人，柳梅摆摆手拒绝了："我从不在上午十点后喝咖啡。"

和前天早上见到的人有点不同。上次的那位女士，郝劲松心里有些瞧不上，无论她的时装品位是多么时髦，胸前的叠链如何光彩夺目，她在他窄小的办公室里多么悠然自得、无拘无束，他都认为她就是个无脑的中年妇女，闲着找事，惹出一身腥臊来。而现在这位，完全一副职场精英模样，会在每一回合里，揪出你的短板，把你打击得一败涂地。

梅
事

107

"其实，我可以给你说下司法判案里的不确定性，尤其是强奸这种案子。"郝劲松笑笑，尽量带着一股漫不经心。强奸案?!哼哼，"法官没办法不采纳女方的申诉，如果女方这边咬紧对方是强奸，现在没有任何司法手段能反证对方不是强奸。从保护妇女儿童利益的方面，从此类定案的模棱两可，到现在世界性的反性骚扰运动，'Metoo'行动，你知道吧？对被强奸者的申诉都有积极的作用。"

柳梅认真地看着他。郝劲松接着说下去："如果要走刑事程序，你得有思想准备……你真愿意警方介入调查，把一切细枝末节都向你盘问清晰？一遍又一遍?"

柳梅挑挑眉毛道："我讲的一切，你告诉我，你相信吗?"

郝劲松又笑起来，这有点尴尬了，不过如果她都不在意，何必为她保留所谓的体面？将来和对手对簿公堂，哪有什么隐私而言?

"我不相信任何事，我只相信证据，对你有利的证据，确凿而有把握的证据，能帮我们打赢这场官司的所有关联证据。"

"那如果你都不相信你的当事人，别的人，法官、警察或者陪审员，能相信我吗?"柳梅倒咄咄逼人。

郝劲松不耐烦了："我只在意你的陈述里有没有虚假成分。我们按照我对你事实的复盘，来证明你的申诉诉求是完全合理的。"

柳梅叹一口气道："我不能输的。"

郝劲松也软下语气："赢的把握是很大的。"

柳梅说："郝律师，我结婚比较晚，孩子好不容易得的，是个男孩，今年才四岁。你也是从内地来深圳的，知道在外地打拼的不容易。像我，从一个小县城出来，好不容易去了省城，然后又来到特区，最后嫁给香港人，自己也成为香港人。这四十年的日子，你想想，不可能是一帆风顺的。所以，我得珍惜，得保住这日子，我不能让别人毁掉。你明白吗?"

郝劲松不好作声，只能频频点头。打当医生开始，他就见惯了自述苦楚的各式人等，后来成为律师，他早已练就了刀枪不入之体。他一直拎得清，他不能被这些当事人的情感所左右，他只能尽全力做好他职责内的事。

所以，什么背景了，什么委屈了，什么冤枉了，他都不想知道。他只想完成他的工作而已，解决掉客户的问题，拿钱办事，这是他的本职，他可不想做任何道德的评判官，他只是律师，不是法官。

柳梅的叙述其实很简单：事发当晚，柳梅和深圳这边的女友张小姐一起去某会所喝酒聊天，到达会所后，有个男性友人刘×早在那边相候，三人相谈甚欢。后来喝到半夜，三人打车去某宾馆，中途张小姐以有急事为由先行下车离去，柳梅据说喝得人事不知，刘×如何开房，如何把她抱入房中，如何与她强行发生性关系，她都不太清楚。第二天一早五点，柳梅起身离去，自行去会所取车，并驾车回深圳的家。三天后，她报警刘×强奸她。

现在，柳梅因为刘×涉嫌强奸证据不足，法院不予批捕，所以找到郝劲松，向区检察院提出申诉，状告刘×的强奸行径。

这不是郝劲松第一次接强奸案，在他近五年的律师生涯里，他所处的律师事务所，一般都是把这种小案子交给他办的。郝劲松不是太在乎事务所对他的轻视，他的资历不够，也需要从这些小案子上积累经验，况且，最主要的是，事务所也有看重他的地方，因为他在医学上的通透知识，所有医疗官司，事务所都是让他负责的。他在医疗诉讼中，至今保持不败的纪录。

然而，强奸案……

他接过一起真正的强奸案，那是他刚有律师执业资格的第一年，是个十八九岁的小女孩，长得不漂亮，一副瘦削、缺乏营养的发育不良模样。郝劲松一看当事人的架势和年龄，怒从胸口出，无视同事对他的新职业的劝诫和警告，先入为主地一定要打抱不平。对方是个猥琐的中年男人，白多黑少的眼球，穷凶极恶地大言不惭着，一路嚣张到法庭，拿出各种模糊不清的证据，说明对方对他的勒索。小女孩接受他的建议，在庭上一言不发，任那张狂的嫌疑人唾沫横飞地诉说床上的表现，以此证明是色诱讹钱而不是违背她意愿的强奸。官司最后以郝劲松这方的完胜而结束，男人被宣判批捕后，才软塌下来，他盯着郝劲松，只说一句："你总得有点良心吧?!"

郝劲松一直记得那男人的眼神，空洞而无辜的，充满了悲凉。那个女孩子，他再无联络。只有老到的同事给他竖起大拇指，表示对他初战告捷的祝贺。他当时问过有经验的同事们："确实证据不足，有没有可能是我弄错了?"

同事们全一个腔调："我们做这行，只为委托人，赢了就成。你不是法官，不具备判断对错的权力。"

怎么能不判断对错呢? 好比如，他当年刚来深圳还是一个意气风发的青年，在关外的时候，偶遇强盗强抢一位女士的挎包，追了两公里，硬是逼着那带刀的强盗扔掉了挎包，他还不依，打斗中被伤了手臂还扭送强盗去了派出所。那年，他获得了"见义勇为的好市民"称号。那种血气方刚的青春，难道一去不复返了吗?

老板之一的律师楼合伙人给他敬了一杯酒："我的原则是，如果你认为当事人超出你的道德准则，不具备你给他当辩护人的资格，就不要接案子。这也是我们律师人的准则。但是，如果你接下案子，成为当事人的辩护律师，你得想尽办法帮他赢得官司。这是职业素养！"

他看着柳梅，她的灰西服套装可能加了丝质的面料，有一点褶皱。她的唇形很好看，颜色抹的是今年最流行的西瓜红，周正、大气、敏锐，并且不卑不亢。但是，谁晓得这皮囊下的灵魂是否清白？谁又在意呢？

他看看表，时间已经到了。他做了送客的姿势，嘴角留一抹不可言说的微笑："女方如果坚持在两性关系上说是被强奸，依我多年的经验，男方是没办法反证的，他们绝对回天乏术。"

6

晚上是一帮拿到证的学员请客。有老范、小东和这期的班长，还有一名银行的美女高管、一个关外某私立学校的老师，当然，还有红梅。

小东和班长都是北方人，好酒好肉，大家一起去了一家很有口碑的北京涮羊肉店，要了好几瓶白酒、啤酒，一圈人围坐在一具铜炉前，吃真正的铜锅涮。

老范是郝劲松十几年的深交，原来在某区的信访办工作，现在刚进入退休状态，女儿添了娃，把老范支使得跑前跑后，完全进入中国老保姆状态。郝劲松骂他，孩子得有孩子的责任感，你这样不是帮孩子，而是纵容和宠溺她，让他们完全不知道身为父母的义务。我最恨你们这样的老人，好好的满腹经纶、学富五车，硬是把退休后的生活弱智化，一直到死，都不再发挥自己的余热，不老得快才怪？老范嘻嘻哈哈地笑，倒听从郝劲松的建议，只在女儿小两口想休闲的时光，才帮忙顺道带一下外孙，确也其乐融融。

郝劲松一直想做自己的项目，开家心理诊疗所。老范是他的第一人选，正好退休，又是那种几十年的党员老干部，做事非常专注认真，以后的管理人员铁定是老范。但老范好像不太乐意做这个差事，说自己在信访办干了那么多年，天天都和心理有问题有阴影的人打交道，而且他本身又容易共情，怕以后碰上心理病人，自己先吃不住了。郝劲松给他吃定心丸："你不用做治疗，你就当公司的管理人员，运筹帷幄，把持方向，整家公司由你定性。"老范虽没有完全拒绝，但也算不上热心，支支吾吾，犹疑不决。

红梅是肯定要过来的，反正她现在的工作也不算稳定，而且她有经验。这些学员里，真正算得上接触心理治疗的，也只有红梅。她的性格她的长相，让她很容易成为心理咨询师。红梅没有同意，也没有拒绝，最大的犹豫可能还在以后的业务上，如果公司成立后运作不顺，她的经济状况就可能遭遇巨大问题。现在在深圳生存的这些供房的八〇后们，哪怕一个小冲动就可能导致断供，外人看着他们好像在一线城市打拼成功，有车有房，殊不知，月薪少个一千两千的，也会影响正常的生计。

关外教语文的老师，郝劲松没有考虑过。她眉眼比较市侩，长相显得颇有心计。这种人是比较忌讳从事心理咨询的，因为给人的感觉太过精明，诉说者会有相当大的顾虑和不信任感。再比如那个银行的美女高管，她倒是认为心理治疗的前景很光明，完全一副热火朝天想加入的架势。她自己的解释是在银行已经爬到头了，而且现在工作清闲，想另辟蹊径，有一份金融的高薪水撑着，也能在空余时间徜徉在心理学科上，以后如果有所建树，她可能会毫不犹豫地辞去银行职务，一门心思做心理咨询师，那真是前途无量的职业，而且充满挑战性——谁不想要有挑战的生活呢？

郝劲松真心不想让她加入。她的外形太好，长得太漂亮，气质逼人，举手投足间一副成功女性的范儿。如果患者过来，先被她的气势所压倒，怎么可能倾吐自己那没有希望的烦恼人生？对心理医师来说，最重要的一定是长相平平、身材一般、不打眼、不具威胁性，而且话语不多，让患者永远能在自以为的普通人那里倾诉自己的连篇废话。

红梅今天也喝了酒，才两杯啤酒，就已经红颜显现，露出一番妩媚来。她跟小东打得火热，两人嘻嘻哈哈的，小东正在告诉她要选什么样的衣服，把苹果手机拿出来，用手指不停地滑着自己微店里的陈列品，红梅倾身斜过去，认真地听小东给她的建议。

班长也是律师，刚通过司法考试才两年，是律师界的新手。说是才接了个案，离婚的，女性当事人。他说对方开辆奥迪Q5，现在才进入初谈阶段，家里有两家工厂，三套住宅。现在知道丈夫在外有人，而且不是第一次犯，想先得到丈夫出轨证据，再做后一步打算。班长挺高兴，标的应该有四五千万左右，眉飞色舞地告诉郝劲松如果这笔成了，可以得到多少钱的律师费。

郝劲松现在手上也有一起标的不错的案子，是售房反悔的，已经收了当事人八万块钱，现在官司在胶着状态，当事人倒有些于心不忍，想给买方一点补偿，但买方咬紧了，不接受赔偿，只想按原合同买房。郝劲松一直头痛和对方的谈判，对方有不太好的背景，威胁过让郝劲松撤出此案，免得两败俱伤。话是当面说的，也没录音，郝劲松总是无法忘记对方那虎视眈眈的脸，他当时色厉内荏地说明没有协商的可能的话，只能按法律程序来走。

现在，当着这帮喝着酒吃着肉的学员，郝劲松不可能流露他的工作的烦恼，也不可能因为班长是同道中人，拿自己的官司来听取对方的一点建议。

他漫不经心地一杯接一杯地喝着酒，提议班长小心行事，先从女性当事人那里拿到前期费用，再想办法建议她如何不着痕迹地转移资产。班长也喝多了，打断郝劲松的话："我们不是傻子，何况来找律师就没有无偿咨询的，一过来，就给她开了价码。"班长用右手的大拇指和食指中指摩擦了几下，露出对钱的膜拜之态。红梅这时转过脸来，有点蔑视地瞪了班长一眼。

班长说："红梅就是清高，从来不说钱的事！"

红梅不理班长，继续和小东在那里头靠头地研究手机上的衣服款式。小东长得很帅，英俊，挺拔，就是整条左手臂有密密麻麻的文身，左脖子下也全是蓝色的印渍，看不太懂图案，他自己解释过曾经每年都会加一点，现在来了深圳，想从事高端一点的行业，这些文身倒让想和他做事的人先怯了步，他只好在深圳将近六七个月的热季里每天套着长袖衣衫出出进进。

几个人喝了四瓶白酒，出门口各自散去。红梅提议送郝劲松，只小东谦让着，说自己是男人，理应送老师，学姐就不要客气。郝劲松坚定地拒绝了，表示红梅喝得最少，让红梅送卜自己，并且有话和红梅说。大家才真正散去。

"你考虑一下，全职出来帮我？我这项目，不可能融资上市IPO 的，但将来的发展前景颇大，你也知道，有心理问题的人其

实越来越多，市面上也越来越重视心理医师，将来像欧美那样，这个职业不可能低收入的。"在叫的滴滴车上，郝劲松仍旧在和红梅谈将来的发展，"我再鼓动一下老范，他是真正干事的人，不含糊。然后你，别的人……"

红梅说："班长就别叫了，一身的铜臭气，我不是和他合不来，而是看不惯他什么都是钱的嘴脸。钱，谁会不喜欢？可太露骨了，就叫人觉得不上台面。"

郝劲松说："小东，我也不要。你看他挺爽利的一个人，今天说是 AA 的，他却下楼买单结账，他的情我一直记着，人不错，但不适合做我的项目。太没文化了，那一身的文身，还有，他是靠吃老女人的软饭活着的……"

红梅嘟一下嘴："什么你都知道？他那么阳刚的一个男孩子，怎么可能吃软饭的？"

郝劲松气道："我怎么可能不知道？他才多大，西北农村过来的，连初中都没混毕业，再怎么打拼，能有一辆大路虎开着？我第一次见他，就是和一个老女人一起过来的……"

红梅扭了扭身子道："得了吧……"

郝劲松真来气了，在车上叫起来："你是喜欢他了吧？"

司机从后视镜上看看他们，然后继续认真地开车。红梅回转身子，非常严肃地盯了郝劲松一眼，意味深长。

7

第一次，和红梅好过后，坐在床头的红梅整理好衣衫，眼睛不看郝劲松，朝着那面墙壁淡淡地说："这个……不代表什么。"

梅
事

郝劲松也已经穿好衣服，又变成平常那个正儿八经的郝老师。他戴上眼镜，郑重地说："好的。"他其实不知道说什么，整件事下来，没有后悔，也没有心虚，他没觉得对不起妻子。他淡淡地甩着依旧还很浓密的头发，好似驱赶头脑里的某些不明之物。男人总是需要性的，弗洛伊德老先生把人的欲望早就定义好了，和道德应该是分开的。当时当地，他是怕红梅有点受不了，她是那么好的一个女人，单纯、善良、倔强、容人。而那会儿，红梅嘴里轻描淡写地做出的结论，打消了他自己的顾虑，也打消了他对红梅的某种抱歉。

　　性和爱是分离的。这是聪明人，现代聪明人的做法。

　　只是有一次，红梅突然问："郝老师想过吗？如果我真爱上了你，这可怎么办呢？"

　　标哥在事务所等郝劲松。标哥还没郝劲松年龄大，但从业时间比较长，所以律师界的人都叫他标哥，郝劲松也随着叫了。

　　标哥是对方的代理律师，这次过来，直接点明来意，对方希望庭下和解，不要闹到对簿公堂的地步。

　　标哥没有任何威胁，就事论事地说明情况："这样大家都省下麻烦，而且对女方的声誉也好。"

　　郝劲松笑道："我会和我的当事人谈。"

　　标哥起身说："那就好。"

　　总是律师界的前辈，在深圳司法界还算小有名气，打过不少胜诉官司，郝劲松奇怪他会接这种小案："有点大材小用了吧？"

　　标哥只好控制住自己将要离去的身子道："你也知道，我们做到这步，有些朋友的忙，再小的标的，也还是会帮的。不然，

哪来的人脉?"

郝劲松摇摇脑袋说:"看来你的当事人,来头确实不小。我的当事人说过他有黑社会背景,黑白灰三路通吃的。"

"这有点夸张了,但也算是道上的人。出了这种事,不管男方女方,大家颜面上都不好看。虽然21世纪了,不过这种案子,总让旁人有些贻笑大方。"标哥笑笑,"特别是女人……"

郝劲松道:"我也不敢保证,我的当事人脾气倔,能说服她是最好的,不能说服,我也没办法。现在总不像过去了,有些女性,对这种事情不像原来那般藏着掖着,她要是舍得一身剐,任何人都会得不偿失的。"

标哥这下把整个身子都转过来了,直面郝劲松,意味深长地点头道:"你尽力吧,我会让我的当事人也和你联络的。"说完,拿着卷宗袋,举起来,想想,又放下。他腾出手来拍拍郝劲松道:"其实输赢都无所谓。现在这个世道,还是钱最重要,你说呢?"他看看郝劲松书架上的全家福,那是几年前妻子没得病的时候,四口人去九寨沟游玩的时候留的影,一家人搂在一起,幸福乐陶陶的模样。"真是不错的一家子,你可真幸福!有儿有女的!不像我们,对着一个独生子女,还没辙了。"他的手在妻子的影像那里滑了滑,嘿嘿两声,不明所以地笑着走了。

郝劲松没有对太多人提过他妻子的病,除了一些密友和医生,基本上大家都不清楚郝律师的家事,甚至红梅都不知晓任何细枝末节。郝劲松不喜欢被人怜悯,而且告诉不相关的人,除了收获一点眼角的同情,他真不知还能得到什么?但是,总有些微的蛛丝马迹会流露在大庭广众下,这帮人精,稍微一个眼神,就能洞穿你心底的秘密,你总会让他们发现你的阿喀琉斯之踵。

梅
事

117

和想象中的一样，柳梅还没听郝劲松说完，就气急败坏地拒绝了。

　　"开玩笑！庭外和解？他以为他是谁？他以为我是谁？我不是在意他对我怎么着，我是觉得这种人，应该立马把他的真面目暴露于众，省得再祸害别人。"柳梅仍旧一身职业装，这次是从香港下了班直接过来的，路上颠簸的行程以及电话告知后的坏心情，让她此次的现身有点张牙舞爪。

　　"我还想告诉你，这事有个弱点，那位张女士，此次申诉，你联合指控了她。她如果拒不认账的话，事情就有点麻烦。"郝劲松翻着卷宗，说。

　　"怎么？"

　　"她在此案中是关键证人。你指控她伙同刘某做的这个局，在你醉意很深的时候，完全无意识状态下，被人强制实施性关系。但如果她坚称，你并没有喝醉，意识清醒，就像她说的，你们后面发生什么，她并不知道，而且，真有什么事，看你提供的和她的微信记录，"郝劲松借着翻卷宗，好避免和柳梅的眼神相对，"她说的是，你们是你情我愿的事情。"

　　半天没有得到回复。郝劲松以为会等来一顿狂风暴雨的嚎叫和怒骂，结果是了无声息的长时间沉默。他只好抬起头来打量她。

　　柳梅双手抱着膝盖，闭目养神般地思索。刚才旅程的劳累，经过短时间的休整，已经恢复了平常能把控局面的状态。

　　郝劲松只好道："我是为你好，如果庭下和解，对方开出的价码还是不错的。现在这个社会，有赔偿总比没赔偿好。而且，

庭外和解，并不代表他不认罪，只是你作为原告方，选择从轻惩罚了他。"

柳梅低一下头，问郝劲松："你听说过有个运动员叫何平平的吗？"

郝劲松脑子飞快地转起来。他当然知道何平平！郝劲松出生的时候，这个叫作何平平的前世界冠军已经告别了人世，大多现在的八〇后、九〇后，甚至许多七〇后也未必知道这个人。柳梅怎么会提到他？哦，何平平是自杀的。郝劲松的脑后冒出一溜汗来。柳梅用自杀来逼迫他，实现她自己人格的完满？何不用家喻户晓的阮玲玉？

"我原来看过一部电影，里面提到他留下的遗书，当中有句话，我爱荣誉，胜过生命。我当时还很小，但这句话征服了我，我从来不知道荣誉是什么，值得一个人为它献出生命。后来慢慢长大了，才知道荣誉意味着成就和地位以及因此得到的广为流传的名誉和尊荣，有的仁人志士为了这个虚幻而崇高的东西，是肯付出生命来捍卫的。"柳梅慢条斯理地解释着，"可是，后来的某一天，我已经为人妻，将为人母的某段时光，在网络极度发达的某一天，我搜索到他的遗书，想看看全文和这段影响我半生的文字的上下文，我才发现，他写的是，我爱面子，胜过生命。"柳梅不自然地嘴角向下撇，"我当时真是有点震惊：荣誉和面子？这是意蕴完全不同的两个词，在有些人眼里竟然成了一个意思！"

柳梅盯着郝劲松："郝律师，你觉得我现在是在捍卫我的面子，还是在维护我的荣誉？"

郝劲松没有接话。

柳梅站起来，狠狠地说："我是没办法改变我的初衷的。我得打赢这场官司！况且，你说过，如果女性方面坚持，强奸这种罪，男性那方应该是有口莫辩的。我记得郝律师的原话，所以我才下定了这个决心。"

走之前，红梅给他发微信说，有起夫妻纠纷案，她已经很努力地做了调解工作，给双方上过多堂婚姻课，但双方还是无法和解，两人都很决绝，要求离婚。红梅要把女方介绍给郝劲松。

郝劲松有点兴奋。虽然刚才在柳梅的一番义正词严的说教后，一反往常而变得哑口无言，但看到红梅的微信，想到一笔钱款又要到手的美景，他还是不自禁地搓起手来。他给红梅拨电话，谢谢她老是介绍生意。

红梅倒淡然地说："有啥谢的，还不是想尽量撮合人家的婚姻。实在不行，让女方免受损失也好。倒惹得你发财，让我平白多些罪恶感。"

郝劲松低声道："红梅，你知道我的，那天，我就是有点嫉妒了。"那天是指滴滴车上，他讥讽红梅和小东打得火热的事情。他们那晚红梅先到的，她下车时都没和郝劲松告个别，看来真生气了。

红梅停了五秒，慢悠悠地回复："别酸了，我们都是成年人了。"

8

下午参加了女儿的家长会，结束后大概是五点，郝劲松想直接回事务所。可是等在门口的女儿有点不依不饶，希望和爸爸一块儿回家。郝劲松想想，看到女儿那满怀期望的脸，终于不忍心，和她一起回去。

女儿有点兴奋，一路上蹦蹦跳跳，说东说西。她知道自己在家长会上受到表扬，在路上遇到早早摆出来的小食摊，便撒娇让郝劲松给她买。郝劲松不喜欢这类小食，脏，来路不明，说过女儿好几次，但看来她完全没听进心里，他本来准备坚持的，但想到女儿大约每天放学回家看到妈妈那死气沉沉的身子，屋里弥漫的浓烈的中药味儿，还有对母亲不知何时离去的恐惧，这么小的孩子，应该也能感受到不同于别的小朋友的压力吧？郝劲松便掏钱包，给女儿买包辣条。

家里果不其然，妻子歪着身子在看电视剧，强烈的中药味儿扑鼻而来。屋子在落日的一点余晖里，显出苟延残喘的垂死挣扎之相。妻子吃惊，郝劲松这么早就回来了，她赶紧说一句："我没想到你回来，阿姨刚走，我再叫她过来，添两道菜。家里只有一道海带排骨汤，一盘炸鸡腿是给女儿的，另一盘是凉拌秋葵。没准备你的菜。"妻子关了电视，赶紧掏出手机要拨打电话，郝劲松坚决地拒绝了："我马上要出去，手里的案子还没弄完，约了当事人。刚才是给女儿开家长会，顺便送她回家的。你们好好吃饭，好好休息。我晚一点就回来。"他逃一般离去，不忍看女儿无助的脸。

他走到大街上，吁一口气出来。儿子只在周六周日回来，不用过多体验屋里那将死的气息，他倒有些羡慕儿子。男孩子总好些，天高任鸟飞。女儿呢？想着女儿，他心里便有些隐隐作痛，这么小，就要失去母亲，以后成长的日子，完全要靠她自己成人经事，失去母亲贴心的关爱和呵护，在这个世界上独自闯荡。

郝劲松接了个电话，是母亲打过来的，他在大街上冲着手机

梅
事

大叫大嚷了半天。母亲耳朵不好，听了一小会儿，大嫂就把电话接过去了。大嫂说，母亲收到他寄过来的茶叶了，很奇特的，大便顺畅极了，问还能再寄过来点不。大嫂说，前段时间母亲大便干结，难受得不行，是大嫂用手给母亲抠出来的。他感谢大嫂，在手机这头作恭作揖。大嫂又谢了他汇过来的钱，郝劲松问车子买了没，那钱是给大侄子定亲用的。现在乡下也反了天，随便一桩亲事，张口的彩礼就是一部车。大嫂过得艰难，侄女儿前两年出嫁，过得不好，生下一儿一女，仍旧受嗜酒的侄女婿酒醉后的家暴，鼻青脸肿得老往娘家躲。

大嫂说买了辆国产的越野，坐的人舒坦，在乡下也适用，还省下了小五千。郝劲松说，没事，你们留着花。大嫂好像转头问母亲还要什么，折腾半天，还是叮嘱郝劲松再汇点那茶叶，郝劲松满口答应着，挂了电话。

老范倒是一约就出来。两个人在一家湖南餐馆点了几道菜，要了一瓶白酒。老范给郝劲松斟酒，自己的那杯斟满，有二两多的样子。老范说："我陪不了你那么多，我这杯喝完，就够受的了。"

郝劲松也不劝，把酒瓶拿过来说："那我就自斟自饮了。"

老范说："你现在酒量越来越大，你也悠着点吧。"老范是郝劲松在深圳交下的朋友，相识也有十多年了。有年老范回老家，摔断肩胛骨，在当地的医院开刀后打进去五枚钢钉，结果回深圳后，疼痛难忍，去郝劲松当时供职的医院检查。一查 X 光，说是里面三枚都打歪了，深圳这边确定是那边的医疗事故，让老范回去复疗，因为不是深圳的初疗，不想惹什么麻烦。当时的郝劲松看了片子，再看看老范满头满脸浑身痛苦的难受样，毅然决然接

下活儿，重新开刀，重新接骨。后来老范恢复如初，虽然肩胛骨还有创痕，但里面的筋骨却没有半点闹腾。所以，老范和郝劲松的关系，一直走到现在。

"你上回给我的茶叶，我寄给老母亲了。你也知道老人家，儿子给寄啥小不点点的芝麻，也能说道上两三月的。有面子嘛！"郝劲松夹口凉菜，继续说，"我母亲说茶叶真心不错，对老人的大便挺好的。你还有吗？我买点。"

老范想了想道："哦，那个茶叶，我老家那边的。不当事的，我让家里再给你寄些过来。"

郝劲松说："我买下的。你别和我客气，这是我母亲，我得尽力孝敬她。如果你不要钱，我下回可不敢找你要了，那我母亲不还断顿了？"

老范说："这说哪里话？你张嘴，就是一快递的事，还当个事儿了？"

郝劲松坚决不干："老哥，我给你说，一码归一码，这个不能错。我母亲，我得赡养。不花钱，哪叫赡养？哪叫孝敬？"

老范只好点头，抬手打通电话，那边马上答应明早就寄过来。

郝劲松说："我给你说的事，你认真考虑没？"郝劲松说的还是成立心理咨询公司的事情，这事提过两次了，红梅在犹豫，老范也在徘徊。老范的意思，他是真不想和心理有问题的人打交道，他太容易共情，别人倾吐出来，他倒真心当个事儿，吃饭睡觉时都替人操心。郝劲松感慨地说一句："好人啊！"然后又透过眼镜片后的光，斜睨着老范："搞心理学的，如果老让人家的情绪左右我们，那可真不是一般的麻烦。我的意思是，你不用去疏

梅事

导人家，你就去当个管理者，CEO，操作公司的事务，下面的咨询和治疗，自有人做，明白不？"

老范笑笑："也只有你，能把一切甩开，跳出三界外，不在五行中。什么都不影响你的情绪。"

老范对郝劲松也算知根知底，清楚郝劲松妻子的病况，儿子准备留学，老母亲要赡养，守寡的大嫂一家子要贴补——当年郝劲松上大学，生活费都是大哥在工地上扛砖头挣的钱，后来大哥不幸猝死，留下一对儿女，如果嫂子再嫁，郝劲松也许宽松些，但嫂子坚持不嫁，一个人带大姓郝的一对儿女，伺候公公入土，现在鞍前马后地照顾老娘，让在大深圳的郝劲松全无后顾之忧，还能每年假期时带孩子回去看奶奶消暑度假，其乐融融。他能不管不帮大嫂一家吗？

"那边不知道你老婆的病？"老范问。

郝劲松摇摇头，笑一下："知道了有什么用？苦咧咧的，让那边有啥难处不敢吭气？"

老范又抿一口酒，再叹一口气道："我说你啊，也别太撑着了。你同事不知道，朋友不知道，家里人也不告诉？到头来，我不是咒你老婆啊，如果撑到两三年后，你怎么交代她的死亡？"

郝劲松喝了一大口酒说："我不想将来的事，能解决眼下的事情，就行。"

老范只好赔笑道："难怪这阵子发了疯般地就想赚钱赚钱，财迷了。"

郝劲松认真起来，说："我可真没赚昧心钱，我赚的钱都是有来路的，好不好？"

老范忙碰个杯道："随口一说的。你当年那个样子，见义勇

为，拔刀相助，硬碰硬上的血气方刚，沉在我脑子里，挥之不去。现在做啥，我都理解。时代变了，环境变了，你身处的世界也变了。君子爱财，取之有道。何况，你不是图财，你是有你自己的困难。"

郝劲松干了自己这杯酒说："别说好听的，来点实的。我现在绝不务虚！刀刀都割在我身上，针针见血，我得维持我的家！"

9

这段时间接的几个案子有些不顺。上午接待了那个售房反悔的，因为一审出来，结果是要判按合同卖房，虽然判决的房价比当时合同上的价值高了百分之十五，算弥补业主售房的损失，但比起现在每天一个价的房地产来，那也是任谁都不心甘情愿的。

郝劲松早被对手缠得焦头烂额，虽然明知官司会输，但是这种结果也让人大跌眼镜。郝劲松只好安慰自己的当事人，把希望放在二审上，他已经想好一个局，全盘给当事人交底，结果当事人勃然大怒，当场拍桌子，叫嚣起来："你们做律师的，完全不负责！一审期间，我看你毫无作为，现在官司输了，你还让我跟着你们耗时间耗精力去搞二审？"

其他的律师被这巨大的声浪吸引过来。合伙人之一的老板也过来劝。当事人还在骂："怎么有这样的律师?!"

老板非常生气，对着当事人只说："官司都是一半一半的可能性，不能完全保证赢，但我们总是尽力而为的。"

当事人还在叫嚣："你们没有作为！你能告诉我，你们收了我的钱，除了等着开庭，做了别的事吗？你们真是好挣钱，随随便便就收八万，还给我打输了。打输了不说，还让我再接着上诉，等二审。我傻子啊？被你们吃定了是不是？我要你们返还我的钱！谁的钱也不是捡来的，你们不作为，就得还钱！"

这种事也不是个例，打输了的当事人，总有情绪低落的时候，律师早就对此处乱不惊，好好安抚，解释一下司法程序，骂一下法官甚至法律，有的当事人就自认倒霉了。有的当事人如果不甘心，再上诉，等二审，就再签份合同，继续下去。但这件官司，错就错在郝劲松糊涂，竟然给当事人出个主意，让做了这么个局，也是被这当事人缠的，自己先乱下阵脚。郝劲松的局是：先不和买方扯，你们不是早有售卖合同吗？就假装先同意，让按合同来，买方把全款悉数打进当事人账面上。到了二审庭上，郝劲松自会拿着汇款时间的延期，来强力反证对方买房不守转款时间的信用，用此来反转局面，有可能赢了这场官司。

这当事人严肃地听完，拿着自己的悔房不自责了，倒愤怒地指责律师的良心太黑："我都于心不忍怒怼原告，你这个我请的律师倒好，成了不耻之徒，竟然能教我做这种恶心的事情?!"当事人唾沫横飞，正义之声惊天地，泣鬼神，赫然一副正人君子捍卫人性尊严的架势，招得事务所的老板不停地诺诺连声。

老板只好写请款书，同意退给当事人五万元钱，才达成最后协议，彼此再无瓜葛。老板让前台美女领着当事人去财务处的时候，反转着身子冲着郝劲松，点点自己的脑袋："你是哪里不够数啊？啊？老郝?!"郝劲松气得恨不得砸本书，不不不，拿书把书柜的玻璃全都砸碎，那叮呤咣啷的刺耳响声，才能表达他自己的愤恨。

但郝劲松只是干巴巴地给老板赔着笑脸，想着幸亏自己还是

医疗赔偿官司的主力军，不然，今天中午就得拿着包走人了。

下午，柳梅到了，已经确认最后的申诉，而且表明她绝无可能出席庭审。郝劲松不再劝说让她和解，因为前次电话里再次希望她庭外和解时，她冷笑着说："你们这些律师，我怎么说你们好呢？真是吃了原告吃被告，吃人都含血不吐骨头的。"郝劲松气得挂掉她电话。

他们现在心平气和地坐下来商讨最后的事情，像作战前的准备一般。郝劲松缓解一下气氛说："前天在大中华前厅，我看到你了，旁边那个男的，是你老公吗？"

柳梅愣一下，回忆起来，笑道："这么巧？郝律师为什么不给我打个招呼？那真是我老公，你也好眼力。"什么好眼力？夫妻就是夫妻，不管外在登对不登对，举手投足相互对视的样子，就证明这是一家子。

她的老公确实不起眼，个儿不高，瘦，一副无精打采的疲惫之态，却又显出高高在上的一种无法言说的自得，像香港人在深圳的模样。柳梅当时挨近他，低眉顺目的，完全没有那种高级女白领的气焰。她确实不是中环那些国际大公司的，在一来二去的交流中，郝劲松知道她供职的那家公司，远离香港市区，偏僻地处在屯门附近，在新界西北那带，按国内叫法，其实是香港郊外的一个镇。

她一路打拼出来，也真是不易。柳梅的成功，至少给国内小镇出来的好多人树立了榜样，就像当年出来的郝劲松，也像现在出来的红梅。他们其实都是一样的，好不容易披荆斩棘地闯出来，绝不愿再回到过去，曾经的故土再舒适，回去也无法适应，

梅事

127

他们就是这样一往无前地冲出来的，破茧而出，急流勇进，丰满着羽翼，从一粒粒的小蝌蚪熬成了一只只无人识其原形的大青蛙。

"你放心，我尽我的全力！"郝劲松送客。许是因为上午的那一场闹，让他多少有点颓废低迷，他下定决心，不管怎么样，开庭时要拼尽全力帮柳梅打赢这场官司。他一改往日做派，把袅袅娜娜的柳梅送到电梯下，看着这个穿着白色丝织衬衣的女人，摇摇曳曳地消失在停车场。

他一直担心她那穿着高跟鞋的双脚，看着她如履薄冰地走在老旧而昏暗的地下停车场，如她的人生，一如既往地踩着高跟鞋，步履维艰但充满睥睨一切的傲气来踩踏着这世界，警惕着这世界，如他的人生一样。

他给标哥打电话，算最后的通牒："没办法，搞不定，她不肯和解。"

标哥那边不意外，只说："那我也没办法了。"

停会儿，他准备挂断时，标哥那边小声问："你信吗？"

郝劲松狐疑地追问一句："什么？"马上想明白过来，标哥指的是柳梅立案为"强奸"的申诉。郝劲松只能大声地"嘿嘿"，来通过网络传达自己的无所谓。但标哥可能会错意了，那边嗓门大起来："就是啊，谁都知道，她和刘老板绝对是你情我愿的事情，后面他们的微信，三天后才想起来的报案，租车去的宾馆开房……这不是一目了然的事情？"

郝劲松不回答，他从来不在乎这种分析，他只知道他的职责是帮自己确信的当事人打赢他们的官司。

标哥说："出个轨也没什么，只是被老公发现了，就有些不

好交代。这也是人之常情。非要说自己是被强奸的，现在便是社会再开明，一个女人，哼哼……"

这话不能再这样说下去了。标哥就算不是大律师，但在律师界也算有头有脸的人物，毕竟混这块地盘也有十多年了。郝劲松毙掉他后面的话："那先这样吧，我们庭审时见。"

标哥忙追着："你我都知道，这种案件，到底对你的当事人确实是有利的，有些事情心照不宣。不过作为一个律师，你总不能为了你自己也不相信的申诉而损害另一个人的一生吧？"

郝劲松已经变了脸色，不再把标哥当前辈："我百分之一百相信她说的一切！"他厌倦地挂掉手机。

事情在郝劲松这儿就是这样的：提请申诉后，警察介入调查，现在刘×在看守所里扣押着，再过三十七天，他将被确定批捕。郝劲松拿到柳梅的口供，不说是天衣无缝，也完全守得住条理。从当晚离开会所，柳梅就不清楚后面所发生的一切。调出的录像也证明，刘×，还有柳梅的那个女友张×，当时是搀扶着有点跌跌撞撞的柳梅出的门，一起在会所门口叫快车，然后到达宾馆，张×已经不在车上，登记住房时，柳梅一直歪在门厅的沙发里蜷着。后面两人又一起进电梯，柳梅倒没醉得要让刘×搂抱，但两人走路时，刘×一直把手搁在柳梅的后腰际。后面发生的一切，监控没有，柳梅的供述也完全是一片空白，只记得醒来时相当吃惊，竟然赤身裸体地和同样赤身裸体的刘×盖在一条被单下。当时是清早五点多，柳梅拿了自己的包火速离开宾馆，折回会所取了自己的车，又火速回到深圳的家，取了必需的东西后，又一路开车过香港，直接去上班。那条有痕迹的内裤她留下了，当时就去医院做了鉴定，三天后，在几天的苦思冥想后，在几天追责刘×和张×的微信里，因为得不到对方的尊重甚至反而受到恐吓和辱骂，才下决心报案。

<h2 style="text-align:center">10</h2>

红梅有次问郝老师："为什么不做医生了？医生不是比律师来钱更快吗？现在的医院，传闻医生的灰色收入多得吓人。"红梅慢悠悠地还呛他一句："你又是那么爱财的人！"

现在和红梅熟了，红梅的言语便有些放肆起来。这在原来是少有的情形，原来即使上过床，红梅穿上衣服，对郝劲松也是一副尊敬的模样。说起来年龄差距也不算太大，也就十岁左右，红梅毕竟是过三十的人，什么风雨没经历过？但郝劲松对红梅依稀有怜爱之意，总认为亏欠于她。于什么地方亏欠她呢？郝劲松也说不清。男欢女爱，一个愿打，一个愿挨。当初两人就郑重地说过，还是红梅提的："我们就这样，不要带别的意思。"郝劲松当时问她："别的意思是指什么？"红梅低眉顺目道："别谈感情。"郝劲松当时轻松得一阵舒爽，恨不能拉着红梅再来一回。有多少日子没碰过女人了？面对着妻子日趋衰弱的身体，满身的千疮百孔，郝劲松在红梅身上，竟然找回了当年青春的激情。

红梅是这样好的一个女人，完全免俗，不把自己的身体当作一种筹码。她多少有些像医院里的那个护士，哦，丁梅菲，多美丽的名字！努力、上进却有些时运不济。在那场事故的关头，即便血气方刚的郝劲松自我牺牲，也没换回来她继续留下。

"郝老师那么仗义？明明是护士的责任，您还担当下？"红梅听着郝劲松讲述过往，多少有点粉饰自己的那点不愿回首的过

往。他真心觉得丁梅菲不容易，从一个县城中专一路到深圳大医院的小护士。她是临时工，每月的薪水要比正式的护士少一多半，还得每天如履薄冰加班加点地干着活儿。丁梅菲说什么来着："我要是被辞退了，哪家医院还能要我？我只能回家里。爸妈都给我张罗好了，让我跟县里一个牙科医生干，因为他有平台，有固定的客户源，吃穿总不用愁的，将来那间小门面，有两张牙科诊疗床的小诊所，就是我的聘礼——我得嫁给他有智力障碍、每天只知胡吃海喝的儿子……据说已经有两百四十斤了……"她无声地啜泣。小县城出来的女孩子，真是不容易，没过硬的文凭，倒挣扎在这可以吃人的一线城市里，还把自己弄成遥远的家乡传奇，供乡亲街坊啧啧称奇的谈资，以激励下一代的儿女。

"郝老师可能和她也有故事吧？"红梅调皮地笑一下，她的眼睛细而长，眯缝着，显出另类的可爱来。郝劲松摆手否决了。这是真没有的事，他只是她的搭班医生，相比较那些不知进取的小护士和倚老卖老且常否决医生判断的老护士，郝劲松更喜欢丁梅菲些。他担当下来，在他，只是一个记过的事故，而在她，可能就是丢失了在此地生存的机会。

结果没有想象的好。那时正碰上医院整顿，为缓解越来越僵持的医患关系，郝劲松被医院重罚，调离住院部，不再接受手术安排。而丁梅菲，一脸委屈地捧着自己所有的家什，仓皇地被逐出医院。她一直没有回头，留下来的郝劲松没有看到她的面部表情，只是那失落而沮丧的背影，牢牢地啃啮着郝劲松的心。

就此，他离开医院，开始专攻司法，想着有朝一日和患者站在一条线，全副武装地报复这不讲仁不识义的医院。

梅
事

131

红梅点着头，听完了郝老师的故事。她还是低眉顺目地小声地说句："郝老师真是不错的人啊！万一哪一天，我爱上郝老师了，这可怎么办呢？"郝劲松愣了一下，不确定红梅是自言自语，还是给他下了个警醒？他一直看着红梅，她肤色挺白的，所以两颊的红晕总是显现出来她的健康，但是她有点习惯性的佝偻，个子不高，却总有点显驼。她一直在清理床铺，每回这样，完事后，她要整整齐齐地离去。

一审毫无悬念地赢了。有些案子，不用看就知道是输的结果，像前段那个悔房案，有被告原告签订的合同，还有政府施加的禁止恶意炒房的压力，明显就是给媒体做谈资用的，也可以宣讲一些政府保护买房时低价接手客户权益的政策。所以，全律师楼的人都知道，拿了钱，跑点可有可无的资料，就等着客户气急败坏。也可以再游说客户，做一番垂死挣扎，等二审，万一哪个法官糊涂了呢？

有些案子，只要努一点力，就胜券在握，知道必赢，像这起柳梅的官司。

电话打过去，那边倒不惊诧，柳梅也算老江湖，四十岁的女人，这么一路走过来，如果装幼稚装天真，倒真是没得说了。"对方还要坚持吗？"

郝劲松笑道："那是自然。谁也不愿顶个强奸的帽子晃下半辈子。"

柳梅说："那行，我奉陪到底。"她决绝地挂断电话。

红梅问："你觉得她是被强奸的吗？"

郝劲松这次约红梅去一家浙菜馆，点上一桌精致的好菜。他觉得以前对红梅太马虎了，这么好的女人，还在受婚姻的折磨，在毫无希望的前景里熬着过下去，不对她好一点，也太没良心了。而且，他还是想和她谈下心理咨询所的事情。

　　郝劲松给红梅舀勺腌笃鲜，红梅客气地说起自己来。现在郝劲松有时也会给红梅讲些自己的事情，工作上的居多，但从没谈过家事。律师这个行业，在国内也是看法官和检察官的脸色的，里面有太多的内幕，自己涉足这个行业并没多深，有时候也觉得委屈。就像今天的出庭，还没把自己的观点慷慨陈词地说完，就被法官打断，直接让他拿资料过来，中途，还受了法官的嘲讽。当然，标哥也一样，在听着法官嘲弄郝劲松陈词的同时，也胆战心惊小心翼翼地递上自己的反诉状，不敢掉以轻心。结果，标哥可能还以为会有反转呢，法官却高高在上神情肃穆地当场宣判。这些，郝劲松没有给红梅透露一句。律师，在国人心目中，毕竟还是有点分量的职业。

　　郝劲松说："都已经判下来了，这就是事实。管你我怎么想?!"

　　郝劲松没有给红梅讲的是，曾经有一天，柳梅以另一身份来做过心理咨询，在讲述的过程中，她最担心的其实不是旁人公认的老公对她的嫌弃，而是她周围人看她的眼光。郝劲松一直认真地倾听着这个患者的心声，他平淡地告诉她："这个社会，这个城市，是安全的，没有人会在意你做过什么，没有人会议论你经历过什么。"他当时拉上了满是绿萼梅的窗帘，幽淡的阳光模糊了诉说者的表情，他想到他和红梅的秘密，没有人会在意他们的一举一动，一个有夫之妇，一个有妇之夫，太阳底下，没有秘密，也没有新事，她说："你的成功，才是大家想看到的结果，不管什么样的成功!"他不知道那次的咨询是否对柳梅的决绝和一往无前以及一条道走到黑的韧劲,起了决定性的作用,但是,他心底里想着这场和她并肩作战的官司,最后取得的结果,不能不有一种成功而欣欣然的得意和满足。

红梅摇着头:"你觉得她图什么?还不是怕家庭破裂?!被强奸总好过通奸,女人总是弱势的一方,被丈夫察觉的一次出轨,歇斯底里地证明是一场强奸案,总能体面地以受害者的身份维护住自己的脸面。一个香港的丈夫,一个费尽心力生下来的孩子,在香港有房产,在深圳也有房产,她的这种成功,谁能轻易复制?她怎么能不拼死保全?!"

郝劲松不好吭声。女人都是喜欢为难女人的。在这场案子里,大多数不相信柳梅是被强奸的,反而都是女性。

红梅淡淡地说:"我要有她这样的成功,我也会竭尽全力保全这场婚姻的。"红梅又叹一口气道:"我还有二十二年的房贷要还,我还有个快上小学的孩子,有个不知前途的工作。就为这些人家可能都看不上眼的现在,我还得拼着命地维护我那没有灵魂的家庭。只为一起付房贷,一起承担成本越来越高的养育孩子的费用,一起应付有可能哪天转变了的家境。"

郝劲松劝她:"你跟她不一样,她是枝病梅。你学过《病梅馆记》没?龚自珍有名的一篇小散文。'斫其正,养其旁条,删其密,夭其稚枝,锄其直,遏其生气,以求重价……'社会这样评价了她的价值,她自己不自知,还按社会定义的这种病态的成功努力生长。这种价值的成功,不要也罢。"

红梅不吭气。郝劲松鼓励她:"君子爱财,取之有道。你想要你心目中的成功,可以用别的方式。我给你提过那么多次心理

咨询所，你过来，我保证能成功。我有客户源，你也可以把你在婚姻保卫所的客户带过来。这种心理疾病的治疗，现在有越走越旺的趋势，我们先下手抓住商机，赚到第一桶金。我不是说能发多大财，上市啊，引发 A 轮融资啊，那不太可能。但，手上每个月捞些，"郝劲松也用右手的大拇指和食指中指搓起来，和班长流露出的对金钱的膜拜一模一样，"那可比一般白领要挣得多太多了。你想啊，愿意看心理医生的，不是富庶之人，也绝对是中产啊，保你赚个盆满钵满的。"

红梅笑一笑，她笑起来真好看，还有两个酒窝，她不看郝劲松，把郝劲松搛过来的一块青笋重又递到他的碟子里。"你不要给我夹菜了，我是爱辣的人，吃不惯这淡皮皮的味道。"她倒给郝劲松夹一块东坡肉，"我可以过来呀。你的构想，我一直在思考，觉得真心不错。"她抬起眼梢，真是勾人心魄的眼神啊，郝劲松一下子迷糊起来，差点在大庭广众下拽着那只白嫩嫩的手，"我的条件只是，我要做拥有一半股份的合伙人，但是，绝不出资的。"

郝劲松的心一下子硬了。

南方的盆景比较少，南方养植物的比较多，很多家庭喜欢种植绿萝啊，粉掌啊，还有些发财树，一帆风顺，这些有点俗气名头的植物。郝劲松现在找不到那种病梅，据说南方不适合养梅，郝劲松一腔托物寓意的诗兴也被荡涤得来去无踪。柳梅、丁梅菲，还有红梅，这些认识的女性，刚好名字里都带个梅字，每个人都是有病的，各有轻重，各有态势，为了某种被社会认可的价值，而朝着那些病态的方向发展。不像自己，劲松，松柏，"明月松间照"，"松间沙路净无泥"，"大雪压青松，青松挺且直。要知松高洁，待到雪化时。"……他冷笑着打开家门。病榻上的妻，要出国的儿子，要富养的女儿，家里的老母亲，大嫂一家。他感觉到自己的强大，感觉到自己的了不起，感觉到自己过着有担当的一生，不流露苦难的一世。

红梅发过来一帧图片，郝劲松打开来，觉得一阵恶心，不知道她什么时候照的。他从来没有提防过她。但他还是原谅了她，不确定她是怎么想的，因为她接下来发了这么一句：万一我真爱上郝老师了呢?

他锁死房门，关掉手机，朝妻子的房间过去。他一直努力说服自己，要求自己，再晚，也要回来给她按摩，让她感觉到自己没有被抛弃。老范一直钦佩他的这种人格，老范说："这是对将死之人最大的关怀。"

他不太喜欢"将死"这个词，但在老范的嘴里，这个六十岁耿直了一辈子的正义的典范，从他齿缝间吐出的话语，让郝劲松一直觉得自己屹立在道德的最高点，真像个从没抛弃过这个家庭的人，从没抛弃过这个垂垂将死的和他一起共同度过人生的最艰难时段、一起养儿抚女、从二十岁的年华就跟定了他的妻子。

他唾了一口。在那扇门上，外面稀疏的灯光反射出他酒醉的身影，他今天真是又喝多了，赫然一枝摇曳生姿的梅在病态地晃荡。

盛夏的旅程

一

1

火车是慢得不能再慢了。快两点，感觉有些饿，从中铺上爬起来，随便掏出包里塞的一块麻饼吃掉，俯身朝搁物板上看一眼，零零碎碎的东西已经占满了那小桌，盛夏分不清哪瓶是自己开过的矿泉水，大都一样的标志，只好又蜷在自己铺位上。刚停一站，说是九江，盛夏对地理不熟悉，不知道这是哪儿，只能躺在铺上玩自己的手机，一遍一遍地看陈生和她的短信。

陈生：课已经开了，你就是来，也听不到前面两天的课，不是又耽误了？

盛夏：没关系，我就来拿点资料。

陈生：拿资料有什么用？要面对面讲解才行。你上次也拿了资料，你觉得有用吗？

盛夏：嗯，还行。

陈生：好吧，你非要这个时间过来，那你到深圳后赶紧和我联系，我去关口接你。我只是怕你千里迢迢地来一趟，没上成完整的课，可惜了时间也可惜了钱。

盛夏：没事。

盛夏翻来覆去地琢磨陈生和她的短信记录，嘴角弯上去，闭了眼。如果那个对面中铺的男人看到她这副表情，肯定揣测她有段多么美妙的旅程。

这车上的人都是向往着一段美妙的旅程的。可能是暑期，因为孩子免票的原因，车厢内骤然间变得闹哄哄的，人也比往常多了许多。K105的终点是深圳，是小江托会上网的侄女给盛夏订购的票，提前半个多月才订上今天的卧铺。这天起得早，刚立秋，虽刚过夏天，但清晨已经有了朝露的湿潮。小江帮盛夏拖了行李，儿子和女儿也一并起来，嚷着要去市里送妈妈。买的四轮电动车，周遭用铁皮裹了，像模像样一辆小轿车的排场。从夏县到商丘，再从商丘回夏县，正好一个来回。盛夏有点高兴，都准了，儿子女儿早早利索地穿好衣裳，脸不肯洗牙不愿刷，一起上车去火车站送妈妈。

她躺在中铺的时候有点嗔怪陈生，你知道我来一趟有多难吗？

三年前是卫校的曹老师介绍盛夏认识陈生的，说是种植牙的专家。盛夏一直想尝试种植牙技术，从事牙医二十年，总得有点进步，巧的是小江当时正好买彩票中了九万多，盛夏拿着钱像大款一样，奔赴香港。

那次陈生在罗湖口岸接的她，直接带她去家里，她不大清楚陈生香港家的位置，也没开通国际长途，把小江急得乱嚷嚷，待她终于给家里挂电话说起在香港一切平安，电话那头的小江差点没把她骂得人仰马翻。她一直都忍了，因为旁边是陈生笑盈盈的

138

老母，盛夏想解释不愿花人家那么老贵的电话费，陈生正打身边过，还笑着说，那么大嗓门？你们平常也这样讲话的？盛夏对着那面的小江支吾几句，把温柔甜蜜的笑留给这边借她电话的一家子……

陈生是南方人，祖籍是福建的，很早就去了香港，三年前他太太准备待产，前面已经有两个儿子，这回又怀上，特别希望是女儿——盛夏后来知道生下的还是儿子，曾替陈生可惜和失望过。她是有儿有女的人，陈生说，你多好啊！眼里是羡慕的光。盛夏当时微微地笑，不知该怎么言语。她就是在陈生面前特别愚，笨嘴拙舌，一点也显不出她平日的伶牙俐齿来。

盛医生。陈生这样唤她。

盛大夫。家里的人这样叫她。家里，可不是指那和小江过日子的家。家里，是夏县，是夏县的益民镇，是夏县益民镇西关村，是那些看着她从小长大、看着她嫁人生子、看着她一路行医的乡里乡亲……

2

前年小江的爹爹、盛夏的公公在过世前，有一次很骄傲地对小辈们说，他这一生也是值了，五个儿子两个女儿，基本上都是西关村的亲家。抬头不见低头见的是邻居，说变就变的狗脸亲家，却从不曾翻脸过。儿女交好，两姓联姻，秦晋之盟。

盛夏打小就认识小江，两人年岁相仿，同属鼠。盛家不仅在西关名声很大，就是在整个益民镇也是数得着的。父亲一直从医，攻内科小儿科中西医，收费不高，疗效却甚好，后来连七里八乡的都知道盛大夫。

盛夏学习不够好，早早地识字后便停学，和姐姐哥哥们一样，在父亲身边帮忙，到一定时段，便也和姐姐哥哥们一样，按父亲的旨意去市里上民办的卫生学校，主攻妇科。那时候她也就十七八岁的年纪，不由分说地出落成一株家喻户晓的牡丹花，那盛开的姿态，任谁也无法抵挡。

小江大概在那之前就爱上了她，他喜欢在村头堵她，远远地逗她，和一帮小伙子在她出没的地方起哄瞎闹。小江大胆的事不止于此。傲气的盛夏每天给他们臭脸，板着身子绷着脸蛋根本就不瞧这些村里的二流子货，很多男孩子觉得无趣，早打消对盛夏的痴想，只有小江。他一个人单单地过来，很严肃地堵住盛夏，我就是喜欢你，你得给个话！

盛夏冷眼看他。自家往北再过三户邻居，就是小江的家。他父亲和大哥都曾是村里的书记和村主任，算是有头有脸的家族，大哥因病走后，有点失势，据说二哥马上从部队复员回来，有可能江家再度称雄西关。有可能也是以后有可能，也不是一朝一夕的事，不过，盛夏不大关心这些事。她看见这个男孩子走上前来，她和他曾在一个班上过学，他原来总是拖着鼻涕到处乱跑，裤裆都没提正过，脾气一直大，稍有不和，拎起条凳就冲人家砸过去，倒是个小霸王。现在，他抖擞着精神立在盛夏面前，个子挺拔，肩宽阔开来，眼睛挺小，对着盛夏讪笑讨好着，眼睛更眯成两道缝，像两条蚯蚓一样。小江占优势的是那头黑亮的卷发，很有层次的天生大波浪，在他的脑袋顶上怒海翻江。

盛夏撇嘴，你要真喜欢我，你也去上卫校！我将来是要当大夫的！

盛夏撂了话，径直走掉。她穿裙子，穿小高跟的鞋，那会儿

时兴的肤色丝袜，紧绷在她曲线优美的小腿上，沾了一点西关村的泥，袅娜地远去。卫校追求她的男孩成十上百，她有的是精力和时间去挑挑拣拣，现在是她最好的年华，一家有女百家求，她要练习的只是拒人自喜。

甲是县里的，条件不错，长相也行，对盛夏也好，差的是出去一道吃饭的时候总会有点算计。盛夏开始并不觉察，她其实很大方，从不小气，而且也不愿占人便宜。可是一来二去的，发现对方请过她以后，第二次掏钱就不是那么利索——大家也都算学生，经济本来就没独立。男孩子谈恋爱多少得有点本钱才行。但钱多钱少是一回事，心甘情愿地为你付款又是另一回事。盛夏马上拿出钱包，数好钞票递给服务员。甲也作势抢过，每每败下阵来还有点怨怼盛夏，好像他怎么也不愿吃女孩子的请。盛夏笑罢，不言语。

乙对盛夏真好，在食堂替她打饭，还帮她洗碗，给轮值的盛夏拎热水瓶，鞍前马后地伺候着。他没说过喜欢盛夏，他用行动来默默地表达，那个年代的男孩子，多少有那么点羞赧的可爱处。他喜欢给盛夏写信，盛同学，您好！……这是他永久不变的开场白。然后告诉盛夏他们的课程，枯燥乏味的诉说。盛夏看两眼，扔一边，受不了的是他那糟糕的字体，工整倒是工整，往右边排着队地倾斜。盛夏有时候要歪下脑袋细看，想乙是不是肩膀不端正。而且，说过好几遍，我们是同学，不要每封信都用您，称呼你就可以。他不改，仍旧如此。最后盛夏名花有主跟定小江后，乙才凄凄怨怨地说，心上有你方为您啊。盛夏被弄得忧伤满怀，在日后长久的回忆青春的消磨里，多少对曾经钟情于她的爱情有点眷恋。

丙长得真帅，成绩也好，并且还有点小小的傲劲，不大喜欢和人说话。要说有什么男孩子进过盛夏的心，大约就是这个丙了。他的所有可能太符合青春期的盛夏对男孩子的想象，他目空一切的模样大约像酵素一样刺激过盛夏的爱情，这枚花瓣开始在太阳底下慢慢地舒展开放。他家是夏县城里的，祖父和父亲是世代老中医，在他这里，希望能学点西医的理论和知识，可能更适应这个时代。盛夏就只对他上过心，她偷偷地算出他的生活规律，他下课后喜欢和男孩子们一起去操场打篮球，他总是骑辆二六的斜跨式自行车。据说他的车被盗过一回，好像是凤凰还是飞鸽什么的，然后他转手又去买一辆永久，同学中传得很广，说他再也不想单车的品牌因为是飞禽而离他远去，他要一种永久的脚踏实地。这种玩笑话传到盛夏耳里竟然也有一种摧枯拉朽般的荡气回肠，盛夏恋上他了，有点如痴如狂，再不拒人自喜，她甚至讨好到替他洗被单的程度，手上登时褪掉一层皮，毛毛糙糙的，像刚出蒸笼的馒头——她一直有对洗衣粉过敏的毛病，久治不愈。可惜男孩子没有正眼看过她。丙在看到她把太阳曝晒过的被单满怀喜悦地拿给他后，淡淡地说，你真不用费心思了，你确实很优秀，可我不想伤你，我没办法喜欢一个村里的妹子的。我家里人对户口很看重的。

小江就是那时候来的卫生学校，也不知他怎么有能耐进去的，反正他就是来了，头一天还没报到就直奔盛夏的寝室，嬉皮笑脸地说：呵呵，你看，我果真来了！盛夏愣一下，在还没彻底结束丙对她打击的那些分崩离析中，就在千疮百孔的断壁残垣里修砌了她的恋爱之城。

后来多少次和小江闹，也逃不过别人说她的爱情。她是真爱过小江，她也许一直到现在也仍旧爱着他！

小江粗鲁、豪气、痞气、爽气、大气、匪气……综合了一切男人的优点缺点，但他在盛夏面前是低声下气的，他一切男子汉的气焰碰到盛夏，就像被水浇灭一样，唯唯诺诺，毕恭毕敬。

他知道她的生日，在女生宿舍下面大叫盛夏的名字，她生气地下来，他转过身，从挎包里拿出一个白胖白胖的布娃娃。"喏，人家说，你喜欢这种东西。"他面无表情地说，藏着掖着的让人搂着满含温暖的布娃娃，他得要躲过多少哥们兄弟的嘲讽才过得来？

他请她吃饭，她推三阻四地去了，不太舍得在这种小饭馆吃饭，两个人大概也就叫了两盘菜，一个红烧兔子肉，她是顶爱吃的，另一个是小豆角炖回锅肉——切得很薄的肥肉片。他以为她不吃肥肉，但那种长身体的阶段，再消瘦的身材也需要油水的滋补，她锁定一片，捡起，吃进，满含喜悦地咽下，因为香糯，而且不伤牙。他咽了口水，再没动第二筷。她不是瞎子，她什么都看得到。

小江也是过敏体质，过敏原有桃、李、虾、鲤鱼，还有牛奶。他帮她洗衣服，晒床单，因为心疼她如葱般的嫩手会因为洗衣粉的刺激肿胀如发物。盛夏不愿让他碰自己的东西，老家没有男人做这些的。然而小江笑嘻嘻地一遍遍过着淡了泡沫的水，以后你就多吃点，我就多做点，两人就互补了！盛夏的泪就是那时涌出来的。

二

1

到深圳的时候是准点，天还黑着，不过有点破晓前的亮。盛夏随着人流走出站台，心里一直嗵嗵地跳个不停。这座城市于她而言是陌生的，这座富丽堂皇的城市也不是她的终点，她真的只是过客，像三年前一样，她只是路过这儿，她要去的地方是香港，那边，有她的人在等她。她找到广场外的一条石阶，放了行李，选个能歪侧双腿的位置，倚身坐下，等着天明。她想着陈生现在正在酣睡，想着他也许在做一个好梦，想着也许他并没有什么梦要做，他总是这么疲累，去年他的母亲刚离开，现今的生意应该不错，他一直参加各种学术讨论、论坛，全世界各地跑，两个孩子要办理出国留学，一个去英国，一个去德国，他只是不经意地告诉过她，但是她都记得。那次在香港的七天里，他母亲对她甚好，言语不通，笑容里却满溢着慈祥和温情，让她在那个寂寞惶恐的一周里，有了温馨的淡紫色留念，去年知道他母亲离去，她表达过她的哀思，一度提出到陈生福建老家的灵堂去拜祭，但是他婉拒了。他说，老太太已经八十九了，走的时候很安详，谢谢你的好意，这边亲戚太多，我实在招呼不来。

很久很久，她守到了天明，云开破晓时，看看表，六点半。她坐得腿真有点麻，小小地伸个懒腰，抚摸略肿的腿，浅灰的丝袜勾勒出她美丽的轮廓，广告图片上那双诱人的腿形，又直又长。她爱怜地凝望着自己的那双小腿，想起很久以来所有人夸赞的这双美腿，包裹在经纬细密的丝线里，撑起来，显出的妩媚和细致。又歪歪扭扭地挨过一个小时，然后，她才拨通那个号码，心又开始嗵嗵地乱跳起来。他不算太迷糊的声音："没事，已经醒了，本来平常也是这时候起的，我让公司的刘小姐过去接你，你坐到深圳湾下车，我把她手机号发你，她马上和你联系。"

盛夏稍有些失落，为什么他不来接她？他不是说好来接她的吗？天哪，深圳湾在哪里？这里又是什么地方？

辗转到达深圳湾，见到那刘小姐，语言极不通，两下里交往着实困难，后来磕磕绊绊地上了辆大巴。刘小姐倒客气，一路上替她拿行李，还想帮她交过关费用，盛夏坚拒，刘小姐没再坚持，倒嗔她到港后陈生会怪自己。这话盛夏听懂了，多少又有些甜蜜，想陈生还是如此看重她，把她视作尊贵的客人。

巴士到站，两人又往坡上行一截路，然后拐到一栋背街处的大楼，这下盛夏回忆起来，这就是三年前她在陈生公司上课的地方。她表情开朗开来，告诉刘小姐她来过，刘小姐说三年前她还没在陈生公司呢，现在已经租了更大的套间，里面有成套的教学设备。

暑气和潮气一直漾在盛夏身体上，一种沉郁的重迫感。接近办公室时，空气明朗起来，冷静，清爽。刘小姐先冲进去。就听里头有港式普通话迎出来："哎呀，这就到了，速度挺快的。"陈生过来，面向着盛夏。

他还是那副模样，和三年前一般，也和两年前一样——这中间他去过一次山西阳泉，盛夏也得了他的邀请去过。他的头发仍旧一丝不苟，根根寸发，蓬勃向上，衣着看似普通，料子却极讲究，身上飘过好闻的香气。

他带她进大会客室，一个戴眼镜的女人坐在那里，桌上摆着两副牙模，还有一副牙钉器具。陈生说："这是祝医生，这是盛医生。"盛夏客气地冲那女人笑笑，女人装模作样地还了笑脸，转身，冷漠地研究那副器具，盛夏只好不吭气。

"你看你，千里迢迢地过来，我们的课都已经快上到尾声，也要结束了，你总是这样固执。"陈生说。盛夏仍旧笑，不好意思地抿了嘴。她如何当着外人的面诉说她的车票是如此难买，出来一趟又是下了多大的决心。

"你在屋里是当家的,当家的就是这样决断的,是不是?"陈生说。

盛夏又笑,摇摇头,似乎在否决陈生的说法,也有点像不好意思自己在家有他说的那种地位。那祝医生仍旧漠然地看着她。她一点也认不出盛夏来了吗?非要这样装腔作势吗?祝医生抬了眼睛,又指着模具,问陈生钻头的位置。陈生告诉她,上面都有英文符号,那些缩写字母的含义。盛夏就冷在一边了。

陈生已经让接待给每个人冲杯咖啡过来,整套的咖啡杯具,像模像样的。祝医生说:"真是有点口渴了,一早上,就没顾上喝水。"陈生没接祝医生的话,仍旧招呼盛夏:"你喝咖啡吧,挺好的牌子,正宗哥伦比亚过来的。"

盛夏忙抬手连碟子一道端起,小小地抿一口。她应该骄傲的,两个人坐在这儿有一上午了,陈生可没想起给祝医生弄杯水。她吞咽咖啡的面容都含着得意。

2

婚姻一开始的兆头就不好。后来大姑姐一直对盛夏有怨言,说她自己生生地让这个家败掉。大喜的日子,吵什么吵闹什么闹,后来从此就没断过。

其实说起来,小江的排场也算大,那年月,也弄了四辆小车,接盛夏过门。当年刚开始兴"下轿"礼,男方出手给的是两百元。盛夏当天就在气头上:想让小江买台牙科射线机,小江死活不依,凭盛夏肚子里的孩子,以为可以把持,特别嚣张。盛夏在结婚当日发了火,下达最后通牒。得知消息后她把头花拔了,折

146

腾一早上梳的精致的头发也弄散，娘家姐姐哥哥还有父母左劝右哄，这才上车，一路上黑着脸。这地方有讲究，婚车不走重路。本来是邻居，抬脚就嫁，低头就接，结果绕一圈，为盛夏的火气做了铺垫。到了锣鼓喧嚣的小江家，盛夏死活不下车，把两百元扔出车外，跺到脚下。小江的拜把兄弟拼劲拖出又打又踢的盛夏，笑着叫着要嫂子拜天地，盛夏脸都没朝江家人看一眼，径直把烛台拜台用手一撸，人仰马翻。婆婆吓到了，从没生过气的老好人，那会儿是真瞪着眼睛剐着这儿媳妇。

那天小江头一次冲她发火，可能喝高了，借着酒劲扇了盛夏一巴掌，盛夏就势大闹，哭天喊地，拿把剪刀要和小江拼命，白刀子进红刀子出，众人纷纷把他们扯开。

大姑姐小姑妹婆家妯娌在旁边啧啧连声，议论纷纷：

"盛家怎么养出个这样的烈女，以后小弟怎么弄？"

"说是没遂她的意，非要买个牙医用的什么机，小江不愿意，就在结婚闹这出？"

"卫校又改学牙科的，不是说两个人都没毕业？"

"卫校学的是妇科，盛老大夫让她攻这门，也有小三年了，说是心气高，不是也没毕业？"

"把小江也拖进去，两个都没毕业……"

"说是怀着呢，有什么傲的？带种拜堂，咻咻……"

"听说是奉子成婚，没瞅见肚子的变化，我特地瞅了的……"

这最后的话飘进盛夏耳朵里，定牢她打掉孩子的决心。三天后，她吞了药，胎儿流产。她虽然卫生学校没混到毕业，但三年的妇科卫理常识她还是多少懂点的，她可没闹下病根，而且好像命运故意捉弄她一样，她还是特别能怀孕的体质，后来接二连三

盛夏的旅程

147

地怀上，她接二连三地打掉胎儿。

父亲对牙科一直不感兴趣，觉得不上台面，医牙技巧，只限走街串巷的剃头挑子，掏耳，拔牙，而且与中医没什么对接，不知这小盛夏中了什么邪，非要学上这行？！父亲有一次私下对她说，他觉得恶心，女孩子看人牙齿，总是不净。盛夏好强惯了，又是被父亲最宠的小女儿，反驳说，妇科难道不恶心？学医哪有不恶心的？都是病体来求你！

父亲正色道，悬壶济世，治病救人，妇科帮人生产孩子，除妇人难掩之隐疾，牙科怎能与之相提并论？

盛夏说，我们家没出过牙医，你就让我做牙医吧，你们觉得恶心，可是我真觉得有趣！

盛夏的陪嫁就是一笔去市里口腔学校的费用，然后是在西关租的一间门脸房，慢慢看些妇科内科的小病。盛夏自己掏钱买下一具牙床，想让小江再给她买一套设备。盛夏自小胆大，想一边学一边在实践中掌握，两头不耽误。结果小江把她的计划打得稀巴烂！

酒醒后的小江倒柔肠满怀，觍着脸，又是哄又是劝，差点没给盛夏下跪。后来盛夏自主把孩子打掉，小江生气，但也忍下，还送她去市里上口腔学校，一周回来一次，回西关再坐诊当盛大夫。

除开盛夏的父亲还在益民镇开着两家诊所，盛夏别的兄弟姐妹都像石榴树上的花，各自蓬勃盛开，在商丘各地开着小诊所，过着甜美和平而且节节高的日子。

盛夏学习后，又上进，想着嫁给小江，大约从此也就和和美美地过日子，像她的兄弟姊妹一般。她回头看小江照护小诊所，耳提面命让他别喝太多酒，替人诊病要多上心，药性猛的药千万

难得有你

148

不要乱开。她一边学习牙科，一边在实践中积累了很多妇科经验，她成就于这种忙碌中，忙碌代替了长吁短叹，时间好像充实起来，儿子就是这时候来到的。

本来还想做掉，但小江这回苦苦相劝，说有个孩子才像家的样子，你就算学业繁忙，我来照顾孩子就成。

前前是在家里生的，是二姐帮忙，出来像只弱小的猫，掂在手上，应该三斤都不到，出娘胎时连哭都没力气。二姐没吭声，怕养不活，不吱声，眼泪汪在眼眶里。但前前的命算是贱的，怎么也拉巴（方言，指辛勤抚养）活了，并且自小就特别能吃，给什么吃什么，根本不像别的孩子要撵着喂，馒头、面条、小疙瘩，八个月大就能囫囵吞下饺子，噎得眼睛都突出，但见喉头一拱，饺子就进到胃里。

盛夏的名声慢慢有了，生意开始好起来，让她看妇科的乡里乡亲也多，她已经晓得怎么治痛经、赤白带下、阴道炎，甚至还敢给人家做流产手术，乡里的计生办专程找过她，想和她合作，签署对二胎村妇的强行流产合作协议。盛夏拒绝了。她一直还是喜欢牙科，给妇人看病，微笑地解决人家的隐疾之痛时，她会要求再给人家看看牙，洗洗牙，收费倒不高——洗牙机又是父亲送的，她似乎上了瘾，因为在口腔学校学的理论，理应应用于实践。村妇们倒有点怕，躺在牙床上，灯光打过来，多半惊恐得一下子起身，扭头就跑。江前前就放在门脸口子上，对着马路牙子。小江眯细着眼，看左边摊铺前有人支了麻将小桌在打牌，他看得比人家参与的劲都大。有人闹肚子疼，捂着身子弓着腰过来，小江也慢慢踱进来，给病人输点液，和病人说笑两句。有了急症，小两口也拿不定主意的，会请益民镇的父亲亲自过来。盛老大夫是逢请必来，望色、闻声、问症、切脉，开了方子，总能了断人家的苦痛。都是一个个活标本，盛老大夫现学现卖，教给不长进的小女婿，也教给特别想学的小女儿。就这样，盛夏大夫的名声慢慢传开了。

盛老大夫行医几十年，没出过任何大事。他把持不住的，直接让病人去大医院治疗，病人回来后，他看病历看处方，依样也配点中药，实在治不了的，大医院已下定论，他只作苟延残喘，或者减轻点患者苦痛。盛老大夫为医认真，不断自己后路。教育子女，也颇有些新派的思想。他从来不认为女子无才便是德，总希望人生一世，有门自己能吃饭的手艺，不靠夫家，女儿才能将人生闯荡得有声有色。几个女儿也都在嫁的各镇各村成了大夫，慢慢有些名声。现在的医科分类更细致，五官，皮肤，都成专科，不再像从前盛老大夫那样，一医治百病。所以后来对盛夏的固执，他也不再纠结。

盛夏一口好牙，又密又白，便是现在四十多岁，也三十二齿颗颗健全。她说，我不做牙医，倒可惜我这副牙。老祖宗赏饭吃，我该吃这一口，该做这一行。

盛老大夫叹气，怎么也得随她。

三

1

时间已经过午。陈生打通电话，用粤语说的，盛夏一个词儿都没听懂。放了电话，陈生面向她："我太太已经在俱乐部订下桌子，中午随便吃点，晚上再隆重地给你接风，行吧？"

他老是用这种商量的口吻对盛夏讲话，港式普通话永远吸引人，关切的眼神温暖着你。盛夏羞涩得只能点头。

陈太果真在游艇俱乐部等着，一看他们仨过来，忙起身迎接。陈太比三年前好看些，说起来应该老了，但当时因为孕相不美，反倒衬得现在漂亮。

四人小桌，陈生坐盛夏对面，陈太坐盛夏左手。点心马上一份份上来。

陈生习惯性地给各位女士泡茶，盛夏总是窘这些，一定要自己来，力气蛮而且大。陈生坚决推阻她："你是女士，只当受着，哪有女人给男人泡茶的？你太客气，你一客气，我就不知道怎么办？"旁边陈太和祝医生就赔笑，盛夏看她们两人也不动手，只好随大流。

陈生饭桌上也不冷场，左右逢源，但还是多照顾盛夏。

"祝医生应该是认识盛医生的，你们那年在阳泉见过。"陈生说，抬眼再看盛夏。

祝医生想半天，轻摇脑袋道："哪里？我真一点印象也没有。"

"你没变化，三年前也还是这样。三年前我见你时就说，你长得好漂亮！"陈太非常热情，还是像原来那般真诚地微笑着对盛夏，给盛夏搛一只虾饺。

"她现在还是这样漂亮，她一直很美丽！"陈生又给盛夏搛来一只香蕉角，想起来，叫服务生，"麻烦拿一碟辣椒油过来。"陈生对着盛夏说："我记得你是吃辣的，你若吃不惯这些甜点，蘸点辣椒油也行的。"

陈生对陈太说，她酒量了得，这么大一盏盅，烈酒呢。陈生给太太比画一下，她一口干掉的。

盛夏不好意思起来："你总说我酒量大。"

陈生对祝医生说："你还没想起来？那次不是你们统战部还是组织部，反正是个做长官的，听说她是河南人，一定要她喝几杯？"

祝医生这下拍了掌道："哦，你一说喝酒，我记起来，就是她啊！"

盛夏这会儿不想和祝医生套近乎了，她认为祝医生是故意不认她的，那次去阳泉，也待了三天，祝医生是口腔医院的副院长，在那边人五人六的，就有些瞧不上其他人，盛夏当时特别想看她临场手术，她是冷着脸拒绝的。

陈生说："你想起来了吧？当时有位何小姐，是河北还是湖北来的？在保定……"

祝医生连忙捡了话头："河北的，我和她倒熟，她现在做得相当不错，也是私家，去年才买了台 CT 仪器，现在又加两部综合治疗台，不是在你手上买的吗？"

陈生说："是的，做得挺好的，加起来也要上百万的设备了。"又对着盛夏说："你怎么一例也没开始呢？我是真替你着急，你要我怎么帮你呢？"他隔着一桌的笼屉又给她装了一碗芋香排骨。

盛夏手忙脚乱地谢过，仍旧不言语。

"现在一天多少牙？"陈生倒关切，揪住不放，眼睛穿过来，征询地望着她。

盛夏仍旧笑笑。

陈生无可奈何地叹一声："你为什么只是笑呢？我问你，你就告诉我啊，我知道情况就可以帮你啊。哦，也许你听不懂我的话？"

盛夏还是笑笑，然后摇摇头，表示自己确实听不太懂陈生的话。

陈生放下筷子，叹口气。

2

口腔学科学完时，曹老师唉声叹气地说盛夏，你也不像傻孩子，又算是用功的，怎么每回理论考试就那么难过呢？

盛夏着急，是不是又不能结业？

曹老师摇摇头，像我们这种学校，结不结业的也无关痛痒，反正你也没准备到口腔科去上班，结业证倒是可以给你，不过，你自己要明白，你理论考试太差了。将来行医是要行医证的，现在大城市已经开始实行，我们这边也要马上开始的。我是怕你这样的水平，考不下一个行医证啊！

盛夏信心满怀地说，您放心，我会考下的。

曹老师倒是器重这学生，长得好，又特别努力，实践课上也不差，胆儿又大，性子真算不错，和谁都能合得来。将来自己也想开家诊所，和盛夏合伙倒是不错的选择。如果考试成绩能理想点，那也太美满了！曹老师是这家民办口腔学校的兼职老师，自己正经工作是县医院的，轻巧走通学校关系，硬是给盛夏弄下这本结业证。盛夏把它喜滋滋地带回来，加玻璃框，挂在西关那家诊所的主墙面上。

小江的性子越来越坏，可能和嗜酒有关。喝多了，他便撒酒疯，看见有男人让盛夏治牙，也不管是不是同乡一起长大的街坊邻居或者村里论资的长辈，抬手就骂，赶脚就追，把西关好多老乡亲都得罪光。

前前倒是他一手带大的，驮着拖着，怎么弄都行，前前也好带，除了吃就是睡，就是眼睛一直有点斜视，托人打听好，发育成熟，到北京去做手术，直接根治。盛夏想着要省下一笔钱来，不能这样花销了。

婆婆有一间老房子，老两口自己住，位置不错，在大路边上。盛夏让小江和公婆商量，他们住自己的屋子，她就用这套做诊所，省下租赁现在小诊所的费用。小江一听就摇头，家里还有四对哥嫂，如果出此一招，怕兄弟阋于墙，多少人会骂他！

盛夏就准备在一次她组织的家庭会议上把话挑明，三请四请这些人才到全，话才开头，二嫂突然对着公婆说："四弟打我，你们管不管？"

四弟叫道："我哪有？"

二嫂说："四弟后院有片空地，我种了一年的杨树，你们大家都知道，费了我多少的心血和劲头，长成了，我一天一天地瞧着，两家卖了一起分钱也不是不可以。结果，四妹一声不吭，叫人伐光卖掉，把钱全装自个儿腰包里。我不服气，过去说理，四妹是只闷葫芦，不说话，也许理亏，四弟倒叫嚣起来，还想动手打我？"

四弟又叫："我哪有？！"他歪了脑袋，气得青筋都爆出来。

二哥发话，骂二嫂："说什么瞎话？你再说，我拿鞋子抽你。"二哥已经从部队转业回来，没当上村支书也没当上村主仼，就陪衬当了组织部部长，心里一直窝着火。二嫂还在嘟囔，二哥已经把鞋脱了。

大嫂说："你也别抽媳妇了，多少年没分地了，我现在是当

奶奶的人，儿媳妇进门，女儿还没嫁，就这几亩地，也不够我们娘儿几个活的。爹和娘可以搬我那边，街上的房子我想弄间洗浴室，我们这边冬天长，洗浴室生意好，夏天还可以开麻将铺，多少能挣点……"

二嫂三嫂四嫂马上叫起来。刚还要打架的二哥家和四哥家联合起来，一起攻击大嫂家："爹和娘还在呢，你这打的哪门子主意？"

盛夏冷笑一声，瞪着眼问小江："你们串通好的？"小江不理盛夏，看自家哥嫂在爹娘面前发威。

也正逢着巧事，曹老师决心在夏县中心开家牙科诊所，又不想丢了自己在县医院口腔科的饭碗，凑足人脉给盛夏跑下行医执照，借了另一朋友的行医合格证书，让盛夏干起来。

盛夏打定主意，不想再在西关做自己的事业，她要去夏县，她要离开这鬼地方，为几个小钱争得要上房揭瓦不顾亲情的地方。

小江死活不想去夏县。县城里，人生地不熟，人家会小瞧他，说他是乡下人，他又不是没待过，没少受过气！

闹腾就是从这会儿升级的。小江每天无所事事，得空转一圈回来，看盛夏的患者。如果是位年轻男士，就大为光火，抬嘴数落人家；如果是位中年男人，就讥讽盛夏，而且开始转弯抹角地咒骂曹老师。

曹老师偷拿医院许多器械给盛夏，也偷拿许多药品到这边。有时候两个人也说说笑笑，碰到特别难的，盛夏会打电话让曹老师过来直接上手。小江看在眼里，总觉得盛夏和曹老师有什么问题，而且，现在他见天儿地查盛夏手机，翻盛夏短信，盛夏气得几乎每天和他大吵大闹。

有一天，硝烟又起，前前在家里哇哇大哭。盛夏终于心软，叹口气，对小江说："不然你随便找点什么事做吧，不然你自个儿回家也成？我真的只是想做点事，你别让我这么难，好不好？"

小江大骂："你那种脑子，我又不是不知道你，从小成绩就差，凭什么他能让你得到结业证？凭什么他能给你闹下行医证，借给你行医执照？天下人都明白，你独欺骗我啊？！"

盛夏只能说："滚吧！……"

过了几天，县里来查证，还带了电视台来，卫生监督部门的人抄了盛夏的诊所，逼着问盛夏那些行医证和执照从哪里来的，盛夏的脸白得像纸一样，拒绝回答。然后卫生监督的人指挥一帮大汉抬了那两台综合治疗床，盛夏这时发了疯，护着治疗床，躺在地上撒泼，手脚并用，头发全散掉，裙子也掀起来。前前在一堆人前歇斯底里地狂哭，盛夏死的心都有，手臂仍牢牢扣紧治疗床，任两个大汉掰着她的手，那么生疼，绝望的痛楚，她死活也不松开。

电视台拍下这一切，当晚就在夏县现场新闻播出：无照行医，无执业证书行医，要加大力度打击，非法阻挠执法者的，还会追究刑事责任。我们要没收其药品器械，并没收其非法所得……画面定格在一张特写上：盛夏疯子一般绝望的脸，头发披散着，脸上被灰土弄得又脏又乱，眼神朝上翻着，躺在地上，牢牢地抱住自己治疗床的腿。

小江怎么解释也没用，他蛮他横，但他不是蠢材，会把自己老婆送上绝路？！县城有那么多无照行医的诊所，牙科的、皮肤科的、妇科的，都打击了一大片。有些得到消息的早早关张，躲

过这一劫。你动动脑筋想一想,那些得便宜的,不是这些诊所吗?不是你没有受到冲击的同行吗?你怎么不觉得是他们检举举报的呢?

婚是无法避免地要离了。盛夏铁了心,绝望了。守着空荡荡的小诊所,她不知道将来到底要怎么样。难道真一辈子在西关,给邻居街坊上点消炎药,拔点牙,就这样过一辈子吗?——至少不会在县里受这些人欺侮!不,没什么错的,总是要慢慢走到这一步的,以后再想以后。但小江,怎么都不能和他过下去了。

家里五儿两女的,按民间说法是最有福分的家庭,这下全一致通过对盛夏的招数:小江婚可以离,但前前绝不要!

大姑姐代表老江家的话在整个西关整个益民甚至连夏县都有耳闻了:前前是个憨娃子,只要盛夏带了前前,看她怎么再找如意郎君?!

四

1

陈生着实很忙,和太太交流几句,然后转过来对盛夏和祝医生说:"我得先去新房那边看下,还要把孩子留学的资料送过去。"他抬腕看手表,"我三点左右准回公司,你们要不在这儿先休息下,要不直接回公司?"

祝医生说:"我们在这边吧,好不容易让人家给了 Wi-Fi 密码,我可以在这边联网看些东西,这边也舒服,行吗?"

陈太说:"当然可以的。我们就在这边吧。"

陈生忙起身走掉,三个女人转去旁边的休息大堂,那里冷气足，歇息也舒适。

祝医生拿着手机一直在查什么，陈太搂了盛夏坐下说："听说还没开始一例呢，我们都着急，人家都红火得不行！"

盛夏笑道："主要是我们那边太穷了。"

陈太说："再穷的地方，也按穷的模式开展啊，不要荒废了机器，也都花不少钱的。"

盛夏摇头道："嗯，我们那边对的是农村人，平常拔拔牙上上药还行，如果真要他们花本钱做种植牙，他们一听价钱，咋舌扭头就跑的。"

祝医生抬头问："那你那边如何收费的？根管治疗多少钱？窝洞充填？"

盛夏说："根管治疗70元每颗，窝洞的话，我还是用银汞合金的，50元每颗。洗牙的话，包括抛光，一次是30元的。"

"这也太便宜了。"祝医生和陈太都吓一跳，祝医生拿眼嗔她，"你这把市场搞乱了呢！"

盛夏点头说："没办法，整个地区都是这种价，我要做高了，没人光顾的。"顿了顿，又强调道："现在生意刚好一点。"

祝医生和陈太唏嘘短叹一番，又谈些大陆市场上她们知道的各地的收费标准，替盛夏可惜。

盛夏有点坐不住，陈生一走，她的心好像就被带走一般。

三年前她初次认识他，打了好多通电话约在关口见的。言语确实不通，但总算交流明白，他在浩瀚的过关人流中微笑着扬手招呼她，蜂拥的人群一拨一拨地从他身边走过。他拖着行李，带着大包小包，兀自挺立着。盛夏还记得他穿的那件浅粉色长袖POLO衫，这么娇嫩的颜色，他穿起来干净而偶傥。他柔言细语

地讲话，像老朋友一般地关照她，替她拿行李，摆平一切过关事情，她像只小羊羔一般任他掌领。

现在想起来，自己胆子确实挺大的。当初过来的时候也是多少忐忑，可是一见面，什么不安全的顾虑都烟消云散了。

后来他又来内地，去阳泉，给她通电话，让她也顺路过去。他以为山西毗邻河南，他不知她辗转来到阳泉，用去了将近九个小时的时间。那趟就是到祝医生的地盘。人家看他的面子，帮他接她的风，洗她的尘，一个小小河南乡下近乎赤脚医生的女人，被内地见惯多少大场面的人所冷眼？他当然不知道，就像她清楚明白她一眼就认出祝医生而祝医生竟然对她毫无熟悉之感一样。

那晚宴席，他记得那次的酒，她帮他一仰脖灌下。北方人毫不掩饰地劝酒，一杯再一杯。他惊叹她的酒力，他现在还在叨叨她的酒量，她几乎冲口而出，你以为我喜欢喝酒吗？是那趟你母亲提起你身体不胜酒力，我才替你喝的——你怎么懂内地人的规矩？不喝是不给主人脸面的。我怎么会让他们来为难你？！

她一杯又一杯地灌，想起自己对小江酗酒的深恶痛绝，想起自己对酒精这东西有杀夫之仇般的恨。她能为他做的，也只有这个了。

2

只要能离婚，说啥她都同意。儿子顺利地跟着她。她在夏县安下家来，租下房子，又重新赁了铺面，她怎么也得收拾起来，重整河山待后生。

回过一次西关老家。小江坐在院口抽烟，冷冷地看她收拾着自己的细软，脸冷得像村口那头有百年历史的石狮。他的那一头好看的自然卷发，那曾经打动过盛夏的惊心动魄，像乱稠的纺线一般，让人满生憎厌。没有亲戚来看她，婆家的大嫂二嫂三嫂四嫂，好像一日之间全和好如初，拱着手在自家门口斜眼看她笑话。大姑姐正好在婆婆那边，看她过来，忙低头干别的事情，好像天下繁忙得只剩一个多余的盛夏。只有小姑子抹着泪跑过来，拉拉她的手说，何必呢，嫂子，何必呢？前前多可怜啊！

　　说到前前，她也有眼泪要涌出来。但是是她的错吗？是她让前前可怜的吗？盛夏忍下眼泪，径直离去。

　　这西关，怕是不能再回了。连父亲也唉声叹气，不知说什么好。过了七个月，父亲就走了，说是暴疾，在邻家打麻将和了天胡，大笑一场，就此过去。盛夏一直觉得是自己把父亲过早地送走了。心里有多少委屈，这个在江湖上行走了一世的老大夫，名噪六方的老中医，竟会为这种小事，开怀到送上性命？！

　　认识的小姐妹和自家娘家亲戚来给她牵线做媒。盛夏要求也不高，只望对方能不沾酒就成，别的都没什么奢望。曾经再怎么漂亮，卫校那会儿也风光过——不照样也有瞧不上她的丙？丙给她留下严重的创伤，惊醒她自以为可颠倒众生的虚妄，侵蚀在她胸口处的疤痕，渐渐被她揉搓舔舐凝成一粒暗红的朱砂痣，美丽妖艳吗？却不曾显露它所遭受的痛和磨。

　　见过的竟有甲！他谢了顶，拖着一个女儿，模样没大的变化，他的妻子两年前因癌症去世，他的穿着仍旧干净光鲜，他在邻县的医院上班。他微笑着对盛夏说："你一点变化也没！"盛夏是真没多大变化，再苦痛的日子，她仍旧把自己作大夫打扮，穿整齐的套装，深色丝袜，半高跟皮鞋。离婚后，码数比婚前当姑娘时还小了一个号，除却眼袋有点深，别的只能觉得她出落得更

成熟更妩媚。杏核眼，悬胆鼻，粗线的柳眉，眼皮凹处里永远有一道黑，天生不用描眉施黛，连嘴唇都是流行的乌红色。

她是真想再找个男人，好好地把眼下的苦日子过尽。说到底，她也是农村女人，在西关还有田地，应该夏种秋收在田间地头劳累，偏她自以为是妙手仁心白衣圣徒，可做成个华佗再世当代扁鹊，能悬壶济世解救众生。她这辈子不甘于命运的安排，以为能翻手为云覆手为雨，偏偏小江这冤家，让她一切从零开始。

"你仍旧很漂亮！我一直记得你！"甲倒很深情。盛夏打听过了，他在邻县中心城有套两室的新房，还有医院分的宿舍，也在县中心，早两年房改买下成自己的。

"不过话说在前头。我也是有女儿的人，你过来做晚娘，我是放心的。但是你儿子，我是万万不能要的。虽说你嫁过来他会随我的姓，说起来理当给我养老送终，但现在这社会，他毕竟是有生父的人。我将来的财产不能给了他！"甲说得斩钉截铁。十多年前，还在卫校那会儿，他对盛夏上过很大的心。不过盛夏记得的是，他请了这次的小笼包，到下次出钱买胡辣汤时，多少拿钱有点不利索。盛夏知道自己身价跌得有多低，连一点温情都没有的直入主题，多少有点伤了她的心。爱情也曾有过浪漫的时刻吧，连哄盛夏睡一次的闲心都免掉，这种市侩，她将来如何受得起？她起了身，欠身告辞，本想这次也买单，总共才六十四元的一次晚饭，也许会让甲肉痛。可是她实在没有勇气甩他一脸钞票，她手头那么紧，一张一张的零票数着花销，哪里经得起这种大义凛然的挥霍？

就好像多米诺骨牌一般，她相亲遭遇的全是这种阻挠。她灰了心，想着在这县城里只能靠自己。她越发拼命地干，洗牙，拔牙，低价，再低价。她不能打广告，她无证经营，无照上岗，她要的只是生意，要的只是别人对她手艺的信任，靠口口相传积累的一点名声，在这块地方扎下根。

前前是懂事的，怕惹她生气，总是帮她很多的忙。还在上学的孩子，已经会给她包饺子，下面疙瘩，有时会跑回西关好长时间不回来，说起来倒也理直气壮，他是江家的人，江家的孩子，有爷有奶的，还有亲爹，还有那么多大大（河南方言，指伯伯），哪里能短下他的一顿？他回来后交给盛夏一张一张拾元伍元的钞票，我奶给的，我爸给的，或者我大大给的，我姑姑给的。盛夏不问，她知道江家人不会对前前那么大方，她猜想过前前可能偷拿了他们的钱，但她忍下来。穷困和饥饿，还有对将来的无望，让她没有力气管束自己的孩子。

这样混了两年，前前该上四年级了，但仍旧蹲班在一年级。他身体那么壮，还窝在一群小朋友中，免不了受人欺侮。有一次，盛夏忙到脚都站不起来，回家，看到前前在烧衣服。他直着眼睛，眼白朝上翻，嘴角流出涎沫来，他撕扯着自己的衣服，撕得一条条的，然后一点一点，扔进火堆里。

医生说，其实是自闭症，也叫抑郁症。

盛夏不相信，那是富贵人家的病，她的孩子怎么可能染上这种病？

医生耸耸肩膀，没办法，现在好多人都患这种病，现代病。特别是父母离婚后，有些孩子极容易患上。

天冷，生意也不顺，又遭到一次突袭检查，据说是同行举报，盛夏的价钱和技术还不错，遭了人家的嫉妒。她又一次撒泼发癫，就地打滚，装疯卖傻，然而，卫生局的还是要抄走她全部

的家什。突然人群叫开来，这时候轰起来朝上面喊，有人扯住卫生局还有城管局的："有人要跳楼！"

是前前！就那样站在顶层五楼的大平台阶前，摇摇晃晃的身子，朝下口齿不清地嚷嚷："你们再动我妈妈，我死给你们看！"那上面有滑淋淋的冰凌，北风呼啸，稍微一动，那小命自个儿就会被世界拿掉。穿制服的这帮子终于缴械，我们不没收你的器具了，你快叫你小子下来吧，出人命的话，你这辈子也完了！

她穿好羽绒服，系紧围巾，把前前搂在怀里，一步一踱地朝家里去。那天是小年夜，冰冷的炉灶重新点火，她从菜市里早买了饺子馅和饺子皮，娘儿俩总得吃顿饭。就着大蒜，没有别的佐菜，前前吃得多点，他一直这样不知饥饱，说起来不像抑郁，倒有点像大姑姐她们偷偷揣摩的智障（土话里他们管这种叫"憨憨"）。盛夏看儿子一眼，没有劝阻，他终于吃得哕出来，吐得个稀里哗啦，裹着浓郁得让人作呕的世界末日的蒜气。她流下眼泪，伺候着孩子。

外边有惊心动魄的叫门声。那个冤家，那个她以为一辈子不会见到一辈子也不想再见到的冤家，小江，喝着烈酒过来了。他要见他的儿子，他听说了下午的事，他要见他九死一生的儿子。

他们搂在一起，抱在一起，哭出来，终于鼻涕眼泪混在一起。那天下着小小的雪，小城的街道上马上杳无人烟。雪慢慢地铺了一地，薄薄的白，像那种雏菊，某种绢花，那种绝望的孝衣一般的颜色，把哭丧的气氛都烘托出来。

他们大概在那一夜有了后后，后来的后，后悔的后。

五

1

下午三点的时候，陈生准点回到公司。他应该跑了很多事，但总是衣冠楚楚，头发纹丝不乱，身体仍旧散发那种淡淡的清香。盛夏很喜欢这种感觉，这么潮热的天气，他总可以里外都能像位绅士！

在公司后侧的那家大理论课堂，又来了两位医生，一个是北京过来的蒋姐，一个是天津来的刘哥。说起来两天后他们都要去广州参加那个世界牙科论坛，听说来了好多国家的专家。陈生有点略带歉意地对盛夏说："所以我说不让你这个时间段过来的，因为这个论坛，是世界范围的，全是牙界全球一流的人士。票价倒还好，也就两千港币，但是我没办法再为你弄一张，他们都是接到邀请函过来的。"

盛夏只说："不妨事，不妨事。"

陈生有点听不懂，迷惑地看看旁人。蒋姐热心，马上翻译，还拍着盛夏的肩膀挺热情地说："河南过来的啊?! 你至少也得讲几句国语吧，不然如何和陈老师沟通？"陈生笑起来："她是怎么也不肯说国语的，不知为什么这样倔? 我和她总得连猜带蒙，有时候电话讲起来实在困难，只能发短信。不过，这样挺难描述的，有些需要特别明晰的口语表达。"

盛夏仍旧只笑笑。

他们几人开始讨论理论上的术语，盛夏有多半听不懂，觉出自己的差距。这会儿祝医生倒不再那么端着，因为人家一个北京

164

的、一个天津的，总比阳泉大出太多，自己先灭点志气。蒋姐不愧是天子脚下出来的，气场一下子扭转到她那边。她不光自己开了好几间连锁牙科诊所，还是市里的人大代表，听说业余时还能写画评，文字相当了得。天津的那个刘哥也是牙科专家，退休前是一家名医院的坐诊大夫，退休后迷上艺术，在绘画方面和蒋姐搭着档。刘哥绘画功力了得，在北美和欧洲都开过国画展览，蒋姐还能为他写英文方面的绘画意境解说。

陈生一直照顾着盛夏，怕她融不进他们的对话中，无论牙科方面，还是别的方面。她觉出他的细致和体谅，一直为此深深地感激。幸亏蒋姐是个中人物，场面调和得滴水不漏，比起祝医生，盛夏真是爱死她了。盛夏搜肠刮肚，想起一位舅家的表姐的妯娌，好像也是从事写作的，提起来，想附和一下蒋姐，蒋姐笑笑地答应："好啊，那可算是同行呢！这世界绝不止眼前的苟且，还有诗和远方呢！"盛夏愣一下，一点也没明白这话是什么意思，只看见大家都笑起来。陈生说："蒋医生，不要这样打趣我们嘛，我们真过的是苟且的眼前呢！"蒋姐看盛夏仍旧一头雾水，拍拍盛夏的手："到时候我们再好好聊聊你亲戚。"

大家又转回理论，又是一堆的英文术语。蒋姐自不成问题，刘哥也完全明白，就连阳泉的祝医生，也全理会。盛夏在旁边悄悄地叹口气，想着祝医生其实比她和陈生更亲近，听说他们一起去过以色列、德国，研究过那边最新式的仪器。陈生现在代理的那个品牌，就是以色列出产的，不知当时是否和祝医生一起拿的主意。

盛夏在一边默默地听他们交谈。蒋姐和刘哥年纪比盛夏大，就祝医生看不出真实年龄。盛夏又开始观察他们张开口说话的口型：蒋姐的左右两边侧切牙是种植的，技术和质量都不错，不知是谁帮她做的，这么好的手艺！她的左下方有粒磨牙是窝洞填补的，可能时间有点久了，泛着黄色。刘哥牙隙有些大，牙质应该还好，但从他嘴里出的气来看，他有牙龈严重出血的问题——为什么不治疗呢？祝医生上层的左右中切牙竟然全是种植的，还有最里边的一颗磨牙也是种植过的，另外两粒尖牙做过烤瓷。盛夏心里嘘一口气，感叹祝医生这嘴里的不菲价值，紧盯着细看，发现祝医生还有牙龈红肿的症状，许是来南方有点上火——从北方刚过南方的人，大都有些这种症状，其实睡前含点低度的二锅头在嘴里漱下，应该很快就能治好的——祝医生可未必听她的方子，她不光是名医，有吓死人的文凭，还是淑女，不沾丁点烈酒的。她披荆斩棘地奔赴阳泉那趟，偷看过祝医生的现场手术，相当地道，不得不服。但当时祝医生对她的提问爱搭不理，表现出一个盛名之下的医生的矜持和傲气，多少有点伤了盛夏的心。祝医生皮肤保养得很好，像那种城市里医生的脸，白净，姣好，戴一副无框眼镜。个子很小，但穿着算得体的，一身黑的套裙，手镯、环戒、项链、耳环，全是琥珀色的，典雅是典雅，但未免刻意了些。盛夏注意陈生和她说话的样子，没有半点倾心，像老师待学生。祝医生身体前倾，但陈生往后仰，一就一推，一目了然。陈生这时正转脸看下盛夏，是偷窥，似不经意的一瞥，怕在座那么多人洞悉的欲盖弥彰，然后马上掉转。

盛夏低下脑袋，脸已经红透。

2

后后生下来的日子是重阳节。小江大概给家里人报了信，妯妯们大姑姐小姑子们还有婆婆，凑了一个日子专程来看，各包两百元的红包，算是给足盛夏的面子。婆婆还偷偷摸摸地塞给盛夏一份大点的礼包，拆开一看，竟是一千元！盛夏坚决拒绝了。她对这些婆婆妈妈的所谓亲戚没有一个好脸色，她板着脸，一字一腔、正儿八经地说："我不需要你们任何人的喜礼，这小姑娘姓盛，不算你们老江家的人！"

大家有些尴尬，满屋子站的娘儿们脸色也不好。算什么呀？还没和小江扯复婚证呢，说到底也是未婚生的娃娃，哪里来的这么大的派头？！当初要死要活地非离了婚，结果不照样没男人理会，还是投怀送抱到小江怀里，这还有什么可神气的啊？！

"我没准备和小江再办复婚的。他要还是原来那个样儿，我还没法和他过！"盛夏说得斩钉截铁。

大嫂说："拖着前前都已经够难了，再有个后后。妹子，现实点，都知道你心比天大，可咱们，也都是西关一起长大的，谁不认个命呢？！哪里的男人不都一个样？总归还是小江好些吧，他毕竟是两个娃娃的亲爹！"妯娌们都点头，嘴角边的冷笑溢出来。

大姑姐忙换个话题："这小姑娘的日子不大好，重阳，逢九必凶，重九更灾，辞青的日子，是要辟邪气的，怕妨爹娘，嗯，娘更甚。我的主意，已经打听好有朋友愿当她干娘，挑个日子，认下干亲，将来不妨亲母了。"大家在旁亦点头。盛夏半天不语。她没听过这讲究，也不想打听这讲究，她只是从心里觉得江家太欺侮人了，处处想灭她！

她对以后和小江的日子是充满了疑惑，她不抱任何期望。他曾经那么深地伤害过她，那可不是丙留给她胸口已经渐变成的朱砂痣，那可是结结实实的刀和斧，一下一下砍出来的，即便愈合，也是丑陋的粗针大线缝就，刮骨疗毒的后遗症，怎么都是刻骨铭心的痛！

小江倒也起誓，想好好过日子，再怎么样，他们也是风里来雨里去的恋爱中过下来的，还有一双儿女！西关村老江家的本门亲戚里，有个人正好弄房地产发了，在夏县和浙江人合伙又开发一处地盘来，工程一直到竣工，大约需要三年时间，请小江去做监理，走哪儿都号称"江经理"。小江衣服整束起来，脸也常洗，牙也常刷，每天像模像样地去工地，手下有一帮他能吆五喝六的工人。说好的薪水是三千元一个月，这在西关，甚至在夏县，都是相当不错的收益。盛夏以为日子可以真的好起来了。

重新赁下大点的房子，有两室一厅，厨房是通煤气的，卫生间带马桶。妈妈住过来给自己带后后。爸走了以后，妈挺孤单的，跟过几个姐姐，也跟过哥嫂，后来眼睛越来越不中用，人开始消沉下去。盛夏是妈最小的女儿，溺爱惯了，和妈也最亲，受不了妈妈的苦，怎么也要把妈带在身边。有了后后，妈倒开心不少，可能因为母性，妈虽然眼睛不管用，但慢慢地多少可以帮着管下孩子，倒也觉得自己有能耐了。

盛夏仍旧锲而不舍地考从医资格，仍旧费尽心力到处找关系办行医证书。天梯一般的日子，连妈妈都看不过去。妈妈有时劝她，你真不是那块料，何必要到大地方去受这种罪？在我们益民，你爸一辈子也没什么证和照的，凭的就是经验和口碑，照样声播千里，你也看到过，连开封、周口，甚至驻马店也有人过来。你还不如像你哥哥姐姐那样，就在自家门口行医，不也可以成事吗？

盛夏不语，没办法和妈说这些。想想也许是自己能力太差，不然也不会一次两次地考不过，不过，这辈子，如果自己钻研的这门手艺只能留在西关，想想也觉得丧气，那有什么出息？

盛夏到处找人，甚至低三下四地让小江托她最深恶痛绝的大姑姐，听说她婆家有人在县里的卫生局，看能不能管事儿。小江也不知把她的事当事没有，反正跑证的事情一直不顺利，一会儿这地方卡了壳，一会儿又说那地方被人堵死了。大姑姐还经常过来告诉她进程，这公章也不是一个两个的事，得盖多少章！她也就认识一个章里的相关人员，所以得忍得下时间带来的磨折。

考执业资格的事情倒说定了，交了人家八百元钱，小心地过了笔试，这年偏又碰上临床，盛夏的手抖得厉害，做开髓时钻口竟然歪斜了三分之一，她停下来，戴着橡胶手套的手一直在白大褂里摸索，她想，要不要这时候给人家递上红包？她的汗珠顺着额头浸下来，再抬头，看到一双凌厉的眼怒视着她，她怯下来，哆哆嗦嗦地完成她的项目，回家倒在被子上大哭一场。

妈安慰她，前前安慰她。前前自从父母和好后，人整个儿好了一截，不再让盛夏犯愁，代替了还在褓褓里的妹妹的小棉袄功能，安抚着一直相依为命的母亲盛夏。

"再考不成吗？总有那么多机会呢！"前前拍着妈妈，搂着妹妹，"你看，后后笑话你呢，后后都不哭，咱妈哭鼻子啰！"

盛夏起来，抹泪，看着前前。前前的眼睛越发斜视得厉害，曾经医生说再长定形就可以直接手术的，也还是得再等几年。他现在成绩这么差，已经休学在家。盛夏就是吃了没有文化的亏，所以内心再有豪情壮志，也凌云腾飞不起来。盛夏叹口气，外面是吓得人魂飞魄散的叫门声。

小江还是不改从前，而且越发变本加厉。现在在工地，每天监工完后，无所事事，又开始了烟事、酒事、牌事。一圈"江经理"叫下来，小江得了意，春风满面。好风凭借力，拿什么上青云？当然是酒，白日放歌须纵酒，青春作伴好还乡。他真的是被人抬着一趟一趟送回来！

盛夏看见被人家扔在楼道里的江经理——不敢抬上来，前几次来帮忙的人被盛夏骂得狗血喷头，好像是人家哄着江经理喝成这样子，还不算小三轮送过来的十块钱！盛夏气得跺脚，踹他，踢他，撕他，咬他，小江浑然不知，还在云里雾里，对酒当歌！

天冷下来，寒气逼得人一阵紧似一阵的冷。妈在楼道劝她，算了，你拉他上来，你让前前给替把手，把他弄上来。

她拖着他，像拖着一头死猪，小江的裤脚里有很重的尿臊味，冲着盛夏的鼻尖。前前冲下来，笨手笨脚地往上拽爸爸，后后在哭，妈妈跌跌撞撞地跑去哄孩子，好像绊了一跤，盛夏听到碗盆茶杯碎在地上的声音。盛夏想跑上去扶妈妈，结果被小江沉重的身体带着摔倒在楼道上，妈妈传来"不碍事不碍事"的回答。盛夏流下眼泪，这日子怎么过下去啊?!

六

1

在给他们讲解的空隙，陈生总怕冷落盛夏："你试过一次没有？种植牙？"

盛夏终于点头，在祝医生面前，在蒋姐刘哥面前，她总不至于太过寒酸——技术的寒酸："我种过，给我妈试过，有两年了。"

祝医生斜了她一眼，蒋姐微笑着点点头，刘哥笑道："也不错啊。"盛夏感觉到众人对她的不信任，加了句："我妈说还行的，前段时间有点松，我又固了下，现在还好。"

陈生不置评论，耐心等她讲完，然后说："母亲有八十了吧?"

盛夏点头，多少有点感动，他至少记得她的某些事情。陈生接着说："老人家的牙，就像一块腐朽散掉的老门，我们要种牙在里面，那是一毫米的差错都不能有的。"他顺手用桌上的一块模具比画一下，"好像一枚铁钉，你要找准这扇门最坚固的地方，才能钉进去。一个八十岁老人的牙，我们得做好几次 CT，反复测量到最精细的位置，然后要相当熟练的手艺，才能成功。"他指一下祝医生，"祝医生要做，可能心都得提着，要几套可行性方案，她可是临床专家，似乎也没那么大的信心吧?"

祝医生在一边微笑附和。蒋姐和刘哥都点头。

陈生仍说："你一直胆子大，这个也非常好。但是，有时候，光胆大还是不行的。我们行医之人，还是需要技术和实践来支持的。"

盛夏不好说话。场面稍微冷清些，大家也不知道怎么接话。祝医生仍旧拿着一套模具在问她的问题，陈生忙仔细解答，蒋姐和刘哥在旁边也讨论着。盛夏觉得如芒在背的难受。他们热烈地交流，无视她的存在，她融不进他们的繁华里，看着浪里白条的鱼儿多么欢腾，她只能在海边发呆。

"你现在应该有三张床，我记得上回你短信告诉过我的。"那熟悉的牵扯过她的心的世界上最好听的声音传过来，她愣了一下，一时没反应过来。"盛医生……"他轻柔地叫唤她，以为她没有听懂他的话。

"是的，家里有一张床，县里面有两张床。"她骄傲起来，想着那些那么依靠她的病患，她走之前都安排妥帖，有人要过来再试一下牙模，有人还要做填洞，有人先上了消炎药。那颗智齿不能再要了，好吧，十天后，她返回来，一一给他们解决。她穿着卡腰的白大褂，侄媳妇从网上给她买的，腰两侧还有带扣，特别知性，妩媚却又不失端庄。

"都是你一人弄吗？家里是什么意思？你不在县里吗？"陈生又问。

他老是弄不懂她的河南话，就是听明白了，也不理解话的含义。"家里是指农村老家，县里是指我们县城啊。"她也嗔怪他，为什么每回解释都这样困难。蒋姐听明白了，"哦"了声，又给他解释一通。陈生问："那家里和县里离着多远的距离，你怎么分配的？"

现在有了四轮电动可方便多了，去一趟也就三十分钟，原来骑自行车，多少有些累，要花两小时呢，一周去家里两次，另外五天都在县上。没有休息天！家里的诊所是和哥哥合开的，病人先约好，她去的两天全部一起给他们解决掉。现在跟着她做的是哥哥的大儿子，原来是学计算机硬件的，因为实在不喜欢（也许是怎么学也没学明白），还是遵循家里的传统，行医问诊，跟着小姑学口腔科。但是无论家里的还是县上的，都只认她，盛大夫！所以没办法，她疲乏倦累，但看着那么些信任她手艺的脸颊，而且还有口口相传慕名而来的新患者，张着嘴，把一腔的牙齿的命运全部安稳地交给她，她有什么理由不快乐？！

"你没行医资格，没行医证，你怎么可能开展这些业务啊？"连蒋姐都有些惊悸，张大嘴看着她。祝医生说话的样子很不屑一

顾，那是，她是完全记起她了，不然不会在这时候把盛夏的老底丢出来，现眼给大家。

陈生摆摆手道："我一直在给这些医生讲你，我一直觉得你是让人骄傲的典型。你是真的挺厉害的！你们没看过她的技术，你们没见过她临床操作的手法，她是真不错的！你一直了不起！"陈生看着她，眼里飘着淡淡的光，"我只是希望你，能更上一层楼，把种植牙也开展起来。不光是挣钱的原因，主要是不要浪费你的天分！"他眼里的那道光一直在燃烧，并不灼人，却给了她无尽的光明，够她几年的痴心妄想和辗转难眠了，可以让她撑下那些无数难熬的岁月！

<h2 style="text-align:center">2</h2>

哥哥在益民行医终于惹下官司。说"终于"，是因为老盛家几十年行医历史上，从盛夏祖父那一辈到盛夏父亲那一辈，再到盛夏他们兄弟姊妹这一辈，叔祖、伯伯、堂兄弟，全没有摊到过这种医疗死亡事故。来人也才五十多岁，喝多了酒，晚上闹得厉害，家里人把他拖到盛夏哥哥的诊所，盛大哥对这类患者见多不怪，起身披衣，吊瓶点滴。正值荒鸡中夜之时，天漆黑一片，所有人睡意正浓。看护的家人也瞌睡不醒，倒在椅侧，待想起时，来人已经全身冰凉，没有知觉。

都是乡亲街坊，说到谁的责任也不顶事，到底人死事大。哥哥一下子老了一截，摊给人家五万元，免掉官司，最主要的，还想倚撑老名声，再在家里重整旧日雄风，依旧治病救人悬壶济世。但，出人命的老诊所，怕是不能再做下去了！

盛夏只好摆下身段，求到婆婆这边来。还是原来的说法，想赁婆婆现在的位置给哥哥做诊所。婆婆现在住的地方更热闹了，已经是二级公路的分岔口，人来人往。她想让小江把自己原来的房子调换给公婆，老人家住村里也许更方便。盛夏扯了前前和后后，买下大包小包的营养品给公婆，很多年她几乎不想和老江家的任何人来往，这下免不了的闲言碎语，说的话能把她淹死在那些唾沫星子里：还在打老人的主意？为了给娘家兄弟收拾残局，什么心思也能想出吗？终于低头叫老人了，前一段还傲着说和小江没复婚呢，再不是江家的儿媳，不是后后也随她姓盛的吗？到底真不要脸……

盛夏不吭气，破釜沉舟，一意孤行。妈妈眼睛看不见了，体力越来越差，老盛家就哥哥这么一门独子，能帮上哥的，她怎么也要帮，就是真觍下脸又有什么见不得人的呢？一个农村长大的女子，真把颜面看得有那么重吗？

婆婆倒好心，叹了气，左手抓前前，右手搂后后，老泪流下来，很快应承了。盛夏开口叫娘："娘，诊所算我和哥合开的，我在这边也支张牙床，租费按市场价给你们，只当我给的零花钱。"

婆婆说："自己家人，谈什么钱呢？让人笑话。我们不也住着你原来的房子吗？家里人说起来，就是我自愿换给你的。"

"娘，钱是一定要给的，也不光我的，我哥总得给的。"盛夏也流下泪来，搂过婆婆，"我得给您好好看看牙。"那天她给婆婆清理了几颗牙，又取了牙模，再固齿。婆婆一直也是受着苦，没吃过什么好东西，到现在不沾荤腥，只喜面糊糊。盛夏倒惊叹婆婆一口不错的牙。两下里和好，把多少年的龃龉消除殆尽。

哥的大儿子就是这年开始跟她。盛夏两头跑，两天家里，五

天县上。没什么特别的节假日，只要有生意就做，价钱比较低，也从没打过小广告，以为是那些豪华牙科诊所口腔医院漏下的残渣，随便捡一下，也能解决温饱。没想到名声大起来，越传越广，生意真的好起来了。

以为云开见日的时刻到了，不承想还有乌云罩着她。

前前的抑郁症时好时坏，后后大了，却老是头晕，而且怕晒太阳，到郑州查不清，又到北京，这下确诊，说是地中海贫血症。盛夏头晕目眩，不知怎么会摊上这样一种病症，回来后哭完就和小江吵，说是小江的酗酒吸烟害惨了两个孩子，小江也生气，为孩子的病痛折磨得难受不堪，反唇相讥说是盛夏胡乱用药物自行流产多次，让两娃儿生下来受罪。两个人吵到绝望处，又胡乱打一架，鸡飞狗跳，硝烟四起，妈妈在床边抹着眼泪，前前斜着的双眼发直，不知聚焦在什么地方，后后躺在床上，无力地喊着头痛。小江摔门而去。

诊所里，盛夏还是按下自己所有的苦痛面对病患，他们是她的衣食父母，也是她的精神支柱。她靠他们的信赖把自己维持到现在。有时候门口会来两三拨人，张口怯声地叫她嫂子，现在她一概不理。早前，她还对他们客气，结果全是小江工地上的民工，一年多的薪水没给他们结了，只能摸到江经理的夫人盛大夫处，看能不能讨点工钱回家。

盛夏一腔的怒气。小江自己的薪水都没见拿回来过，她有什么能耐帮这些人？开始倒同情，也还从诊所的小抽屉里拿出五十一百地塞给人家，权当救急，想想人家一年多也是白干的，怎么回家过年？怎么给家人交代？后来就冷了心，她不是不帮，而是真帮不了。这是什么房地产公司？房子那么漂亮，卖的价一天比一天高，竟然不支付这些把楼垒起来的工人的血汗钱，这有什么良心？

小江到处躲，他也被诳住，竟然也找不到这个本家的亲戚，吃喝都是一流的馆子，为什么就不能把钱发给这些工人？

盛夏不想打听小江的下落，有时候心里狠毒地想，权当这人死掉了，眼不见心不烦。偶尔传来小江的消息，说仍旧嗜酒，仍旧吸烟，还是爱赌。现在又闹上另一毛病，爱买彩票。从来不学无术的他，倒研究一堆数字，中了些小钱。传闻总多是真实的，盛夏叹气地想，小江一辈子也就指望天上掉馅饼砸在他身上的事。他真是太懒惰了！

然而，馅饼终于有一天来了。他回家，仍旧是个小年夜的晚上，这时的冬天不像原来那么冷，很少下雪，只是寒风瑟瑟，冷风吹到人骨头里去。

他潇洒地从一个荷包一个荷包拿出一沓又一沓的百元大钞，红亮亮的颜色，铺满了乱纷纷的床。后后在床里，妈妈偎在床栏边，前前在右侧，盛夏在左。一堆钱从小江身上的那些荷包里变出来的时候，差点亮瞎大家的眼。他嘿嘿地笑，诉说自己的好运，如果再听下注点老板的话，买个全套餐的，他这回要拿出的本应是一千万！盛夏吞咽着唾沫，双手轻轻地抚摸着这些可爱的钞票。她有点不相信眼前的现实，这怎么可能是小江挣来的？这怎么可能是专门给她的？她从来没见过这么多钱，她该怎么用这么多钱？她有点糊涂起来，喜极而发蒙。前前的抑郁症，后后的贫血症，妈妈的眼睛，还有房子，他们可以在夏县先买所房子，那么，都不用愁了……

盛夏就是在后几天又碰上的曹老师。曹老师没显老，还是一

样的嫩皮细肉。为什么每家医院的医生都是这样嫩皮细肉的模样？曹老师说，你总得去学种植牙技术，这是发展方向，怎么样做下去，这个都是得碰的。曹老师写了对方的联系电话和地址，这个人是种植牙方面的专家，你去找他学习学习。

她就是这样认识陈生的。她揣了钱，在罗湖口岸，第一次见上了陈生。小江一直拗不过她，盛夏说，有了钱，就什么都可以办的。种植牙是要钱的，不投怎么会收获？鸡生蛋，蛋生鸡的道理，你总该懂。

她在香港待了足足七天，待满持通行证的最大限额天数，吃住在陈生家，学习在他公司里，她从没见过香港别的风景，什么铜锣湾星光大道紫荆广场，什么奶粉港药化妆品。她拖回来一台牙齿种植机，花了三万多。陈生说，得配着 X 光机看牙槽才能用的，种牙前一定要先拍 X 光，你有 X 光机吗？

七

第二天，大家分乘两部车去落马洲火车站，陈生、祝医生、刘哥、蒋姐一辆，陈太带盛夏一辆，在火车站汇合。陈太不过去，和盛夏言别，陈生把盛夏带过关，他们四个便到罗湖转车去广州参加世界牙科论坛，盛夏已经被安排好，在深圳等他们，三天论坛结束后，陈生看能不能接盛夏从深圳再去香港，他要一对一地当面教她。

陈生说："要不要我在深圳帮你订间房，你先在深圳玩几天？"

盛夏笑着拒绝了，语焉不详地告诉他，她在深圳有亲戚，可以在亲戚那边住几天，然后等他消息。陈生太忙，也顾不及细间，一伙人到了罗湖站就分手，盛夏远远地看他们几个忙碌地往深广动车赶去。

她孤零零地落下单来，想了许久，给小江的某个外甥女打电话。那外甥女在一家工厂做质检，离罗湖有些距离，风尘仆仆地过来接她，安置在工厂六个女孩一间的宿舍里——正好有张空床。盛夏忙安下身来。

走道里总有股霉味、酸腐气、汗臭气，过廊里密密麻麻肆无忌惮地挂着女孩们的衣裙和内衣三角裤，奇怪的是，倒没有那种清水般透明的丝袜。盛夏回想起那短暂的卫校学习时光，似乎也有过同样的日子，但是气味没有这么汹涌和腥潮，这个时代前进的步伐太快了。

她哪儿也不想去，只躺在床上研究她的微信。4G 的信号有时候不大好，这一趟出来，大约又花费了些漫游的上网费用，她翻看那熟悉的人每回在朋友圈晒出来的消息：他们到达广州了，下榻酒店了——好像挺不错的酒店，他在朋友圈里晒那干净的被褥，还有咖啡桌旁一面附庸风雅的书柜。他到底和别人不一样，他喜欢这种带书籍的房间，书香把他熏得不大像个商人，他现在逼仄的房间里仍砌出一面墙来堆放各种书籍，医学类的、文艺类的，甚至还有油画类的，甚至还有一堆外文原版的。陈生告诉盛夏，他现在正装修的家，专门辟出了一间书房来，他有自己的书桌，有三面墙的书柜，他秀给她看快成形的书房模样，深咖啡色的油桐木，书柜书桌书凳的颜色全是一式的，他仍旧崇洋，行的是欧式的风格。她羡慕地看着他房间的照片，为他终于在这么多年的奋斗后能有一间属于自己的房间而高兴。

第二天，论坛开始了，开幕式、各种演讲、各种讨论、和国

外专家同行们的互动合影、最新牙科技术的汇报、世界牙科的发展方向。盛夏歪在那架小小的狭窄的单人床上，一刻不离她的手机。外甥女工作回来，睡觉时，小心地问她："小舅妈，我带你去逛逛吧？"盛夏微笑着摇摇头，哪儿也不想去。她屈身在那狭窄逼仄的单人架子床下，紧包的裙身，不走一点光，穿着丝袜的双腿，妩媚地叠放着，呈现出一种优雅的曲线来。

"小舅妈，这么热的天，还穿丝袜吗？我们都是光腿的。广东人，连穿皮鞋和靴子，都是光脚的。"外甥女笑一下，"这样才是最时髦的。"

外甥女是大姑姐的女儿，来深圳有两年，这年春节刚相过亲，男方给的礼钱在整个西关是开天辟地的数额，把档次一下拉升上去，大姑姐相当得意。男方一直在催嫁中，估计过完下一个春节，就要过来迎娶，已经在夏县县城买了房，盛夏还跟着去看过，不错的两房两厅，阳台也大，男方好像在外多年，置足了家底。然后，生孩子，养孩子，再生，再养，到一定时候，还会想着出来再干一段，然后，再回去，守着儿子女儿，给他们再带孩子。夏县现在不错，新建两座漂亮的公园，沿着人工开凿的湖道植了绿柳。外甥女的话，倒让盛夏想起来，一路坐火车过来，是没见谁穿丝袜的，还有陈太、祝医生、蒋姐，她们都是裸露着白腿，装在一双双各有特色的鞋子里。盛夏皱皱眉，这世界为什么都不认真地装扮了？

外甥女倒是有点敬畏这个小舅妈，听妈的吩咐，对盛夏格外恭敬，也使劲出力想讨好她。家里人都知道这个小舅妈有些难对付，她对小舅的要求未免高了些，所以过生活一直在瞎折腾。这是外甥女和妈妈拉呱时，妈妈有点不屑的原话，但家里那么多的婆娘，一样地过下去，也就小舅妈让他们这些晚辈聊起时，多少有点让人感觉不一样。就像她腿上的丝袜，那么拘谨庄重的装扮，一点也不随意的，那么把自己当回事的，便是那些高档写字楼里的金领才有的排场了吧！

妈叮嘱她："你带你小舅妈好好玩下，她也没怎么出过门。说起来，你小舅真疼她，那年买彩票中的钱，全给她，还让她一趟一趟去香港。我们谁去过香港？"

外甥女应诺着，想着自己在这边也有两年，从没去过世界之窗，也从没看过深圳的海，更别提香港了。

过了两天，论坛结束了，微信朋友圈里传出陈生的消息来，他们在吃饭，热热闹闹的，收拾东西，打道回府了。盛夏又紧张起来，开始等他的电话，他和她的相约。

晚上，十点多钟，陈生电话过来："还没睡吧？深圳玩得好不好？……唔，我想了想，明天开始我得收拾新家了，事情实在太多，都搅在一块儿……还有两个孩子，马上那边的录学通知就要过来了，我得办好些手续，然后陪他们，一个英国，一个德国。有段日子要忙家里了……我怕这趟顾不过来你，不能专心教你……那行那行，下次有空你再过来，真是抱歉！"良久，那边等她挂了电话，才把电话也挂掉。她只是有点发呆，忘记他的礼貌和修养，醒过来的时候，迫不及待地按断电话，像每次通话时一样。

她马上买车票，都十点半了，硬要出门。外甥女只好陪她，幸亏最近的那个代售点还开着，反复查，只有第二天上午十点多有一班到商丘，但只有站票，连座位都没有。她火急火燎地买下，根本没顾虑那二十多个小时的无座的旅程。

盛夏走得匆忙，连头也没回，她仍旧不知道深圳是什么模样。和来的时候一样，她回到原来的车站，登上把她拖运过来的那趟回程列车K106，一站一站地重新把来时的路再走一遭。

她多少有些失落，但没觉得此来白搭，她只是想见他，她不是见着了？

没座，真的是挤得满满的列车，她靠边放好她的行李，穿着整齐的套装，也是网上买的，才60元一套，侄媳妇帮她选的，深酒红的颜色，纤维面料，稍有些厚，但因为剪裁还行，不易皱，而且因为素色，倒也略显得几分高档。盛夏不戴首饰，只脖间围了圈18K玫瑰金的细链，一粒假钻正好吊在锁骨交叉处，显得多少有些妩媚。她这样的装扮，只能屈膝，小心地蹲下，把自己的身体蜷在车厢接缝处，那里是无座者最好的位置，旁边有两个男人也占了位，大大咧咧地坐在地板上，他们倒不脏，只是有些这种天气下难免的汗臭味，在越来越密闭的空间里，更加浓厚。盛夏不嫌弃，她也是村里长大的女孩，也在小江身边过了多少年，她熟悉这些味道，从不曾因为自己是所谓的盛大夫而嫌弃过他们的体味。旁边的男人们看她一眼，怕打搅她，还特地把身子朝远处挪挪。盛夏感受到人家的一丝体贴，终于能坐下来，丝袜好像撕裂了，开裂的小口像滋长的小虫一样在她修长的腿上爬开。她咽口唾沫，不再想脚上的丝袜，又打开手机，看她的微信。

大姑姐其实这会儿在给外甥女通话，叹着气："就走了？没再过去？说好的要再过去买台什么X光机呢？这也好，又省钱了。都说那什么陈老师是骗人的。上次骗她三万多块，买回一个没用的机器摆在那儿。我们这边谁会去弄什么种植牙？要真弄，也不会在她那种小诊所弄。人家有钱弄种植牙的，会去商丘，会去郑州，会去北京的。唉，你小舅挣的一点钱，都被她糟践光了……"

她是想来买台 X 光机的，她来之前就说好了，也许还个价，他作兴三万元便宜些卖给她的。他代理的这个品牌，这两年越发销售得不错，在大陆很有些名声。她能看出他的变化，他太太现在也有了部奔驰，他们还换了套这么大的房子——在寸土寸金的香港，盛夏再孤陋寡闻，也知道这是真赚了钱的标志！

她本来是计划好的，这回买了 X 光机，再好好跟着他学几天。那天在晚宴上，当着蒋姐刘哥的面，陈生不光答应了，还逼着祝医生应承下来，如果盛医生有种植牙的个例，让她一定赶到夏县，给盛医生现场临床去。陈生说，你聪明，胆量也大，学几次后，马上就能上手的。

现在，盛夏坐在车厢地板上，两眼甚至看不见外面的风景。她太忙了！

列车轰隆轰隆地朝着她真实的生活前进，马上，她又得面对自己的夏县、自己的西关、烂醉如泥的小江，现在又有了彩票梦的爱好、时好时坏的前前，那根总想自我了断的弦一直绷紧在盛夏的心上；后后的地中海贫血症，总会在太阳下晕厥的身体；母亲越来越差的体质；当然，她还有那么多等着她回去解除他们苦痛的病患，生活中还有那么多能让她感受到活着的美好和价值的事物。她平常不做梦，累得半死的日子，忙里忙外哪有工夫做梦？

她翻着微信，真好，现在世上有这种东西，呈现你喜欢的某个人的生活，只要他愿意，你就可以掌握他的任何蛛丝马迹。他在秀他的家具，在秀他已经初具看相的新家，在秀公司里他和新的买家的合影，是广州论坛刚认识的，又签了好几单吧？在秀他跑儿子留学的资料——他说"天梯"，但洋溢的是美满和幸福。

旁边的人抽上了烟，几个人坐在地上吞云吐雾起来。有位大姐过来放热水烫碗面，很不满地说他们几句。他们没吭声，也没灭掉烟火。有人等大姐走后才抱怨一声，不是就这里可以抽抽烟吗？怎么都改成无烟车厢了？那人活着还有啥滋味，走一趟快三十个小时，我蹲着屈着跪地上，你总得让我有一点点的快活吧？这些坐着的人不知道没位置的人的苦……

她仍旧翻着微信，从头到尾地又看一遍他的所有。两年前在阳泉他教她用上微信，他们互加朋友，至今，他不知道，谁也不知道，她的微信朋友里，只有他一人。

他向全世界秀着他的忙累、美满和充实，他可能都不记得她有微信，她从来不点赞，不转发，不评论，不发布任何消息和链接。她躲在暗处甜蜜地看着他，她从来没奢望他注意过她，更没奢望他喜欢过她。

火车咣当咣当地走了一个多小时，还有那么长久的时间要挨过。边上的人仍旧在偷偷地吸烟。有什么关系？那么难熬的日子，长久的累和乏会等待着他们，坐也不是，站也不是，不能睡，不能醒，小小的一点犯规算得了什么？

她舒了一口气，靠在坚硬如铁的厢壁上，闭起眼睛。坐得相当不舒服，她的丝袜已经裂了一条整齐而刺目的缝，有点不知羞耻地炫耀地贴在她的美腿上，她抿着嘴唇，坚持着。还有一整个白昼和无尽的长夜在等着她。她想着陈生对她这两日的所有分分秒秒，那些画面，那些情境，他对她的笑，他对她的温语轻言，他对她的一点凝视，他对她的每一个在意，又可供她咀嚼回味多少时日，打发她回到夏县的那么多平凡而乏味的光阴？

瑞 贝 卡

1

向丽上午接到电话：老徐从广州过来，在深圳留到下午，想和向丽约下。向丽满口答应，本来还计划好带老徐去盐田吃海鲜的，老徐总是叽歪广州的海鲜没有深圳这边新鲜生猛，已经给常去的那家海鲜舫订了座位，结果临到十一点，接到李想班主任电话，说李想有点发烧，让向丽把李想接回去，好在下午也没什么主课，不来也行。

海鲜舫泡了汤，中午只好在家请老徐，随便炒两样小菜，单给李想炖道蛋花羹。李思中午也回来，扒拉着碗里的饭，没有小时候和老徐那么熟稔，但过了一会儿，还是询问老徐家那儿子的情况：成绩啦，学校啦，和同学的关系啦……老徐笑着慢慢应付他，摸摸李思的后脑勺。李思大了，有点想躲，但知道老妈的这个老同学是自小就亲的，腼腆地笑笑，若有所思地又去夹筷墨鱼炒肉丝。妹妹李想看来病得根本就不重，在饭桌上一直唠叨个没完，不停地取笑哥哥。李思端不住，终于和妹妹唇枪舌剑起来，

两个人在饭桌上越吵越厉害。

老徐有些羡慕："到底你们好啊，愣是生了俩！羡煞我们这帮同学了！"

向丽懒懒地笑："我一直在想，什么时候他们长大了，我好熬出头呢！"发下呆，她又小声地嘀咕："熬出头的时候，恐怕我也没心力干别的事了。"

老徐和向丽是从高中到大学的同学，彼此太了解，虽然联系频繁，但还是不知从哪儿下手劝解她。最近几年，她们来往少多了，即便一个住广州，一个在深圳，但都忙。老徐的事业越来越顺手，又结交许多新的朋友。向丽自从有了李想后，就一直待在家里相夫教子，用向丽自己的话来刻薄地说：全是给李家做牛做马了。

吃罢饭，两个孩子午睡。老徐帮向丽打扫餐桌。这是间老旧的高层住宅，说是三室一厅，但因为早期的设计，结构都不大好，几个房间都小小的，挨挨挤挤，通向外部的窗户都能和邻家对着眼，好像没有私密一般。老徐一边擦手一边朝厅里的外窗看："这家又换人了？这回又是干吗的？"向丽住19楼，1901。老徐说的是旁边的1902，这家连向丽也没见过业主，常年出租，搬来搬去吵死了，有一次还碰到一个暴露狂，每天洗完澡，亮了灯，赤着全身在厅里闲逛，后来她发动业主委员会，直至闹到房东那里，才勉强搬走的。老徐嘀咕向丽还守着这旧宅，向丽的解释不外是这房子是学区房，顺着孩子们住在这里。

老徐笑："顺着孩子——们？不就是为着李思嘛，你们家就是重男轻女的。李想的户籍还没转过来吗？"

向丽说："罚款太重，也觉得还没必要，再过两年，可能政策有变化了呢？"

老徐嗅嗅鼻子："什么味儿？真难闻。刚才吃饭时我就闻到了，没好意思说。现在这味儿太大了。"他朝窗户那边再望一眼。

向丽叹口气说："就是这家，可能养着狗吧，好重的味儿！"

老徐摇头道："这看着不像养狗的，倒像贩狗的。你看，一条接一条的，有几条还关在笼子里呢……"

向丽苦笑道："住这里这么多年，什么邻居都碰到了！"向丽不想接老徐的话茬，总是那一套：你们至于过这种日子吗？不是有套复式楼吗，准备让它烂掉？也别太把孩子当个事儿了，我们也是这样过来的，为孩子牺牲太多，大家压力都大。

2

下午李思上学，李想说再睡会儿，然后看看电视。因为老徐的到来，向丽不好斥责女儿。老徐不让她送，说自己再去华强北办点事就要回广州。向丽一直送到路口，看老徐的身影消失在钢筋水泥的建筑群中，她愣了一会儿，觉得出来一趟还真不容易，自己就往地铁站去了。

走到购物公园站，她顺着商场里面的路走，这个下午不知为什么这样有闲情逸致，许是老徐的到来刺激她哪条神经了？她一点也没惦记在家里逃学看电视的女儿，就一家店铺一家店铺地慢慢逛过去了。

试了好几身衣服，码数都合适，还是导购小姐都艳羡的 S 号，但向丽的劲就是提不起来，觉得衣镜里穿着华服的那个女人，怎么看怎么怪异，生生地就像衣服套在一具没有感觉的冰凉的木头上。有个女孩子点透了她："姐，什么都好，真配你的气质！你再把头发打理下，就更光鲜照人了！"

头发！对，问题就出在头发上！

还没到四十五呢，向丽的头发就有点秃，最近掉发愈加厉害，一缕一缕的，没敢怎么梳，就用手轻轻地一挠，一大把就下来了。

她朝着那家假发店走去。据说是家很有名气的店，知名女星做的代言人，一会儿长卷，一会儿波波，一会儿栗黄，竟然还有亮紫色！

瑞贝卡！竟然是这么个名字！

向丽坐下来，由着那个长相甜美的，她一直没分清是男孩女孩的造型师给她选各种假发，一次一次地变着模样：她头一次发觉，真的，长这么大，她真的头一次感觉到，不同的发型，把整个人都改变了！发型的魔力竟然如此大！

瑞贝卡！为什么叫这个名字呢？它的创业者当初为什么会取这个名字呢？

向丽很小的时候看过一部黑白电影，美国的，《蝴蝶梦》。她一直记得里面有个神秘的女主人，一座巨大的庄园，数不清的房间，举止得体的女佣，训练有素的仆从。是两个相当有名的影星主演的，男的有贵族的典雅和忧郁气质，女的拘谨而美丽，但可怕的导演，他让这两个生龙活虎的明星败给了那个从未现身的女主人：瑞贝卡！生生地让向丽震撼于这部片子里那个从未谋面的掌舵者。

她还记得看这部片子时给她那喘不上气来的巨大压力，想探究谜底的极度的好奇心。她甚至都不太在意男女主人公那多少有点美妙的爱情，那部片子悬疑的主调，扣人心弦的逻辑推理。瑞贝卡，她像条阴影一样，存在那幢庄园的每一处，她的衣服，她的用品，她对所有人的控制。是的，所有人，包括银幕下的，那个黄皮肤梳着马尾辫的紧紧咬着嘴唇的中国小姑娘。

瑞贝卡，笼罩在她头上，围绕在她周遭。

不知道瑞贝卡的长相、身材、发色，所有的一切只是旁人的描述：美，艳，让人窒息的气质。银幕下小小的女孩叹为观止，像一把匕首刺中了她的心。

"可以吗？"发型师摆弄着最后一顶假发。深褐色的，带点粗糙的大波浪卷——卷的力度如此漫不经心，就好像快要凋谢的花儿一样，符合向丽这个年纪不过分装饰自己的心态，而且，不招摇。

"好的，就这顶吧。"向丽在镜子里看着自己。瑞贝卡在她的头顶，和她的头发纹丝合缝地连在一起。

3

李建平挂断电话，愣了半天也没缓过劲来，过了很久，拿桌上那盅工夫茶，抿到唇边，才发觉早透凉了。

大学时期，班里每个同学都有绰号，大都是一年级下学期起的，因为那时候同学都混熟了，彼此的优缺点都显现出来，一般来说，绰号都取得挺形神兼备的——到底是当时的天之骄子的作品。只李建平，绰号不停地改来改去，开始叫"外星人"，因为当时他眼大、脑袋大、身子瘦小，有点像那会儿挺流行的片子《ET》里的主角。后来到二年级下学期，大家又改唤他"耗子"，

因为那段时间他得过一场胃病，胃出血，本来就瘦的身子，因为病的折磨，让他的嘴有点往前突，像一只谋食的老鼠。到三年级下学期，他又被叫作"十八子"，班上姓李的有三个，不知为什么偏把李建平叫成这样。到快毕业的时候，他被唤成了"阿福"，一直延续到现在。

"阿福"是因为他的福气。华工8431班的每位同学都不得不叹服李建平的福气：胃出血的时候，正赶上省里大学生报特困指标，卧病在床的阿福全票当选；华工南门小餐馆的吊扇砸下来的时候，坐在它正下方的李建平嫌清水面上得太慢，无聊地起身去把手里的瓜子壳扔到外面，躲过这一惊心动魄的劫；快毕业的时候，他和小一级的师妹确定下纯真的恋爱关系——多少玉树临风的帅哥都没把握住呢，偏他，牵得美人归。再有，就是后来了，一桩接一桩地证实了他"绰号"的合理性：他分到深圳；第二年，鱼雁传书、缠绵一年多的小师妹也分配到深圳——两个分属贵州和河北的外省人，竟然被国家分配到了改革开放最红火的前沿城市；离开国企后下海经商，他又轻轻松松地几乎空手套白狼地赚取第一桶金，类似事情不胜枚举。可能就是在生孩子的事上有点不顺，他和向丽结婚算早的，但向丽一次又一次流产，总算在同学们的孩子普遍七八岁时，保住了李思。按一直流行的观点，阿福还是有福气的，毕竟是个男孩子。结果几年后，早辞职的向丽又怀了孕，没被计划生育的观念洗脑，可能仍旧受前几年流产的痛苦影响，一口气愣是生下了李想。这下，阿福的名声已经在8431遍地开了，人人嗟叹：就他有两个娃儿，还男女双全，足足凑成了"好"字——这是多少中国城市家庭很多年想都不敢想的事儿了！

瑞贝卡

189

李建平推开冰凉的茶盅，叫秘书给他重新添置一壶热茶过来。秘书是从老家带过来的，追根溯源也算是一门远亲，当时过来当小保姆用的，帮着照看李想，后来就这样留下来，学了财务，学了办公室自动化流程，一边帮着照看李思李想，一边协助李建平做些杂事。李建平后来做路桥项目，就一辆VOLVO的XC CLASSIC，杂务全交给秘书管理，打一枪换个地方，在当地招路桥工，和上线的账务往来、薪水的明细，甚至包括给上线的打点，全是秘书一手操办的。老徐有次取笑李建平："你真是亏得'阿福'这个名声！一个小保姆也能被你调教成全职文员！"李建平附和着笑笑，想自己也真是担待得起这个绰号，人家公司开得红红火火的，却一年也挣不下几个钱，每年还得为公司员工的流失而伤神费脑。偏他，阿青做得熟门熟路，完全是自家人的意思，家务公务的杂事，都能一起包下。

阿青过来，把茶壶重又沏上。阿青就是秘书的名字。李建平看她一眼，低声说："下河滩的过江桥垮掉了，刚才老江打电话过来，说掉下去三辆车，死伤人数还没精确数字。"

阿青惊一下，还是平稳地给李建平换道热水："那江总怎么说？和我们，有没影响的？"

李建平笑笑："江总说正好批这个项目的时候他调走了。也算我们运气好，这个项目没有投上标。"

阿青点头："那现在是不是要彻查路桥项目了？……不过，江总笔下过的，没有问题吧？"

李建平想，阿青不枉跟他这几年，凡是和向丽不能说的，在阿青眼里就如明镜一般。

李想一个人在家里，把被子挪到沙发上，打开电视的网络选项，看《名侦探柯南》。妈妈老说她不像小姑娘，为什么不喜欢那些女孩子喜欢的动画片？李想问妈妈，女孩子喜欢哪种动画片？妈妈想来想去，说了《花仙子》，李想听到这名字就够了，鼻子里扑出一口轻蔑的气。

又不是上幼稚园，谁这么大了，还会喜欢那种童话？也不知道妈妈当年是怎么考上大学的——据说他们那会儿还是千军万马过独木桥，上个大学可真是了不得的大事，何况还是国家重点大学呢！

可是，《花仙子》——我去！

从那名字里就知道你能看到啥！开满鲜花的世界，安徒生童话，所有人都良善，所有人都把你当洋娃娃——那不是傻瓜的代名词吗？赵小凡要知道了，会不会把嘴里的牙箍笑掉跌到地上碎成一片？

班里现在有两个女生开始套牙箍，赵小凡是第一个。老师有次问，这么早就戴，不等牙齿完全换完吗？赵小凡老声老气地回复道："再不戴就晚了。我的牙早换光了，这是我十四岁的礼物！"

李想用尖酸的口气复述这些话的时候，向丽真有些吃惊："你们现在和老师已经相处成这样了?!"

李想又用鼻子咻一口气，歪侧下脑袋，喷在妈妈脸上。

她恨死赵小凡了！

年岁比她大，个头比她高！所以，她就在李想面前当女王！

如果还在老家，在姥爷的张家口市里，李想怎么也不会败在这个贱人手下！对的，到广东来，她听不懂半句粤语，偏偏班上好多同学都讲广东话，欺负她是外来妹，她学会第一个骂人的词儿就是贱人！

　　刚来那会儿，她真不想上学，每天都想哭，她只想再回张家口，这是帮什么人啊，连雪都没见过的赵小凡，老在她头上作威作福。老师表扬李想："看看人家写的作文！她是班上最小的，还是转学过来的，看看人家的句子——大家都喜欢赞美雪的美好，纯洁的，白净的，有着所有和白色有关的无邪的颂扬，可是，'我透过皑皑雪景纯美的背后，看到的是雪融化后的泥泞和肮脏，看到的是被大雪覆盖后的人类的无力抵抗……'这是多么有思想的句子，这是要比你们多读了多少书才能写出的文章。"老师放下李想的范文，敲着她的讲台激动地说："看些日本动漫，能让你们有这样的想象力吗？能让你们有这样的思维吗？这就是差距！"老师狠狠地扫着每个同学。

　　班干部发练习本的时候，赵小凡大声地在课桌间转悠念叨："李想，李想，坐哪儿呢？"她明明知道李想的位置！然后赵小凡拿着那摞本子过来，李想的就掉在地上了，赵小凡踩上去。李想分明看得清清楚楚的，赵小凡用那双耐克鞋狠劲地在她的本子上摩擦着扭了几脚："哟，把你本子弄脏了！"赵小凡大笑起来，低头看着那个被她肮脏的脚印弄污秽的本子说："啊，我终于明白了，这就是雪融化后的泥泞和肮脏啊……"全班同学都是她的同谋，他们大笑着附和着，笑得前仰后合，像张家口每次迎来初雪时那些小伙伴的快乐的脸。

　　赵小凡会不会已经发现她笔袋里所有的笔已经全部断成两截

了？——这可真费些力气的，央求哥哥拿了爸爸工具箱里的老虎钳，又害怕，又得使蛮力。

李想抬眼看看挂钟，已经下午四点，快到放学时间了。那么，不久，赵小凡就会发现她的单车已经没法骑了：轮胎的气门芯被拔掉，轮胎上还被扎了好多小眼！

5

李思坐最后一排。他其实眼睛不好，早近视了，度数好像越来越深，而且个子也不高，正前面，有个一米八的大个子严严实实地把他挡住，往右往左，都有宽肩膀的男同学把他的视线完全遮蔽。但他没办法，老师是按刚结束的考试排名分配的座位，谁让他考最后一名呢？

最后一名！

他在小学结束时，还曾拿过省里奥数的名次呢，那会儿，他有多骄傲，而现在……他好像也习惯了，又不是第一次考最后一名。爸怎么说来着，再是最后一名，你也是这所市里甚至省里都数一数二的中学里的火箭班的学生！你要比多少人都强！你知道吗？！

他当然知道，那是爸在给他打气！怎么进这个班的，他多少还是有点明白的。这个班本来只在全市招 50 人，后来有两人，一个直接去英国了，一个去广州读华附。李思当时的成绩差了 10 分左右，按说也没多大希望，但他爸的消息就是灵通，而且，据说花钱的气量也大，他一下子就进了这个火箭班，和那些真正优秀的学生成了同学。

瑞贝卡

在一起，才知道彼此的差距，都是些尖子生啊，不知道他们的父母打小是怎么培养他们的。李思觉得自己的过去都不忍回首：奥数、写作、定向英语，然后是小号培训、围棋培训、绘画培训。还有，因为父母个子不高，先天身材的不足，逼着母亲在这个越来越以颜值吃天下的世界，让他一对一地接受篮球训练！

现在他的同学们，有两个英语已经过了雅思 7.5 分，还有几个学完了高中物理，另有十个取得了至少两届的奥数名次，可怕的是，还有几个能熟练优雅完整地弹奏复调的《卡农》。李思一直以为自己的阅读量比他们有优势，爸爸，特别是妈妈，喜欢阅读大量的书籍。从小，李思闷在家里，不和外头疯吵的小伙伴玩单车漂移，那些时光是在妈妈的书架下度过的，他看《明史》，看《君士坦丁堡之战》，看《九三年》，看《约翰·克利斯朵夫》。可是当有一天，那个长着一脸红肿痤疮的男生，轻松地和别的同学议论起《查拉图斯特拉如是说》的时候，李思觉得自己快要崩溃了！

爸爸说：再坚持一下！你已经很棒了！

爸爸若有所思地看着他，戴着眼镜的眼睛穿透李思同样戴着眼镜的眼睛，四片光感玻璃在光线的来回折射中，具象显得如此模糊，他们彼此根本看不到对方心灵的窗户。李思点点头，他知道爸的言下之意。爸信誓旦旦地说过，即便全世界都放弃他，他的父亲也不会放弃他！

李思想冷笑一下，谁会为这种虚词感动？他知道他的挫败会是父母的挫败，如果他不能顺利直升这所中学高中部的火箭班，对他父母的打击会有多大?! 他太了解这一切了。只是，他比他们还渴望能上那个班，不是名声上的，而是那种学习的氛围，他

难得有你

太爱这种氛围了：老师几乎不怎么布置作业，课后压力相当小——也许同学都会找到自行补习的方式，课本的知识已经完全不能满足他的同学们了。

他无法想象他再回到过去的日子，天天补习，山一样高的作业，只为那三天的高考而做的一切习题。他再也不能驰骋在他的书海里了——他有多喜欢看那些课外书啊！

妈妈说：你怎么能学文科？文科将来的方向只能去当公务员，当机关的秘书。所以，你为自己的将来规划，还是往商科和工科走吧，这样才有希望！

6

向丽往窗外看一眼，那几条狗在屋里蹲着，懒散的眼光彼此凝视。1902装配了防盗网，斜对着向丽家的那扇窗下，有只巨大的铁笼子，更像是监狱里关特殊案犯的小黑间，锁着一条身量颇大的狗，皮毛呈灰褐相间的色泽，怒不可遏地在笼里蹿来蹿去。向丽想，这真是训练有素啊，怎么让它们极少出声的？

味道越来越难闻了。像老徐说的，你得去告告他们了，这要是到盛夏时节，你不被熏死才怪呢！

向丽不好再找业主委员会。上回为那个裸身在家的男人，业主委员会尽管声明是单间对单间的个案，只影响向丽家的观瞻，但还是出动庞大的阵势，通过原业主把那位暴露癖给撵走了。这回，难道只有向丽一家闻得到那兽类的腥味？

她选套黑色西服，下身幸好是百褶的长裙，让她庄重下显得不那么死板和正儿八经，脚上跶双黑色小羊皮尖头鞋，小心地把

瑞贝卡

那顶"瑞贝卡"戴上，咄咄咄地敲了1902的房门。

好久，才有懒洋洋还带点警觉的女声应过来。向丽知道有人在家的，她在窗子里已经侦查过了。门小心地开条缝，向丽微笑着对着只能看到一只眼睛和半边鼻子的脸说："我是住你隔壁的，1901的。"

门敞开，向丽进去。是个挺文气的女孩子，有点熟络的笑脸，穿着一套很显身段的休闲装，忙手忙脚地趿拉着拖鞋要给向丽倒杯水喝，向丽礼貌地拒绝了。屋里的狗全警觉起来，耳朵竖着，尾巴夹起来，半边身子全都呈站立的姿势。不过，还好，全没有叫开来，尽管向丽听着它们的喉咙里有咻咻的喘气声，有种自我克制的压抑。

女孩子很熟练地叫向丽"姐"，拉过一把背椅坐下来，让向丽坐单人软沙发上，开始说个不停："姐，你是业主，还是租的？……现在房子好贵啊，哪里买得起？这是业主没怎么装修，价格还算好的，我们是租一年押三个月呢！……本来业主住香港的，不知怎么知道现在深圳这边租金狂涨，正和我叩咕要涨房租呢！……我在给他写邮件，姐你说呢，这房子可订的是一年的租约合同啊，我们也交了一年的房租啊，我们的房间只有一个房间朝阳，而且有些东西都是我们自己更换的，包括沙发、电视我们也是用自己的……我是希望业主能体谅一下我们这些小青年们，我们上有老，下有小，而且我们的工作正好处于一个不高不低的状态，好难的，姐，大家谁都年轻过的，是不是？……您和业主熟吗？"

向丽半天不能言语，只奇怪地问："上有老，下有小？"她没怎么注意这家里还住了这么多人。女孩子可能是东北的，不把向丽当外人，直接引到主卧去，真有两张床，一张双人铺，挨着一张单人床，靠窗下横放着一张木制的摇篮床，一点空间也回旋不开了。其余的房间，天啊，他们全部圈着狗，各种各样的狗，各种类型的狗！只留着厨房和卫生间，有一点人类生活的感觉。

向丽不明白，这种地方，怎么能人畜共存。女孩子又说道："外面租门面老贵了，哪里负担得起？只能先将就这样了……我们做这行，也是才起步，倒是比原来做办公室白领稍微强一点……总得活吧……"说话当口，她的QQ叫起来，她看一下，脸色大好："太棒了，业主说，那就明年续约的时候再说吧！"她跳起来，差点抱向丽一下。向丽满腹的牢骚，倒不好意思吐出来。是的，谁没年轻过呢？将就些吧，人家业主在房租这么疯狂的时候都让步了，她怎么不可以忍一下呢？

向丽只说了自己的小小的要求：不许再有那么浓烈的畜生味儿。然后，你驯服的狗倒还不错，以后也别让它们瞎叫唤。到时候，扰民了，就不是我一个人一家人的事儿了！

女孩子欢天喜地地应了。

<h1 style="text-align:center">7</h1>

李建平给刘啸一打电话，说了工作室的进展。不是特别顺，条条框框的限制比较多，而且，现在深圳的房价已经疯了，带着租金一路高歌猛唱。刘啸一是李建平上北大总裁班时认识相交的同学，一个班五十多人，最后谈得来的，或者说大家背景眼界旗鼓相当的，也就两三个。现在社会上这种班办得很多，钱也交得厉害，说起来是什么培训课程，其实说白了，就是给大家提供一

个互相认识的圈子，好多后来的转型商机，都是从这些班里出来的。

刘啸一执业证书应该是律师，而且还是受雇于政府法律援助机构的公益律师，上过中央台。他的另一个身份是心理咨询师，对心理干预有很强的实践经验，曾经去过好多灾后救援地，参与过多名受难者家属和幸存者的心理治疗过程。

李建平早不想干路桥公司了，钱倒是赚得还行，但总归不是长久之计。前年同学在上海聚会，一帮鲜衣怒马的同学里，他自忖混得也不差，不说自己的流动资产，只名下在深圳的几套房和一座两百平的写字楼也比一众同学都要强些。但当时他上铺的兄弟在那里洋洋洒言："现在有谁还干自己的专业了？有谁？没饿死就不错了！我们都在社会上混了二十多年，什么领域没有？看下阿福，"他用手指头点点李建平，像当年在上铺时一样，暧昧而无耻，"他现在不就是个包工头吗？手底下全是来来回回流水的农民工。华工的自动检控系毕业的高才生？我去……"大家呵呵笑一圈，李建平也附和着笑，还像曾经在一起四年时的样子，手劲生猛地打了他上铺的兄弟一拳头，隔着二十多年的那记拳头，凌厉而决绝。

路桥越来越不好做了。这次下河滩的过江桥，应该也会闹得很大：三辆车！晕！江总算躲过了这劫，李建平也算是跟着江总过了这劫。可是以后呢？谁能说得清这次的运气是因为江总跟着阿福，还是因为阿福的运气跟着江总了？下一回出事呢？这么多年，李建平也做过好几个项目，高速接着路面走的，倒不用担心什么，就怕这些过江过河的桥！江总心里未必没有账，工程款一批批地进贡上去，能真用到实处的还剩下多少？除了桥，还有那些隧道呢！李建平的心又紧一下。

刘啸一可能在开车，话筒连在车载手机扩音蓝牙上，有点回声。刘啸一说："没事，你先跑你那边的，总得慢慢来。你和他们这种人打交道又不是一天两天了，没关系。探探他们的口风，要什么？"

"唉——"李建平长叹一声，挂了机。怎么开家心理咨询所也这样麻烦？

多少年前大学毕业，他曾经向往过社会上的驰骋。当年他分到的单位也不错，但因为是国企，条条框框论资排辈的情况一如所有的单位，便是在改革开放的最前沿城市也没能例外，一年了，他仍旧是计划处每天清早来打扫卫生和灌满热水瓶的那个大学生，还不如后一年分过来的，在一家大型民企马上提升为技术部副主管的向丽呢。两年后，李建平实在看不到国企有任何出头之日，无奈地离职，去了一家港资企业。一路这样走过来，倒也算顺风顺水：辞职，办自己的公司，倒闭，和江总联络上，组建自己的路桥公司。存款上的钱在涨，资产也在增加，但李建平觉得心累，再也不想这样一辈子下去了，再也不想到人家离弃了祖祖辈辈家业的废墟上，建一条又一条自己开车过去都怕出事的公路或桥梁。

他想出来，用曾经赚的钱再打一片新的天下，成为在社会上被尊敬的角色，去救助那些困扰自己而无法自拔的可怜人。当然，不可能是慈善，但是医治心理上有问题的病人，总算悬壶济世的一种，而且，也体面和亮堂些。君子爱财，取之有道。李建平就想下半辈子活得敞亮！

可是，总有一层看不见的网，或者是阴霾笼罩着他，堵得他喘不过气来。

瑞贝卡

8

　　毕业纪念册样本出来了，是几个班委设计的，大家在班上传着看。

　　倒真的还挺新颖的，每位同学都占一张页面，照片不是大头照，而是各人最爱的生活照，下面是交好的同学的留言，写友谊，写最值得记忆的一些桥段，配了个人的真实笔迹，也配了小照。当然了，每一张页面底色的设计都不同。有些女神级的，底子是浅蓝底玫瑰花；有些男神级的，是青蓝的天空下闪烁的繁星；还有些配了自己喜欢的画面，有放火山汹涌喷薄的，有放火星表层的；还有一位同学，竟然放了一张弗洛伊德的照片，和自己故作沉思的照片排成一排，脑顶上散着智慧的光芒。

　　李思翻到自己的，如所有排名一样，他在最后一页很顺利地找着了……

　　李建平赶到老师办公室的时候，已经六点了。老师是个女的，戴着副黑框眼镜，人挺瘦小，但扬起脸对着李建平的时候，愠怒的表情一点也没有气势上的劣势。李建平倒不是第一次和她打交道，每回家长会后都会送老师一个红包，但这些红包并没有从根本上解决班主任对李思的无视。李建平回回暗地里骂娘，觉得班主任比江总更不是个东西。

　　李思站在办公室里，垂头丧气，瑟瑟发抖，看见爸爸过来，更是把身子扭成一团，好像要缩成个隐形人，不被父亲看到。

　　班主任严厉地让李思到教室里等着，用鼻子点一下办公桌前的圆脚凳，示意李建平坐下来。

先说一通要直升到高中部的话：英语、物理、化学、数学，李思没有哪一科是有希望的，除了语文，这孩子的文言文还不错，但现在毕竟是 21 世纪，中国目前的教育不可能倒退着走，中国现在全面学习英语，有些孩子托福考下 102 分，在课外报班学习第二外语呢，所以，文言文再好，大约也没什么特别的用处。考虑一下，不要浪费时间在火箭班了，他们基本上都不上课本内容，已经铆足劲去备战奥数奥物奥化，李思就不要陪练了吧？耽误时间，怕连普通高中也进不去。

班主任面无表情地推推她的黑框眼镜，李建平研究下，应该是 Markus T 的，绝对正品，国内市场价至少五千元往上走。她是用他给的红包买下的吧？

最近李思的情绪不稳定，可能有考前综合征。现在几乎每门课的小考都排倒数第一，这对他有很严重的负面影响。我想，这次同学间的伤害，从语言到肢体上，可能都是一种发泄。我请家长来，也是沟通一下。班主任不紧不慢地说完。

李思把人家打了？这小子，什么时候这么有脾气？他在家里，别看是哥哥，因为有妹妹，反而全家人都不怎么宠着他，他从小就没什么拗脾气，只有别人欺侮他，他呵呵一笑即过的，就是因为被妹妹欺负惯了，在外面也从来是好脾气的。李建平忙问班主任起因。

班主任把撕破了的那本纪念册丢到李建平面前。

最后那页，快被拦腰撕掉了，底色是一张教室的画面，是谁偷拍的一张照片，李思因为坐最后一排，可能正从教室后门出去，手已经拉开后门的一半了，有人可能叫了他一声，他回头正答应着。

本来照片没什么，配的图也还好，在这张底图的空闲处，还有李思拔河的一张特写照，汗流下来，但很开心的样子。如果只看这些，倒没注意那张衬底的大照片，重新翻了色，呈有点黑白的复古色。但有位同学的留言让看者留了意：又想开什么后门呢？从前门走一次试试吧！

李建平问："这是纪念册，毕业留念用的？"

班主任很严肃地点头："这不算什么吧，只是一点风趣的小玩笑，他们现在这帮孩子，比我们想象的要幽默和有趣得多，你不能为了这些同学间的小玩笑，把人家给挠了脸，还抓了脖子，几道印子，人家家长……"

李建平捶了桌子道："我不许这种纪念册发下去！你给我听好了，你全部给我收回来！"他凶起来，眼睛瞪着班主任。"我他妈的忍够了，你拿我钱，不对我儿子上心，在他初升高前三个月就想着法子把他踢出去，唯恐影响你的升学率。好，我都认了，谁让我儿子不能和那些天才比呢？但现在，这种纪念册，一辈子的事，我绝不能让它成为我孩子一辈子的阴影！"

班主任吓一跳，哆嗦一下，又正经起来："那可不行，已经付印了，我们已经交钱了！"

李建平狠狠地说："那就太好了，你给我把这些毁掉！重新做一页李思的页面。多少钱，我来出！我来赔！"

9

才进三月，阳光就好得不得了。中午两个孩子吃完午饭休息了一会儿，就又揉着惺忪的双眼上学去了。向丽不太明白现在的孩子怎么中午那么能睡的。想起她从前的时候，也没觉得有那么多觉的。

现在倒是多了，困乏得不行。向丽看看挂在厅里的钟，显示的是下午两点，卧室里床头柜上的石英钟也是下午两点，还有李思的房间、李想的房间。家里的钟真是挺多的，就连厨房都摆着一个主要用来计时的座钟。向丽静下来，整套不大的老式三居室里，传来的全是时针秒针的嘀嗒声。向丽的心跟着跳起来，比秒针的速度要快多了，好像要和它赛跑一般，她一下子突然觉得喘不过气来，慢慢地扶着窗边的那把椅子蹲下去，蹲下去。

狗吠声开始悄悄地过来了，一声，试探性的，两声，有点小焦急的，再连着几声，有点恐惧的哀鸣了。向丽似乎听到有邻居的声音从上面传下来："谁家的狗？管着点啊！叫唤啥？"她勉力扶着椅把，慢慢又站起来。从这边望过去，一双眼睛炯炯有神地看着她。可能是太阳光的缘故，那双眼睛带点明黄的琥珀的光芒，在那双眼睛下，压抑的喘气声，能感觉到它的鼻息的滞涩和凝重。

向丽朝它笑笑，轻轻地说："瑞贝卡，谢谢你！"

向丽吃力地走向小桌，打开下面一个暗合的抽屉，取出两粒药丸咽下去。她瘫坐在沙发一隅，心里有点厌倦地看着那板药片。她才四十多岁，每天一日三次地离不开药片过日子，这什么时候是个头？但是，如果不吃药，她看了一下窗口。窗口其实相较有些邻居来说，是比较开阔的，视野上的开阔。他们从来没有安防盗栏，向丽一直认为，防盗栏给人监狱的错觉，憋闷得慌。在住进这个小区之前，他们住另一处，那个小区也是九十年代初建的，是爬楼梯的那种多层建筑，家家都安了防盗栏——当时李思还小，李想也才刚出生。他们安防盗栏的目的，其实是怕刚学会走路的孩子不小心从窗口掉下去，就随着大流装了，弄得越发像个鸽子笼，向丽老觉得自己的病，就是那会儿憋出来的根。

向丽站起来，现在身体平稳多了，她调整一下呼吸，又朝窗口走去。

她唤作"瑞贝卡"的那条狗圈在那个最大的笼子里。它的毛色不纯，有点杂，灰、白、黑中还来些棕色，鼻子挺尖的，顶着个黑色的鼻头，身躯庞大，最大的笼子也委屈着它。它不怎么安静地坐着，也不焦虑地走来走去，只挺着身子，慢慢踱两步，然后冷静地看着什么。别的狗都有点怕它，或者嫌弃它？来来往往那么多条狗，没有一条靠近它的，也没有一条向它示好的。不知道是不是价钱的原因，还是因为不算名门望族的身份，它一直没有买家。向丽在家里一个人的时候，就透过窗户朝它打招呼，隔着它家的防盗栏和它自己的笼子，也真不容易，它竟然会向向丽略略点头，以示交好。

向丽叹一口气，折回身子，慢慢地装扮下自己，仍旧戴了那顶"瑞贝卡"，在镜子里打量一番。

她很想离家出走。就出去那么两三天，就想让李建平胆战心惊两三天。那是自然会的，谁家主妇没有踪影两三天，主人不得急疯掉？她倒不是想要证明李建平对自己一如过往的爱情，爱情？算了吧，向丽自己也觉得提这两个字实在害臊。只是，她想的是挑战李建平：他昨晚回来，不发一声，先把桌子给踢翻了！然后抢起一只扶手椅掼在地上，那沉重的闷响，连平日里有一点遥远的广场舞干扰就必须投诉的楼上人家，都晓得有人向世界宣战了，大气没敢出一声。

"你一天到晚在家带孩子，你看看你带成什么样了?!"李建平大声怒吼着，连天花板的吊顶都摇摇欲坠。

是的，她一天到晚在家！她就是带孩子的！生了大的，又生小的，辞职在家，还是那么多烦扰，没一个省心的。那会儿大的小的都躲进自己的小房里，大气不敢出一声。

"你想让孩子怎么样？你非得让他读清华，读北大，读哈佛，读牛津吗?"她差点叫出来，但她也躲在一边，看李建平气得哆嗦着的身子，已经有点老态的蜷曲，那头干枯的黑发，发梢处显出了灰白的发根来，挡不住想要掩饰沧桑的染发剂的拙劣。

他也不容易！为着这个家，付出了全部的身心。在外头忙，还要管孩子的事儿——他是看重孩子的，李思从小到大的家长会，和老师的沟通，他百忙之中一定要抽出时间来的。

向丽叹口气，换下出门装，摘了瑞贝卡。她望着一直盯着她的那隔壁的活生生的瑞贝卡："唉，离家出走都没勇气呢！你就不要笑话我了。"

瑞贝卡盯着她，连眼皮都没眨一下。

10

班上要提名五个同学去大剧院观摩演出。老师说，你们先考虑下，等下班长把候选名单给我，要先选出十二个候选者，然后集体投票，票数前五名的就去参加。

老师走后，班里炸了锅。能去大剧院看演出，据说还是国外过来的舞蹈团，那简直太棒了！原来这种机会都是老师直接派名额下来的，后来开过几次家长会，现在这些活动也开始民主了。

赵小凡扔给李想一张纸条，把李想做着美梦的思路打断。李想疑惑地看着赵小凡，这个女孩子个头高大，一点也不像广东人，可能因为比李想大了两岁，连神态都是大人的模样。李想有点不寒而栗。

我知道我的笔全是你弄断的。我还知道你拔了我的气门芯。

这是纸条上的字，歪歪扭扭的，写得倒工整，个头挺大，像极了赵小凡的身躯，里面还有错别字。

李想低头，不敢吭气，悄悄地扭转头从闹腾腾的同学中往赵小凡望，她正对着自己狞笑。李想哆嗦起来。

老师走进来，问班长要候选名单，把十二个同学的名字依次在黑板上写下来，不错的是，李想在里面。李想稍微正儿八经地挺直身子，像个群众基础良好的模范学生一样，眼睛盯着黑板。老师一个名字一个名字地唱下来。

"李想！看看有多少人举手？我说过了，每个人只能投五票啊，别犯规！"老师严肃地说着，开始点举着的手。

"我是选她的，我选李想！她不去谁去？学习好，还会跳舞呢！"赵小凡肆无忌惮地在下面说起来。李想不敢回头看，觉得有唰唰唰的举手声响彻云霄，前面也陆续有同学补举了，有点巴结地看着后面座位赵小凡的方向。

赵小凡，李想，还有另三个同学，都获得了观展的资格。

放学的时候，李想慢条斯理地收拾着书包，然后还是心有余悸地踱到赵小凡身边来："谢谢你帮我拉票。"

赵小凡摇摇头："不客气。我就是不想和你成敌人！你以后不要再弄断我的笔，也不要再弄坏我单车了。"

李想不好意思地嘟下嘴："不会了。"

赵小凡问："你告诉过你妈这些事吗？"

李想轻蔑地说："谁会告诉他们？我又不是小孩子！"

赵小凡搂搂李想："我就喜欢你这样的，真是够朋友，我安利你！"李想笑起来，想"安利"这个词在这句话里是不是有点用错了？但有啥关系，她毕竟搞定了班上的霸王花。

赵小凡家原来也不是深圳的，在深圳往西南方向还有五六个小时大巴路程的地方。几年前，家里因为征地修高速发了一笔，老豆（广东方言，指爸爸）不想一辈子混在老家，听一帮朋友的，拉帮结伙就在深圳安下来了。

"我一直以为你是深圳本地的，你的白话讲得那么地道，又在村里面有屋有楼的。"

赵小凡讥讽地笑一下："我要是深圳本地的，我会读这所学校？"这倒真刺痛了李想的心。哥哥有深圳户籍，可爸妈生了她，还把她的户籍悬着，放在张家口老家。"村里的屋，是当时老豆的亲戚介绍我们买的，都是一衣带水的关系，算给我们实惠了，也只是有个住的地儿罢了。"赵小凡成绩不算好，但还喜欢用词，比较上进呢。

小凡说她家可不是深圳的土财主，凭着租楼出去就衣食无忧的，她爸还是要干活的，要养活连她在内的五个姊妹兄弟呢。她妈和大多数广东女人一样，不干事的，在家做饭炒菜煲老火靓汤。

"你哪天有空来我家玩吧？我爸总是出去收狗，各种各样的狗，可漂亮了。改天你看上喜欢的，就送你一条吧。"赵小凡倒亲热劲实足。

李想抿嘴摇摇头道："我妈不让我们养狗。我家隔壁住的就是卖宠物狗的。我妈都不让我们进他们的门。"

11

　　李建平的新生意进展还是不顺，没想到成立个心理诊疗工作室那么费劲！现在事情难办的是，要先租下办公楼，要有两个以上二级心理咨询师的执业证书作资质证明，这一切办下来后，还得报卫生局审批，据说有治疗性质的，都得报好多部门查验才能过。所以，现在先得砸钱租下一层楼面来，装修的过程中，再一步一步跑这些资质证明，跑卫生局医疗系统这些管理部门，如果批下来，就可以开张营业了，如果批不下来，那……就算白折腾了。

　　刘啸一倒不担心，他负责资质证明的那些证书，这在他那儿，简直太容易了。还有咨询师的选择，他手上一大把学过心理学的校友师弟师妹呢，刚出社会，挣钱无门，灰头土脸地想冲进随便哪家能帮他们解决租房和吃饭问题的公司呢。这些全没问题。问题是李建平的患得患失：前期投资全是李建平砸进去的，租投资大厦的一层楼面，装修装潢，再买装饰和办公用品，天哪，一算下来，将近两百多万！如果到最后什么也没拿到，不让你营业的话，那不全白瞎了?!

　　刘啸一很淡定，既然开了头，总得冲进去！现在深圳确实没有一家像样的心理咨询工作室，如果做起来了，每年在百度排名上花点钱做广告，那简直赚钱如流水一样啊！李建平嘴上没说，心里还是犯点小嘀咕，你是以"技术"入股再加五十万元，你当然不担心什么事情。我是大头全弄进去了啊！

　　开车到江总介绍的一个卫生局负责人的办公楼楼下后，李建

平叹一口气，仰望着那 16 楼的高度，心里觉得一点也没摆脱曾经做路桥的那些苦。那些苦积在心里，回家躺在舒适的床上时仍觉得气不顺，是那种笼罩在头顶散不下去的阴霾。

卫生局的那位负责人态度倒和气，脸光光的，潮汕口音，笑眯眯的模样，对李建平挺客气，还主动握手，给他拿了瓶矿泉水："怎么想起来要做这行的?"

"呵呵，也算是为着公益吧。现在好多人过得挺好，但很多都有严重的心理问题，富士康跳楼的那些人，一条条的可都是生命啊。如果能多点关爱，可能就不会发生这么多那样的事情了吧?"李建平说得挺诚恳的。

"我就是想不明白，为什么那么多抑郁症患者都选择跳楼?那一步如何迈出去的啊!"负责人叹息着，眼睛盯着某个地方，稍有点发呆。

也许他身边有人跳下去过? 太触动他了?

"抑郁症患者，应该是脑子里缺乏一种酶一样的东西，控制不了自己想死去的愿望。李建平小心地说。他不是特别懂抑郁症，而且，他自己的心理咨询工作室，也不完全是对抑郁症患者的，只要有心理问题的，大都可以过来咨询。他不想在这个负责人面前表现出自己掌握人家心理的某种强势。就像面对刘啸一，李建平也希望自己不要把所有人特别是他自己当有问题的病人来察言观色，这种感觉其实真的很不舒服。

晚上到家，稍微有点精神。最近他总是回家，不像原来弄路桥的时候，每天在外面，十天半月才回家一趟。李建平看到儿子在书房里做作业，女儿在房里背英语课文——李想的语言天赋好像特别好，英文成绩很容易就在班上名列前茅，李想还特别能言善辩，讲的好多都是李建平听不懂的话，据说是现在流行的词汇。女儿活泼开朗，让李建平心里多少有些安慰。看到李思闷头做着作业，在一道物理题上半天没找到解题思路，李建平心里反而放下了：算了，由着孩子去吧，如果考不上北大清华，别的大学也未必不可以，再不济，还可以选择出国留学呢！现在多少同学的孩子都到国外去了，人家也不一样过得优哉游哉？

向丽安顿好孩子后，也早早躺下了。她老是容易犯困，中午也养成了睡一个小时午觉的习惯，天打雷劈也撼动不了她的习惯。

午夜里，李建平被向丽的梦呓声吵醒，她不停地叫着一个名字，像外国人的名字。他被吵醒的时候很分明地听清楚了，一早醒来想问向丽的，却怎么也想不起来那个发音了。

12

向丽最近和 1902 室来往比较多。

她平常不太喜欢和邻居交往，原来有邻居约她饭后打打小麻将，她都坚决地拒绝了。曾经老徐还说她，打小麻将是邻里交往的一种联络方式嘛！那是，难怪老徐在广州，搬过两处地方了，一个外省人，把广州过得像老家一样亲切和熟稔，现在还加了好多个社区群，忙得不亦乐乎。向丽和她比起来，孤单得多。

1902 室来的买家，一般在下午和晚上居多，有时候会在那里待一两个小时，什么样的主顾都有。有漂亮的女孩子，有带着十二岁左右小男孩过来的父母，有许多少妇和老头老太太，当然，也有大腹便便的中年成功男士。这些买狗的，和他们自己的外形倒不像，比方说，漂亮女孩子也有特别喜欢牧羊犬的，成功男士也有喜欢小京巴儿的，有点要互相弥补不足的意思呢。

1902室的女孩子说：流水的狗儿，铁打的窝。我们这边才养熟不到三天的，就被别人拿走了，也快，真动不得感情的。说话的时候，她眼里还窝着汪眼泪，好像对那些来来往往的犬类真下了功夫一般。她说，原来还没觉得狗亲，自从生了小孩子，爱心越发蓬勃成长，看不得这些小宠物受委屈的样子，也受不了它们被买家带走的情形。

向丽盯着笼子里的瑞贝卡，它一直没有被人带走。1902室说，也才半个月不到吧，不急。而且它价格有点高，有些买家觉得它不是名贵品种，毛色又杂，而且它的眼神太凌厉了，怕回去不好处出感情来，就一直等着呢！

"为什么它不是名贵品种，价钱反而还高？"向丽看着瑞贝卡，她其实并不知道它是公是母，而且以她的个性，她都不太好意思问1902室这个问题。

"当时收它的时候，卖家说是从深山老林里捕来的，野性太大，还咬断了人家的两根手指头，所以这些风险都算上了。不然也不会把它圈在笼子里，慢慢地把它圈服了，就会性子好一点。它毛皮虽杂，但成色挺好的。也是看缘分，有些买家就喜欢这些性子烈的。我们这里是不能买卖藏獒的，您知道藏獒吧，那家伙长得也不怎么样，倒真是只认主人的忠犬，所以价格贵得离谱，黑市上的成交价都快抵得上一套二线城市的两居室了。"女孩子说起犬类的交易来，如数家珍。向丽听说，女孩子大学毕业后就向往着一线城市，来到深圳，在好几家大公司都工作过，但后来觉得没有前途，而且终日这样，也感觉虚度光阴，反正现在提倡全民创业。她做过微商，做过淘宝店主，太多的竞争对手了，她没能力出类拔萃，只好另辟蹊径，闯出另一片天地来。

向丽看到她的眼神里全是渴望，好像远大前程就在前面等着她似的。后来，公婆遛孩子回来了，她把孩子接过去，两个老人又帮着给宠物洗澡，小小的淋浴间里，充满了小狗们此起彼伏的欢叫声。

女孩子的婆婆抱歉地对盯着瑞贝卡看的向丽说："就是它最臭了，还不好好让人洗，它只让你冲。"婆婆把瑞贝卡的笼门打开，它的脖子上有条铁栓，它朝上方扬了扬脖子，呈135度的角，咆哮了一声。

向丽惊吓得往后退一步，惊叫道："狼！"

婆婆笑起来："哪有狼被圈在笼子里的？它要是狼，早想尽法子逃走了。狼才不会安于被人圈起来呢！"婆婆拉着瑞贝卡，它挣扎一下，还是顺从地走到沐浴间去了。

向丽回到家里，一直站在窗口盯着瑞贝卡的笼子，没过多久，它就回来了，很顺从地进了笼子，皮毛有些潮，应该用吹风机打理过，但没干透。它进了自己的窝，用鼻子咻咻地闻几遍，然后曲了身子，朝窗外看过去。

他们的眼神对着。它盯着她，她也盯着它，谁也不肯先移开目光，都带点挑衅的意思，后来，慢慢地，两个眼神都不像开始时那么凌厉那么多疑那么充满敌意，目光变得柔和些。终于，向丽最先缴了械，朝它微微地笑一下。瑞贝卡没有表现出笑意，它移动着咄咄逼人的目光，转而朝旁边看看，再过来注视着向丽。向丽觉得收到它交好的信息。轻轻地唤了声：瑞贝卡。

它竟然点点头。

那天，吵闹的 1902 室闭了灯，从幽幽的厅里传出暗暗的光来。向丽一直站在自家的窗口这边，留意瑞贝卡的动静。它没有睡，反而精神起来，眼睛的光是幽蓝的神秘的，却又是让人不寒而栗的，向丽感觉，那厅里的光线，分明是它的两只眼睛射出来的。它看一眼向丽，很淡淡的感觉，好像已经熟识而不需要再确认的那种放心，它一直盯着笼子外，笼子外的窗外。向丽觉得它很可怜，多么喜欢自由的动物，如此高大威猛的体格，放在农家或者田野，到处都是它驰骋的疆场，而现在却被圈在笼子里，等待着一个买家把它买回去。即使如此，也仍躲不过城市钢筋水泥的铜墙铁壁般的归宿。

驯服了的狗，被一根链子拉住，学会自觉排便，每天最高兴的事，不外乎在夜里被主人牵着遛弯儿，嘴里可能还要套个嘴套，以防伤人。

13

李思想半天，也不知道如何躲过学校大门口保安的盘问，最后决定不冒这个险。有次好像听同学说，他们总从侧边翻墙出去。他又溜到侧边，看着高高的墙头发呆，又转悠半天，终于看到一棵歪脖子老树，厚重的枝杈离墙头的距离倒不远，李思往手里吐了唾沫，哼哧哼哧地上树，到端点的时候闭了眼睛，给自己打打气，就真的跃到墙头了。

幸亏没有背书包，不然还真翻不过去。李思跳到地面的时候，有两个过路的大人回头看着他，眼神挺诧异的，他忙爬起来，拍拍手掌，装着没事似的大大咧咧地走了。

瑞贝卡

逃学也不容易。特别是像深圳这个地方，全是一样的校服，这个时间点出来的学生，大人们，大约也是有着和他父母相仿年纪的大人们，都有点奇怪地瞧着他。他尽量不迎着那些目光，那种像爸爸和妈妈一样的目光。

也不算漫无目的，他倒是知道那地方，听说图书是论斤卖的，而且在里面还可以免费阅读，甚至有沉重的木凳，让你放松乏累的身躯。

爸从来就不知道他自己给儿子惹的麻烦，让李思像个笑话一样地活在这个班上，活在这个世界上。谁不想进全市最好学校的火箭班？李思当年也是抱着宁做凤尾不当鸡头的心，以为自己稍一努力，也不至于太差。事实是，两年半的时间里，他就真的是一只真真切切的凤尾，还是那么不好看的一条尾巴！被人嘲笑，被人打趣，被老师白眼！好了，毕业册老爸也能插一手，听听老师在课上的讽刺话："一本小纪念册，想改成世界名画也可以啊，但也得是名家的手！"同学们都在冷笑。是的，在深圳，你想和谁拼钱啊？哪个不是大款的儿子女儿？明明可以吓住老师直接告到教育局的事，明明可以用理讲清的事，老爸非要用钱来摆平！

这是更大的屈辱了！

李思转了趟地铁，出了站口，来到比较空阔的草坪。他有点分不清东南西北，这是个大站，他记得百度上搜的是往北的方向有那家 YOYO 书城，可现在，他有点犯糊涂了。

前面有嘶喊声，伴着狗吠声。李思往那边过去。

围着的圆圈里，有两条狗在争斗。这可是真刀真枪的厮杀，有条黑色的犬已经被一条大黄狗咬掉了半截耳朵，乌红的血淅淅沥沥地从它的伤口流出来。有个男人还在叫唤："起来！起来！

难得有你

别装熊样子!"他用一根棍子戳着它，根本无视它的伤痛。那条赢了的狗虎视眈眈地在一旁吠叫，像待发的箭一样，离开弦就会直射过去。旁边看的人目光木木的，都没什么表情。

李思有点可怜那条黑狗，问旁边的人："在干吗呢?"

那个人有点邋遢，都开春了，还抄着手挤在一件棉夹克的袖笼里，没有理会李思的问话。旁边多数的看客都是这样的装扮，好像无所事事的样子，穿得挺简单的，有点像老爸原来路桥公司那些干力气活儿的工人。他们的目光全都木木的、冷冷的，没有一点渴望，这个世界与他们无关，却偏要看畜类的相互残杀。

终于有个人回复了李思："那人在练狗呢! 他想训练斗狗，赚钱吧!"李思看了一会儿，狗的主人真的挺冷血的，还在逼着黑狗反抗，那条黑狗嘴里鼻子里咻咻地冒着气，尖牙咧出来，也是骇人的。它夹紧了尾巴，头低下来，前肢曲起来，后肢越来越竖直，一副复仇者的模样。旁边的人开始起哄。李思退下来，他离开了。他真心不想看到结果，他觉得结果一定和他想的是一样的，从那条苟延残喘的眼睛里就看出了畏惧，是对实力的害怕，是对权威的屈服。它哪里斗得赢打败过它的那条气势正旺的大黄狗呢?

这个主人其实是想训练大黄狗吧，生生地拿黑狗当陪练! 李思心里有点难过。他更难过的是那些看客。他们这个点没有工作? 他们都准备这样冷血地看搏斗吗? 那些爱狗的人竟然没有过来阻拦这种凶残的野蛮的方式?! 李思看到的狗，不都是被主人像孩子一样呵护在身的吗? 不都是被宠着和人吃一样的东西，温温柔柔地会讨人欢喜的吗? 不都是像隔壁的1902室养着待售的那些狗一样，被人家买回去当宝贝的吗?

瑞贝卡

14

　　李想现在和赵小凡关系越来越铁了。真是不打不相识，原来她们两个人有很多志趣相投的地方，比如都爱看《犬夜叉》，也都粉过地狱蝴蝶丸的 COSPLAY，当然也都爱《名侦探柯南》。说到这个的时候，赵小凡还用胳膊挤挤李想，朝她斜睨一眼道："不然，我怎么知道是你弄断我的笔，把我单车的气全部放跑，还扎了几个洞在轮胎上的？"李想倒很大方地笑了。

　　赵小凡比较瘦，腿就显得很长，还喜欢双手抱胸，有点大姐大的范儿。她老是指点李想："你别老穿长裤，得露出腿来，再不露，什么时候能露啊？我告诉你街口有家专改服装的裁缝店，你校服上衣买最小号的，让她给你把长度留到腰那儿，再收紧，线条就出来了！"李想原本以为有些同学家里穷，没有钱买新校服，一年级的上衣还将就着穿，都快露到肚脐那儿来了，看着真寒碜，弄半天，她们全是故意的，是为了显身材啊！

　　赵小凡轻蔑地看她一眼道："你要学的还多着呢！"李想也觉得是。赵小凡成绩并不好，但她每回都有惊人的见解。有次她们谈到美人鱼，说起小时候看这篇童话时好难受，赵小凡就说："我就不明白了，她文盲吗？有什么，写封信给那王子不就行了？什么都清楚了，至于流泪到深夜，最后还烂成一堆泡沫吗？"美人鱼是李想小时候最喜欢的童话，听赵小凡这样说，真心觉得安徒生骗了她好多年。是啊，写张字条就能一清二楚的事情，弄成了生死官司。李想就一点也不喜欢童话了，觉得童话里的故事果真是骗人的。

李想说："我哥说，迪拜有世界上最高级的宾馆，建在海边的沙漠上。我们一定要去迪拜!"

赵小凡又鼻子一哼说："我们哪里能到迪拜去？我们去迪拜是穷人好不好？我们要去就去越南和印度尼西亚，你没看 QQ 新闻里，越南女人是到我们最穷的地方当新娘的。"李想又觉得赵小凡的知识真丰富，比哥哥还要厉害!

赵小凡确实比哥哥还要厉害，赵小凡是家里的老二。老母生了姐姐、她还有妹妹后，又接着生了对双胞胎女儿，这下可把老豆老母愁死了，找了两个买家，分头卖掉那对双胞胎，老母带着妹妹到处躲计生办，姐姐跟着奶奶过，她被老豆带着到处跑，广东的大部分地方她都去过了，后来好了，老母终于生了弟弟，她们一家才团圆的。好日子是从弟弟生下来的时候开始的，因为修公路，划了她们村，祖上的地换了好大一票钱。老家没地方待了，没土地种粮食，也犯不着再种粮食了，老豆就带着一家子来到深圳淘金。

深圳其实真挺好的，老豆说很容易就发财。老豆做过很多事，赚过好多钱，都在深圳亲戚的村里买了房，离中心市区挺近的，将来也要拆迁的，如果他不赌的话，本来靠这些房子，将来又会赚上一大票。但后来他赌博输了些，就还剩下一套房子赚租金，老豆金盆洗手不赌了，因为他要供姐弟几个读大学，说读点书不是为了有出息，而是机会更多些。老豆思想挺活络，和一般人不一样。他还勤快，老跑外地去贩狗回来，也不知道哪里搞的，一批一批的，卖到广西供人吃，卖到大城市的宠物店。

李想也挺崇拜自己的父亲，因为一家子的钱都是爸爸挣回来的。爸爸是老板，管着好多人，都是爸爸给他们薪水，他们才有钱回去养家糊口——这可是阿青专门对她说的。阿青也崇拜爸爸，说爸爸能力强，没有爸爸搞不定的事情！

只有妈妈有时候会嘀咕："学了四年的专业，到最后，干什么去了？！"

妈妈现在最没用了，只在家里训斥她和哥哥。但她看到妈妈有时候挺能耐的，有次家里的摇头扇坏掉了，妈妈就把摇头扇后面的机器卸下来，随便拿些工具鼓捣一下，摇头扇就又能摇头又能吹风，和原来一模一样了。爸爸都在旁边叹气："你妈原来是很牛的工程师呢！华科机械系的高才生！"妈这时候就又生气，扔了工具箱，数落他们："高才生？！我现在是你们李家三口的全职保姆了！"

15

向丽洗头的时候，又是一抓一大把的头发。她心疼地捋着自己的头发，把头发从卫生间的地漏里掏出来，小心地缠成一卷，有点不舍地放进卫生篓里。她对着镜子，叹口气，不敢用梳子整理头发，只用两手轻轻地扒拉着，慢慢地理顺。

她出来，踅回自己的卧室，从最下面的抽屉里把那顶盒子打开，取出"瑞贝卡"。她用手细细地摸着瑞贝卡，想象曾经拥有过这发丝的女人。是的，店里的人介绍过，他们家的假发，都是直接从别人那里收购过来的，再清洗、消毒、打理、整形，然后用特殊工艺设计成不同的样子，把它们密密实实地织在这薄薄的发套上——哇，这发套，都有如假包换的头皮的纹路，戴在头上，任谁都看不出是假发呢！现在的技术！向丽也叹一声。

老徐和向丽不同，她碰到的是白发的问题，又怕染的次数多了，对身体不好，她之所以会戴假发，只是为了掩饰年龄的泄密。但老徐有点忌讳这个，好多年前兴接发，老徐爱时髦，也做了大波浪，飘逸到胸前，非常妩媚。后来老徐碰到些倒霉事，比如丢钱了，母亲生病了，开车遇到一起大车祸，差点丢命了。老徐当时哀叹着给向丽打电话，讲着讲着，突然就叫一声，半天才豁然开朗地告诉这边一头雾水的向丽：指不定是哪个倒霉鬼的头发给织到我头上了，让我触了这许多霉头！还没挂断电话呢，就听到老徐那边撕扯她大波浪的声音了。

　　向丽看着瑞贝卡，她又小心地摸着那丝一般的头发。她不大相信老徐的那些理论，她只是在猜测，头发的主人到底是个怎样的女人呢？

　　也许是个孩子。

　　前年她回张家口，陪老父亲去老家看望还健在的大伯父一家，那位婶娘的孙女就披着两条粗长的大辫子，她妈妈就说已经留了三年了，过年后就绞了卖掉。孩子开始挺不高兴的，过会儿听妈妈说可以卖到两百块钱，几年的学费都不用愁了，就挺高兴地答应了。

　　瑞贝卡。向丽倒希望是个神秘的女人，就像有次在 GAGA 鲜语的门口看到的女人，穿着茄紫色的紧身连衣裙，手上拎着一只硕大的手提袋，一低头，春风把她的秀发恣意抚弄，连她的脸也看不清了——一定是有故事的女人吧。

　　有故事的女人，像《蝴蝶梦》里的瑞贝卡一样，从生到死，都是传奇！

　　李思出生才四个月，她就急不可耐地上了班。单位里正好开始全面实行计算机办公，所有数据需要全部录入到电脑里。向丽那会儿拼命地工作，奶水在她胸前溢出都没当回事。她小跑着赶到家，看到嗷嗷待哺的李思，也没觉得有愧疚感，倒是觉得挺充实的，一天都在被需要中度过，社会的，还有孩子的。后来就又有了李想。李建平说我们怀个孩子可真不容易，这个就要了吧，你也不要上班了，孩子总不能没有妈妈的陪伴吧！确实怀上孩子真不容易，李思前面流产了三胎，他是硬保下来的，没想到生完李思，身子倒顺了，就这样又诞下李想来。儿女双全，多少同学羡慕他们家啊！——说得最多的，就是李建平对得起那个绰号：阿福啊阿福，你小子也忒有福气了，你们竟然有两个孩子，还一儿一女！

阿福的福气因向丽的辞职回家而显得更加张扬。有了两个孩子，李建平更是打拼得不要命，钱那会儿哗哗地赚回来，日子越来越好了。可是每天对着两个哭哭闹闹的孩子，每天和同学对话都是询问养孩子的经验，那好不容易修来的学士文凭，考下的工程师职称，刚提上去的正科级待遇，还有刚签的一个机械改造的项目，全都被雨打风吹去了。

李建平他知道什么？他每天就是在工地上跑，每天就是和拿着章的对他的事业有生杀予夺大权的人物喝得一醉方休，每天就是和工地上的民工斗着心眼儿。他醉眼惺忪地说："和我玩权益？和我讲条件？我就是从最底下的村里过来的——我什么没见过？我太了解你们了！"

向丽看看时间，要按时服药了。两粒白色的药片，她和着水送下去，没有任何味道。

李建平从来不问家里为什么有那么多的时钟：墙上的、床头

难得有你

柜上的、电视柜上的，甚至连厨房和浴室里都有。就像他从来不知道向丽的身体状况，那个早就出了问题的身体。

<h1 style="text-align:center">16</h1>

李思今天回来的时候没有拿书包，他说学校布置的作业本来就不多，他懒得拿回来了。这倒是实话，他们班主要是为冲奥做准备的，课内课外作业早就应付得了，老师的意思也是功夫放在课本外，说起这些，和别的普通中学的应试教育的不同，老师脸上满溢的是骄傲。

但向丽担心的是，李思不是金字塔尖上的人物，这样被搞坏了习惯，将来铁定直升不了这个高中的火箭班，如果到普通班，肯定是要冲锋考大学，会不会又落在别的同学们的起跑线之后呢？

李想的作业倒做完了。她读的学校是民办的，好像也轻松，都六年级了，还在上些音乐课啊美术课啊，就是英语抓得比较紧。这所民办学校听说是早年通过深圳湾游到香港的本地人，现在跑回来办的。可能当年吃过职业上的亏，硬是把英语看得比语文数学还要重，还开了一门粤语课。李想到底年轻，很容易就学得了一口港腔，把张家口带过来的方言扫去半截。

向丽其实更心疼女儿些。那会儿李想四岁了，是李建平工作最忙的时候，李思又刚上小学，向丽老是晕，有次还晕倒在厕所里。结果就让张家口的父亲把李想带回老家，在那儿待到小学四年级才回来。虽说每年寒暑假都过来，但到底没在向丽身边成长，她觉得对女儿亏得慌。

两个孩子今天悠闲起来，陪妈妈坐在沙发上聊天。正好1902室把那条瑞贝卡牵过来，他们要去拿货——货是指新鲜的狗。他们生意不错，家里的狗几乎都卖掉了，就只瑞贝卡一个在家。它单独处的时候会叫唤，声音又长又亮，听着挺瘆人的，楼上楼下不止一次投诉了。向丽很爽快地答应下。

　　两个孩子挺高兴。李思小时候总央求妈妈给买条狗，李想也求过，但向丽从来不让。她反驳他们的话是："有你们三个就够了，还再添条狗？我算是累死活该，好吧？"他们就不敢吭声了。

　　瑞贝卡身上拴了条链子，过来的时候，开始有很强的警觉，眼睛一直到处转悠，好像侦察兵一般在察看周遭的环境，鼻子也咻咻的，闻来嗅去，然后脖子仰成45度，朝天花板嚎一声，听得出它的克制，但还是让李思吓一跳："妈，怎么像狼？"李思退后一步。

　　向丽一直在招呼瑞贝卡，它到底和她熟稔些，在陌生的环境，畜类和人类应该一样的，总是期望有个熟悉的。但瑞贝卡并没有朝向丽偎过来，而是身子往后缩，头低下来，警觉地盯视着周围的一切。

　　李想没像李思那么害怕，李想慢慢地过去摸摸瑞贝卡的背，它的毛有点硬，还是在警备状态，并没有松懈下来。李想蹲下身去，白一眼哥哥说："也许就是狼呢！我听赵小凡说，他爸跑到外地贩狗回来，有一次去山里，就是抓了条狼，还不是把它当作狗卖了，听说价钱挺好的。"

　　向丽倒紧张起来："那后来怎么样了？伤人了没？"

　　李想摇摇头道："没有吧，赵小凡说，有些人就是喜欢很有个性的狗呢，狼狗狼狗的，不就是这个意思吗？也许有些人只是

买回去吃了呢。她爸贩几种狗呢，有的当宠物，有的就是做菜用的。"

李思不屑于妹妹的误解："狼狗还是狗呢，可狼就是狼啊！一种是驯服了的，一种是野性的！"

向丽叹口气："还给人家喂了肚子里。唉，要被那些护狗协会的人知晓了，不定闹得满城风雨的。"

李思说："我看到现在还有人训练斗狗呢，那些狗，好惨的，看着鲜血淋淋的，可残忍了！"

向丽问："你在哪儿看到的？"

李思自觉说漏嘴，赶紧小心地摸一下瑞贝卡道："妈，你说，它最后不会被斗狗的看上，买回去和别的狗厮杀吧？"瑞贝卡被李思碰了下，毛发又硬起来，眼睛地盯李思，有点骇人的模样。

17

刘啸一的办公室在福田区，是幢老式的商业楼，在特区刚建立的时候，算是了不得的地方，就是现在也处在市中心的位置。不过这幢楼外层挺惹眼的，漆了大红色，传说是不祥的地方，所以用火红的色彩来辟邪。李建平过来的时候是周六，大楼里没什么人，保安问他索要身份证登记后才让他上去。空空旷旷的大厅，空空荡荡的楼道、电梯。到了刘啸一的律师楼层，照明偏暗，摆设又带点古色古香的味道，让人越发觉得有点老旧和阴森。

李建平笑起来，问刘啸一，这地方是有传说中的闹鬼事件吗？

刘啸一也笑，这你也信？如果真闹鬼，你会害怕吗？他带着李建平参观了一下他们的律师楼。不算豪华，也不算讲究，大约每个律师都有间自己的办公室，然后围着楼层转一圈，互不相扰，和大多数律师所的格局相似。李建平的心理咨询所的装修已初具雏形，格式和律师楼也差不多，但风格更加现代化，都是金属色的办公桌椅，每间咨询室里还有宽敞的太妃椅，舒适，背对着宽大的落地窗，容易让人进入睡眠状态，符合治疗的气氛。刘啸一牵头决定的设计，深圳毕竟是大都市，又容易吸收海外的东西，西式的装修总错不了，唬得住人。

刘啸一给李建平沏了茶，李建平摆手拒绝了，他不喝茶，因为会影响晚上的睡眠。刘啸一说，其实怕鬼啊，晚上睡眠不好啊，和身体还是有关系。恐伤肾！不用想太多，吃好喝好拉好睡好，什么养生都是唬人的。

李建平笑起来，原来读书，后来做生意，也没那么多讲究的，身体累，倒是吃嘛嘛香；现在呢，和现代人一样，怎么这样多的现代病！原来没听说过什么抑郁症、狂躁症的，也没看到有那么多人有心理疾病，现在和你一接触，嗬，我的天，身边太多人。特别是听你讲些例子，简直觉得身边都没有正常人了。

刘啸一倒严肃起来：其实每个人都有精神方面的问题，重要的是看你如何调节了。就像压力，谁没有？有的人承受得了，有的人承受不了，脑筋怎么也转不过弯来，干脆往楼下一跃，一了白了。

李建平点头，大道理谁都明白，可是进了那种误区，一根筋钻进去，也真是不容易出来啊。

刘啸一笑道，所以说要关爱啊，他怎么啰里啰唆的，就全部倾听着，当人家的垃圾筒，试着排解对方。这还算是好的。有些，他自己进去了，觉得自己挺牛的，不想找别人帮忙解脱，也不想借助药物，结果悲剧就产生了。不说人，就是动物，关在笼

224

子里的狮子老虎啊，特别是从深山或者草原里捕获过来的，它们曾经那么自由自在，现在圈在假山假水里供人赏玩，大呼小叫，它们不得病才怪呢！

两个人呵呵地扯一通将来的商业合作模式，股权怎么分配处理，吸引人才的方式方法。心理咨询工作室的名字都起好了：云梳理！

李建平不想太早回家，看看时间，还准备在刘啸一这里耗一下。又进刘啸一的办公室，倒不大，小巧而古雅，办公桌挺大的，后面一排全是书柜，各式各样的书籍，以宗教和心理学的居多，法律的也有一些。他定睛细看，佛教的，道教的，基督教的，甚至还有伊斯兰教的，应有尽有。刘啸一在旁边解释，所有的宗教都是哲学，不要为之所迷，要为之所思所用。李建平频频点头。

书架正中摆放着一张刘啸一的全家福，儿子、女儿，还有他老婆。刘啸一和李建平虽然也认识两三年了，但李建平对他的家世并不清楚，从没听他提过家人，这下猛地看见如人中龙凤的一对儿女，比自己的略大些，都上的挺好的学校，倒羡慕了一番。书架不起眼的偏侧上，放着刘啸一的一张小照，可能是前些年照的，微笑着侧着头。一起摆放的，是他妻子的一张小照，看着倒有些年纪了，应该是近年照的。两张单人照都配了不同的相框，各倾四十五度角斜对着，看着有些依偎有些眷恋。

李建平的心咯噔一下，喉咙生硬地吞咽着，扭过头请刘啸一和他一起用餐。如往常一样，刘啸一满口应承，压根儿没有周六要举家团聚的推却。

下电梯的时候，李建平倒有些心慌，不知为什么又想到有关这幢楼的传闻，加上电梯的灯光昏昏暗暗的，他竟找不出敷衍刘啸一的话来，那种阴森恐怖的情绪一直涌在他心中。

刘啸一妻子的小照是黑白照，配的镜框也是纯黑框的。

刘啸一失去妻子了吗？从没听他说过啊。他们刚认识的那会儿，他好像提过和老婆孩子一起去过澳大利亚呢。这两年，会有这么大的变故吗？

18

李思仍旧在家里躲着看他的书。他现在喜欢看拜占庭历史，喜欢看欧洲历史，已经看完《君士坦丁堡的陷落》了，正看到《金雀花王朝》。有次在课上聊起爱德华一世以《罗德兰法令》征服最后一个威尔士公国，那些历史上赫赫有名却极为拗口的外国人名，他如数家珍地讲完，倒真折服了一些同学。

考试成绩又下来了。这个班课外作业不多，但一批批的考试可真不少，完全是题海战术，为了将来征战奥数、奥物和奥化的比赛，难度比人教社出的教材高出了一大截。李思又毫无悬念地成为倒数第一。

有个同学在黑板上火速地画了一幅画，两个男孩子勾肩搭背气宇轩昂地走着，手里分别拿着得了满分的考卷。画侧还有题记：你有背景，我们有背影！

同学们笑成一团。李思也附和着哈哈大笑。除了没心没肺地装聋作哑，他还能怎么办？他在大度地掩饰爸爸上回给他造成的影响：多土豪啊，竟然把毕业纪念册全部回收，要求重新印刷！他知不知道这班里的哪一位同学的家长都不会比他混得差？这是个讲求成绩的地方，一点小钱得的势力，算个屁啊！

老师现在也不大管他，只找他谈过，希望他为将来认真地做点打算，还是赶紧把课本捡起来，请些家教，把中考的考试内容全部掌握好，将来还能考个本部的重点班，如果想考上211或者985的大学，再努点力，应该还是有希望的。

他有点想不通自己为什么会到这个地步，曾经他也是个相当优秀的学生，也是取得过奥数名次的，如果爸当时没下这把力气让他贸然进了所谓的火箭班，他在重点班里肯定也是名列前茅的学生，像原来一样，课本轻松拿下，还能有时间读点课外书籍，和同学老师吹点牛。而现在，爸一心想让他和最优秀的那些奔着奥数奥物比赛去的金字塔顶上的学生一起，他默默地啐了一口，想起和妈妈说过，这些人，在国外，是被嘲笑成不懂生活的呆子的，而在中国，就被弄成了天之骄子。你看过《生活大爆炸》吗？他们多可笑啊！而妈妈只叹口气说，当时问过你的意见的，你自己也很高兴，说宁为凤尾，绝不做鸡头！是的，当时他也是虚荣的，好像和那些最拔尖的人物在一起，自己也成了最拔尖的人物一样。就像爸爸，也会把和某知名品牌女老总合影的照片放到朋友圈里晒，其实人家当时根本就是个风景，态度好到参会的每个人，谁都可以和她合照留念的。

他拨开门，看到妹妹在看影碟，应该是《猫和老鼠》，挺幼稚的动画片，但李想还乐此不疲，跟着画面一起又笑又闹。李思记起来，他小时候也喜欢这部片子，每回受不了老鼠对猫的戏弄，看到老鼠总趁主人不在家的时候把房里搞得一团糟，而最后承担这个罪过的总是汤姆猫。他还记得受不了小小的杰瑞把汤姆整得团团转，有一次他进入角色，使劲地大叫：快跑啊！妈妈当时还说，美国人真有意思，硬是从弱者的角度出发，让大家从心里可怜那只猫。

但李想不是。她喜欢的是杰瑞，以小凌大以弱欺强的聪敏和机智，诡计得逞后的自以为是。李思想不通的是，李想竟然把杰瑞当作楷模一般，这世界是靠一点小聪明就能混出名堂的吗？

妈妈没和李想在一块，妈妈也没做事，中午就给兄妹俩炒了个蛋炒饭，她自己也没怎么吃，收拾完了，就倚在窗口看那条狗。

李思问："你把它买下来，不就行了？"

向丽没回头："你看它，很奇怪不是吗？天天耷拉着脑袋，没精打采的。夜里倒有神！有天晚上，我看到它眼睛发着蓝光，冲着笼子外，半蹲着身子，仰脖嗥了一下。我们这边被建筑物挡得太厉害了，就是 19 楼也看不到月亮。可是我真查了的，是月圆之夜啊……"

李思笑着问："你是说它会变成狼人吗？"

向丽倒认真地说："不是狼人，我觉得它可能就是头狼！不然那声音怎么这样瘆人的，而且眼睛雪亮，一会儿发蓝光，一会儿发红光。"

李思挨近自家的窗棂，也仔细观察着那条被妈妈叫作"瑞贝卡"的狗。它确实有些萎靡，无精打采，但蜷在笼里，依然身躯庞大，显得不可一世。李思幻想着它如果被那天看到的驯狗的弄去，会是个什么下场，又想到那天黑狗鲜血淋漓的快要掉下来的耳朵，身子不禁哆嗦一下。

如果是我，就从这笼子里跑出去，从这围着防盗网的楼上跳下去，决不和同类你死我活地厮杀成这种模样，比古罗马角斗场上的奴隶还不如！

李思这才发现，如果瑞贝卡在他们家里，跳下去真易如反

掌，他们家可没安什么防盗网呢！

李思从窗口往下探下身去，那片远远的土地，带来的巨大的地心引力，真像磁石一样吸引着他，让他有纵身一跃的冲动了。

19

李建平回家的时候带着一身的酒气。几个房门都闭着，好像各有各的事情，却又全在一个屋檐下过日子。他对着那些曾经漆成乳白色如今已慢慢变成淡奶黄色的房门，有点想不通——待在这里十多个春秋了，如今怎么成了这样的局面？

李思在房间里躺在床上看书，他的书挺厚挺沉的，压得他鼻子都快挨在书页上。

李想在房间里用彩色笔涂鸦，不知画着一幅什么画，线条挺流畅的，一个扎着马尾的女孩子踮着脚尖在踢着一只可怜的猫。她蹲在床边，半个身子跪在地上，咿咿呀呀地哼着一首什么歌。

李建平叹口气，想着这学期结束了，就把家搬回南山去。那边房子大，孩子们不会这么委屈地过着逼仄的日子——本来也是，既然有条件买下大房子，为什么不趁拥有的时候享受在里面的日子呢？非要把日子过得如此拧巴？

他又推了自己卧室的门。

曾经向丽最向往的就是有间自己的书房，她喜欢满架子的书紧靠在三面墙上，她唯一的虚荣就是对书的爱好。年少的时候，她拥有过太多的书，诗集啊，杂文啊，还有一堆一堆的理论书，她喜欢在书架里找寻书的感觉，就像别的女人在路易威登或者香奈儿专柜前的流连忘返，向丽喜欢的是那种书卷气包裹着自己的氛围。她从来不要什么衣帽间，她甚至只是要一张书桌，上面摆满了书籍，把自己圈进去，埋在那些书里的感觉。

房间里只有一张大床，沿墙边是一排衣柜，另一边就是通往阳台的门了。除了墙上挂着的两排悬式书架，放着一些年久的休闲杂志，向丽没有一点自己的空间。她有点惊慌地站起来。

她有点奇怪，看着和平常略为不同，甚至比平常高了些。李建平朝她脚下看去：没有，她并没有穿高跟鞋——她再怎么不同寻常，也不至于在家里蹬双高跟鞋吧？然而，她还真是让人觉得奇怪呢。向丽扭捏地摸着自己的头发。

"你做了头发吗？难怪变了模样！"李建平恍然大悟道。他喝了点酒，但并没有醉，回来的路上，他一个劲地告诫自己，要好好地和向丽谈谈，这两个孩子将来的路……他如何能让向丽再这样恣意地走下去？她天天管孩子，辞职在家管孩子，可她知道吗？……唉，他今天接了两个什么样的电话啊！这些老师真算是鞠躬尽瘁的，连周六都盯着家长。

"没……"向丽抚了下头发，有点发窘，她用脚往床边踢一下。这次李建平注意到了，卧在床下的，竟是一条身躯庞大的狗！它已经蹿起半边身子，目光锐利地扫着李建平，鼻息吞咽得有些急促。

难怪有股腥臊的味道，原来是它！李建平其实怒火很大，可是谁让他今天和刘啸一吃了那顿饭，让他觉得像被洗了脑，茅塞顿开。

"你买了条狗吗？"他看着向丽，还是觉得哪儿不对，他们认识有二十多年了，她到底怎么想的，他竟然从来没问过。他想起前段时间看到放在客厅茶几暗屉里的那些药板，好几年前他也见

过，是在向丽这边的床头柜前，和那些私密的安全套以及卫生巾在一块儿，他当时举着药板问过向丽的，后来似乎被一通电话打断了，好几年过去后，他又在茶几暗屉里发现了同样名字的药板，是的，安非他命还是安非他酮。今天，如果不是刘啸一提起这个药，他几乎又忽视了家里竟然有一位必须服用这种药物的病人。

"不是，隔壁的，托我看一下，可能想让我买下来。"向丽镇静下来，坐在床沿边，用脚小小地踢一下那条狗，"现在业主闹得挺厉害的，强烈要求他们必须搬家。哪有宠物店开在小区里的？本来她的那些狗也不怎么闹，卫生也还好，没什么味道。但有几家说听到晚上有狼一样的噪声，实在吓人，联系上业主了，让他一定要退掉租户。女孩子家的，也挺可怜，好不容易生意有些眉目，唉……一家子也是老的老小的小，谁不是这样年轻着过来的？"

李建平压着气听完了向丽的陈述。两个孩子闹成那样，你还在担心人家的狗吗？你知不知道李思这段时间一直在逃学？老师说了，就是不想直升进入火箭班，也得打算进重点班啊，哪有这样自暴自弃的？

还有，你知不知道我们家的女孩子，竟然伙同另一个小姑娘欺负别的小女孩，那女孩子哭哭闹闹地差点要自杀，都写了遗书给她妈妈，都准备跑到浴室里拿水果刀割腕了！

向丽的鼻翼急速地动起来，她站了起来说："本来就不该这样的。就是你，非要让李思进火箭班，让他受够了别人的嘲笑！把李想从张家口转过来，也没看她适应不适应……"

刘啸一说他老婆也喜欢和他闹，都是些家务小事，孩子啊，家事啊，吵得他整天头都是痛的。然而现在，他多希望她能和他再每天吵一吵啊……前年查出的是肺癌，家里没有一个人有吸烟史，偏偏他老婆患了肺癌?!上了手术台，就挂掉了⋯⋯他不能沮丧，他还有两个孩子，一个才上大二，马上就要去英国做两年的交换生，还有一个才上初中，刚知事的年龄，最需要妈妈的女孩子的年龄。他得撑下去，怎么也得熬下去，就算吃安非他酮也得控制住自己⋯⋯

"我们都像笼子里的狗，都不在自己的疆域里溜达，李思，李想，还有我，也许还有你，做些和专业毫无关联的工作，烦死了，闷死了，憋屈死了! 不知道为什么，总有一层阴影罩在我头上，散也散不掉，像个阴魂不散的瑞贝卡，每天都缠住你!"向丽有些失控，她屈身向前，走出床沿。那条狗也紧紧地尾随她。

"我受够了，真是受够了⋯⋯"她突然扯下她的头发，李建平猛一惊，那如假包换的头套，才是他觉得奇怪的原因吧。她朝阳台走去，那开阔的阳台、无遮无拦的阳台，在向丽的坚持下，让她能呼吸空气的开阔的地方。她把假发就那样扔了下去。

瑞贝卡飞身纵跃。

像一支让人还来不及眨眼的箭一般脱弦而去，它追逐着它，瑞贝卡追着瑞贝卡，晃得人眼睛迷糊起来。

向丽绝望地叫："瑞贝卡! ——"她扑向它，扑向它们。

李建平的酒劲让他有了蛮力，他冲向阳台。

"瑞贝卡?"原来向丽的梦呓里是这个名字，是这条像狼一样的狗，要冲出把它误作狗的樊笼，宁愿丢弃性命也要到自己的地盘去? 还是这具瑞贝卡的头发，这不知是哪个女子留下的三千烦恼丝，向丽试着用它遮掩自己流逝的青春和过往，还是试图甩脱它给她的重重阴影?

李建平扑了过去⋯⋯

后　记

　　我从 2004 年开始创作并发表小说以来，其实一直算是顺遂的。这几年，每年都有六七篇中短篇小说在公开的文学期刊上发表，也被多家选刊转载过，甚至还拿过一些省级市级的奖项，这些成绩，对我这种业余写作者来说，有着很大的激励和鼓舞，所以，我一直在创作的道路上乐此不疲，笔耕不辍。

　　每个写作者对自己的创作总有些或大或小的野心，总希望自己能写出传世之作，写出能留在历史长河里供后人品评的佳作。可能也正因为如此，那些志同道合的写作者们，才在一个个孤寂的夜里奋笔疾书，希望通过自己的写作，用讲故事的方式输出思想，一吐而快。我相信，这是每个写作者的乐事以及愿意承担的责任和义务。

　　谈谈我对文学的看法吧。

　　开始动笔写作之前，我其实是通过大量的阅读来激发创作热情的。因为 2004 年正好遇到闲适期，突然安静下来，我求知若渴地搜寻各种各样的文学作品，这种积存下来的阅读量，在短时间的阅读体验下，让我产生了创作的冲动。我真正萌发写作热忱，正是在我三十五岁时，这个年龄，对写作者来说，应该算晚了。

但由此而来的热情，让我陷于写作的激情之中，到如今，工作再忙，也会习惯性地写作。这种创作冲动的动力，是我找到了一个可以表达思想的出口，一种表达对人世的观察理解以及判断的媒介。

写作以后，我发现自己最大的改变，是有了思维的自觉性。我在编写故事之时，不仅仅追求写得好看，更求写得有意义。我力求笔下的人物能活灵活现，故事能条理清晰，思维能饱含逻辑，能让读者有所共鸣、有所启发，我想，这是写作者最大的快乐。

每个人写作都有自己的原因。我很清楚我对文学的坚持，就是源于单纯的热爱。只要能创作出作品，然后经过编辑的认可在期刊上发表（我一向认为，文学期刊能够刊发，是对作品的很大肯定），那种严肃的对文学的向往和痴情，就会滋长于我的身心。

如果不是热爱，没有什么能让我对文学这般坚持。

这本集子选了我 2016 年至 2019 年创作的五篇小说，是我觉得这几年中比较有个人风格的作品。写作者其实对于自己创作的所有作品，都是爱意颇深，难分伯仲，拿起这篇，又放不下那篇。选择这几篇的理由在于，它们都想表达身处现代社会的人的生活和困境，以及如何在困境中自我挣扎、自我超越。不管怎么说，我还是欣赏快乐的人生、快乐的生存方式。身处现代社会，人们各有各的艰难，想要跳脱自己的困境而存于世，殊为不易，但我还是满怀希望，愿作品中的人物能光芒万丈地走下去。

2022 年 04 月 18 日于深圳